KB033700

최약무패의
신장기룡
바하무트

© 2017 Ayumu Kasuga
"얏?!
마기알카 대장님?!"

“너무 떠들지 말게나.
다른 사람들이 깨면 어쩌려고.”
비명을 지르려는 순간, 그녀의 손이 빠르게 입을 막아버렸다.

CONTENTS

아카츠키 센리 지음
카스가 아유무 일러스트
원성민 옮김

Character

룩스 아카디아

멸망한 아카디아 제국의 왕자.
『무패의 최약』이라고 불리는 기룡사.

리즈샤르테 아티스마타

아티스마타 신왕국의 왕녀. 붉은 전희(戰姬)라고 불린다.
신장기룡 《티아마트》의 파일럿.

피르히 아인그람

아인그람 재벌의 차녀. 룩스의 소꿉친구이며 학원장의 여동생.
신장기룡 《티폰》의 파일럿.

크루루시퍼 에인폴크

북쪽의 대국, 유미르 교국에서 온 유학생 클래스메이트.
신장기룡 《파프니르》의 파일럿.

아이리 아카디아

구제국 황족의 생존자.
1학년이며 룩스의 친여동생.

세리스티아 라르그리스

『기사단(시바레스)』의 단장, 학원 최강의 3학년. 사대 귀족인 공작가 영애이며, 신장기룡 《린드부름》의 파일럿.

키리히메 요루카

『제국의 흉인』이라고 불리던 암살자 소녀.
룩스를 주인으로 인정하고 섬기고 있다.
신장기룡 《야토노카미》의 파일럿.

후길 아카디아

아카디아 구제국의 제1 황자.
『창조주』를 섬기는 기사로서 룩스 앞에 나타난다.

World

장갑기룡《드래곤 라이드》

유적에서 발굴된 고대병기.
그중에서도 희소종이며, 높은 성능을 보유한 것은 신장기룡이라고 부른다.
또한, 장갑기룡의 파일럿은 기룡사《드래곤 나이트》라고 부른다.

유적《루인》

전 세계에서 발견된 일곱 개의 고대유적. 장갑기룡《드래곤 라이드》이 발굴된 이후, 국력을 좌우하는 중요한 거점으로써 각국 간에 세력 다툼이 일어나고 있다.

환신수《어비스》

유적에서 나타나는 수수께끼의 환수. 인류를 위협하는 존재이며, 기룡사만이 대항할 수 있다.

종언신수《라그라뢰크》

한 유적에 단 한 마리만이 존재한다는 초현실적인 힘을 숨긴 일곱 마리의 환신수.

『검은 영웅』

정체불명의 장갑기룡《드래곤 라이드》을 사용하여 단신으로 약 1,200기에 달하는 제국 장갑기룡을 쓰러뜨렸다고 하는 전설의 영웅.

아티스마타 신왕국

리즈샤르테의 아버지인 아티스마타 백작이 아카디아 제국에 대항하여 일으킨 쿠데타가 성공하며 5년 전에 건국된 나라.

아카디아 구제국

세계의 5분의 1을 지배했던 대국. 세계최강이라고 일컬어지던 압도적인 군사력을 바탕으로 압정을 펼쳤으나, 쿠데타로 인해 멸망하였다.
룩스와 아이리는, 이 제국 황족의 생존자.

칠용기성

갈수록 늘어나는 환신수의 위협에 대항하여, 세계협정의 가맹국에서 선출한 대표 기룡사들.

Prologue 결별에 이르는 과거

—5년 전 어느 날.

아직 열두 살인 룩스 아카디아는 엎드려 있던 책상 위에서 눈을 떴다.

작전 순서는 충분히 다 숙지했고, 몇 번이나 머릿속으로 반복해보았다.

그러다가 어느새 지쳐서 잠든 듯했다.

컨디션은 썩 좋지 않았다. 그러나 이 중요한 고비에서 사치스런 소리를 할 수는 없었다.

룩스는 구제국을 무너뜨리기 위해서 각오를 다졌지만 실현되기 전까지 계속해서 정신력이 소모되었다.

"드디어 이 날이 온 건가……."

성곽마을 변경에 자리 잡은 작은 저택.

그곳이 혁명 작전의 수립 및 회의하기 위한 거점이었다.

아티스마타 백작을 위시한 대귀족 몇 명에게 봉기를 재촉하고, 아카디아 제국군과 소규모 전투를 벌이기 시작한 뒤로 약 3주가 경과했다.

좀처럼 반란이 진압될 기미가 보이지 않자 조급해진 제국은 해외 각지에 흩어져 있던 주력 기룡사(드래곤 나이트)들을 전부 동원했다.

소문으로 돌던 아티스마타 백작이 주도하는 제도 습격을 저지하기 위해서였다.

물론 룩스도 정체를 숨긴 채 혁명을 돕기 위해 참전할 작정이었다.

유적(루인) 공략 등에 인원을 분산해둔 탓에 일선 급으로 활약하는 기룡사는 제국에서도 드물었다.

현재로선 장갑기룡(드래곤 라이드)을 착용하기만 해도 압도적인 전력이 보증되지만, 제대로 활용하기 위한 기술까지 단련하고 있는 실력자는 2할도 되지 않았다.

그렇기에 후길에게 기룡 훈련을 받으며 실력을 연마한 룩스라면 돌파할 수 있다고 믿었다.

"……."

형과 수립한 제도 습격 계획을 머릿속으로 다시 검토해보았다.

이 작전의 핵심은 『아티스마타 백작의 혁명』이 성공해야 한다는 것이다.

백작은 이미 제국에 반역할 의지를 품은 대귀족들과 함께 수차례 전과를 올렸다.

이제 남은 것은 왕성을 공격해서, 그 틈에 룩스와 후길이 숨겨진 통로를 통해 성 내부로 침입하여 내부를 제압.

황족들을 포박하고, 시간 차이를 두고 도착할 아티스마타 백작의 부대에게 그 자리를 인계한다는 흐름이다.

그것으로 잔존 전력은 손을 쓸 수 없게 되므로 승패가 결정된다.

"……이제 얼마 안 남았어. 아이리, 조금만 있으면 이 나라는—."

여동생은 변경백에게 넘겨질 예정이었지만, 혁명군과의 전투가 격화된 탓에 일정이 늦춰졌다.

룩스는 공허한 표정으로 중얼거리며, 이어서 소꿉친구 소녀에 대한 추억으로 생각을 옮겼다.

인체실험 대상으로 끌려간 피르히는 무사히 살아 있었다.

전에 룩스가 도와주러 갔을 때 죽었다고 생각했던 건 착각이었던 모양이다.

만약 그녀가 살아 있지 않았다면 룩스는 어떻게 행동했을까?

가늠할 수 없는 절망과 분노에 정신의 균형이 무너져서, 그대로 구제국의 황족들을 죽이러 갔을지도 모른다.

하지만 그런 사실은 없었다는 것처럼 그녀는 멀쩡하게 돌아왔다.

마치 원래 펼쳐져야 했던 운명에서, 룩스가 바란 방향으로 궤도가 수정된 것처럼.

"……궤도 수정? 내가 대체 무슨 생각을? 가능할 리가 없잖아, 그런 게—."

쓴웃음을 지으며 혼잣말을 내뱉는 룩스.

분명 피르히가 인체실험 대상으로 납치당했다는 충격 탓에 착각했을 것이다.

그렇다. 그렇지 않다면, 그 광경은—.

“크……?! 으……!”

갑자기 머릿골이 쑤시는 것처럼 아프더니 노이즈로 시야가 뒤덮였다.

그 날 이후로 룩스의 마음속에는 알 수 없는 위화감이 생겨났다.

자신의 인식— 이 세계에 기묘한 뒤틀림을 느끼게 되었다.

“—아우야. 룩스, 안에 있느냐? 곧 우리 차례다.”

노크와 함께 들려온 후길의 목소리에 룩스는 정신을 차리고 고개를 들었다.

멍하니 있느라 몰랐는데, 시계를 보니 이미 해질녘이었다.

이미 제도에서는 아티스마타 백작이 지휘하는 혁명군의 전투가 시작되었다.

이제 룩스 일행은 어둠을 틈타 기습에 나서서 왕성을 지키는 기룡사들을 처리하고 아티스마타 백작을 성 안으로 유도해야 했다.

그것으로 끝이다.

이 기나긴 압제의 연쇄도, 아카디아 제국의 역사도, 전부 다.

“네. 곧 가겠습니다.”

이때를 위해 계속 단련했다.

신장기룡 《바하무트》를 완전히 자유자재로 다룰 수 있는 지금이라면 틀림없이 실행할 수 있을 것이다.

유일한 결점이라면 가동 시간이었다. 1천을 넘는 기룡사를 전부 상대해야 하는 것은 아니다. 그래도 10분 남짓한 시간 동안 확실하게 처리할 수 있느냐고 묻는다면 그렇지도 않았다.

후길은 그것을 메꾸기 위한 비책을 준비해둔 모양이었다.

"몸은 문제없어 보이는구나. 그렇다면 네게 예전부터 얘기한 비책을 알려주마."

방으로 들어오는 후길 뒤를 따라 아름다운 드레스를 입은 소녀가 들어왔다.

룩스를 비롯한 황족과 같은 은발과 잿빛 눈동자. 하지만 그녀의 얼굴은 기억에 없었다.

아름답긴 하지만 인형처럼 생기가 느껴지지 않는 그녀의 머리에는 작은 뿔 두 개가 튀어나와 있었다.

"그 아이는, 대체―?"

처음 만나는 기묘한 모습의 소녀를 보고 룩스는 당황했다.

하지만 어째서인지 낯설지 않았다.

외모가 무척 닮은 소녀와 어디선가 만나서, 룩스는―.

"아샤리아 레이 아카디아. 지금부터 이 자동인형(오토마타)이 네 몸에 『세례』를 베풀 거다. 《바하무트》를 장착한 채 싸울 수 있는 시간을 늘리고, 『한계돌파(오버 리미트)』를 쓸 수 있게 말이지."

"『세례』……? 아니, 그보다 아카디아라니……?!"

그 순간, 갑자기 룩스의 의식에 왜곡이 생겼다.

머릿속에 안개가 끼면서 아무 것도 떠올릴 수 없게 되었다.

룩스가 보고 있던 광경이 일그러지더니 소리를 내며 무너져 내렸다.

그리고 룩스는 눈을 떴다.

Episode 1 이어지는 기억

"으, 음……."

룩스는 무언가 따뜻하고 부드러운 감촉을 느꼈다.

그 감촉만이 아니라 어쩐지 마음을 안정시켜주는 부드러운 향기도 감돌았다.

감미로운 수마의 유혹에서 벗어날 수 없을 것 같았는데, 잠시 눈앞을 스쳐 지나간 분홍색 머리카락에 번쩍 제정신이 들었다.

"……으?! 피이?! 왜 여기있어?!"

"쿠울……. 루우. 음냐음냐……."

보아하니 룩스는 따사로운 햇빛이 들어오는 객실 안 소파에서 얕은 잠에 빠진 듯했다.

그 사이에 피르히가 찾아와 학원 교복을 입은 채 룩스에게 착 달라붙어서 잠들어 있었다.

"맞다, 여긴 요새 안이었지."

마르카팔 왕국의 폐도 게르니카.

고성 근처에 설치된 세계 연합의 결전 거점이다.

『칠용기성』 대장 마기알카가 손수 지은 곳이라 물자도 충실하게 갖춰져 있다.

지난 전투에서 당한 수많은 부상병들은 마르카팔 왕국의 수도로 이송되었다.

다음 전투까지 주어진 유예는 고작 3일이라서, 전투 불가능한 인원을 요새에 수용할 여유가 없었기 때문이다.

남은 기룡사는 『칠용기성』과 리샤를 비롯한 『기사단(시바레스)』 멤버.

그리고 세계 연합의 잔존 세력 2백 명과 싱글렌 휘하 백령 기사단이 포진 하고 있다.

아카디아 황국 제2 황녀 에이릴의 이야기에 따르면, 앞으로 이틀하고 반나절 정도 지나면 『대성역(아발론)』 후반 부분, 중추에 진입하기 위한 심층부로 가는 길이 열린다고 한다.

그때까지 룩스 일행은 짧은 시간이나마 푹 쉬게 되었다.

다가올 전투에 대비해서 최대한 피로를 풀어둬야 했다.

그래서 오늘은 점심을 먹은 후 방에서 낮잠을 청한 것이었다.

"피이. 일어나 봐. 왜 여기 있는 거야?"

"음냐음냐, 후암……."

여전히 나른한 목소리로 반응하면서 피르히가 천천히 눈꺼풀을 열었다.

평소에도 무척 졸려 보이는 그 눈동자에 룩스의 쓴웃음이 반사되었다.

어째서일까. 학원을 떠난 지 열흘도 안 지났는데, 피르히의 존재가 몹시도 반갑게 느껴졌다.

—조금 전에 그런 꿈을 꾼 것은 그 탓일까?

"그나저나 대체 뭐였을까. 그건……."

단순한 꿈이라기보다도 기억을 되짚어보는 듯한 기묘한 감각이었지만, 뭔가 이상했다.

후길에게 그런 말을 들어본 적도, 아샤리아라는 자동인형은 본 적도 없었다.

아니. 머리에 나 있던 기묘한 뿔을 제외하면 그녀는 『성식』과 꼭 닮았다.

"나도 많이 지쳤다는 걸까."

마침내 장갑기룡을 꺼내든 후길과 대치하고 『창조주(로드)』와 싸워서 『대성역』을 공략해야 하는 날이 왔다.

전면 대결에 대한 강렬한 불안감이 룩스에게 악몽을 보여준 것이리라.

그런 생각을 하고 있으니 피르히가 눈가를 비비면서 말했다.

"……루우. 얼른 일어나. 스승님이 불러."

"응?"

룩스는 잠에서 막 깬 탓에 멍한 머리를 흔들면서 소꿉친구의 의도를 파악하려고 했다.

피르히가 말하는 『스승님』이란 그녀의 무술 선생인 대부호, 마기알카 젠 반프리크다.

『칠용기성』의 대장이기도 한데, 지금 이곳에서는 그쪽 직함이 중심이다.

"루우를 불러달라고 해서, 깨우려고 왔어."

"뭐?! 방금까지 내 옆에서 자고 있었잖아! 깨울 생각 없었던 거 아냐?!"

"……루우, 깨우지 말아달라는 것 같아서, 잠깐 기다렸어."

"자고 있는 사람 생각을 어떻게 짐작한 거야?! 아차, 이럴 때가 아니라 서둘러야지!"

낮잠 중에도 교복을 입고 있었기 때문에 갈아입을 필요는 없었다.

룩스는 거울을 보며 매무새를 가볍게 가다듬고 피르히와 함께 서둘러서 마기알카의 방으로 향했다.

집무실 안에 들어가자 마기알카는 으리으리한 소파에서 느긋하게 쉬고 있었다.

"호호오. 그대는 최근에 제법 괜찮게 활약한 모양이던데, 콧대도 같이 높아졌는가? 대장인 이 몸을 한참 기다리게 하다니."

테이블 위에 있는 와인 병이 반쯤 비어 있는 것을 보니, 심심풀이로 한 잔 하고 있던 것 같았다.

그것을 보고 룩스는 일단 안도했다.

대낮부터 술을 마시는 것을 보면 중요한 지령 등에 관한 이야기가 아니라는 것을 알 수 있었다.

"술 상대가 필요하셨습니까? 아무리 렐리 씨가 여기 없다지만, 그런……."

"이런 천치를 봤나! 그대가 하도 안 와서 한가함을 주체하지 못한 탓이라네. 내 불초 제자도 완전히 잠에 취한 모양이로군."

피르히는 스승의 비꼬는 말도 멍하니 받아넘겼다.

이럴 때면 피르히의 듣고 넘기는 능력이 부럽기도 했다.

"그래서, 용건을 여쭙고 싶습니다만."

"음. 오늘을 포함해서 3일 동안은 휴가 아닌가? 허나 그대는 근면하지. 어차피 멋대로 일하겠거니 싶어서, 심심풀이용 잡일이라도 줄까 해서 불렀다네."

아무래도 오랜만의 잡일 의뢰인 듯했다.

최종결전을 앞둔 요새에서까지 굳이 그래야 하나 싶은 생각도 들었지만, 오히려 다른 일에 신경을 쓰면 마음이 진정될지도 모른다.

"지령은 이 종이에 얼추 적어두었네. 끝나면 돌아와서 얘기하고. 업무란 보고까지 해야 비로소 끝나는 것이잖나."

"그건 알겠습니다만, 피르히도 함께 하는 건가요?"

종이 가장 위에 적혀 있는 『소꿉친구와 동행해라!』라는 말에 꺼림칙함을 느낀 룩스가 묻자—.

"당연하지 않은가. 나는 제자를 사랑하니까 말이지. 이렇게 업무를 빙자해서 같이 시간을 보내게 해줄 생각이라네. 크크크, 나중에 렐리에게 보고해서 장사할 때 편의라도 봐달라고 하려는 계획이지."

"조금은 본심을 숨겨주세요……."

그렇지만 동생인 피르히에게 껌뻑 죽는 렐리에게는 엄청난 효과가 있을 것 같았다.

'그 사람은 사적인 감정을 마구 개입하니까 말이지. 좋은 사

람인 건 확실하지만…….'

그렇게 어이없어하는 탄식을 흘리면서 룩스는 지령에 따르기로 했다.

†

『대성역』 심층부의 문이 열리기까지 앞으로 이틀 하고 반나절. 주위의 병사들은 바짝 긴장한 모양이지만, 요새 내부는 의외로 그렇지도 않았다.

너무나 치열했던 전투의 반동으로 다들 일시적으로 감각이 마비된 것일지도 모른다.

너무 심하게 긴장하면 몸이 버티질 못하는 것은 사실이므로, 어차피 휴식은 필요했다.

"루우. 오늘은, 뭔가 이상해."

"응……?"

물자 수령과 반송 등 마기알카가 명령한 잡일을 처리하는 도중, 옆에 있던 피르히가 그런 말을 했다.

간식 봉투를 한손에 든 채 룩스의 눈동자를 물끄러미 살펴보았다.

"어쩐지, 아까부터 계속 멍해."

"……."

피르히에게 그런 지적을 받으니 기분이 복잡했지만, 확실히 그럴지도 모른다.

그 이유는 아마도 조금 전에 꾼 꿈 때문일 것이다.

속에 담아두기도 좀 그랬기 때문에 피르히에게 얘기해보기로 했다.

어차피 그녀는 룩스가 불안해하는 걸 꿰뚫어보니까.

"—그렇게, 5년 전 일이랑 관련된 이상한 꿈을 꿨어. 아마도 마침내 후길 형님과 싸울지도 모르니까, 긴장한 탓이라고 생각하지만."

"……나도 꾸었어, 옛날이랑 다른 꿈."

"뭐?!"

피르히가 진지한 얼굴로 꺼낸 말에, 손수레를 밀던 룩스는 자기도 모르게 멈춰 섰다.

"내가 죽고, 리예스 섬 수도원 지하에 버려진 꿈. 그때 루우도 왔어. 나는 아직 완전히 죽진 않았지만, 루우는 움직이지 않는 날 보고 충격을 받아서, 뛰쳐나갔어. 거기까지의 기억."

5년 전, 피르히가 인체실험 대상이 되어 납치된 사건.

리예스 섬에서 일어난 그 일은 어째서인지 기억이 모호한 상태로 끊겨 있다.

"그 다음은…… 모르겠어. 정신이 들었을 때, 나는 언니 곁에 돌아와 있었으니까."

"……그, 그럼, 기분 탓일 거야. 실제로 피이는 이렇게 무사히 살아 있는걸."

쓰러져 있는 피르히를 죽었다고 착각했을 뿐이고, 너무나도 큰 충격 탓에 혼란을 일으켰을 것이다.

적어도 룩스는 지금까지 그렇게 생각하고 있었지만—.

"하지만, 조금 떠올랐어. 어제 요새 근처에서 본, 루우의 오빠. 그 사람도 그때 수도원 지하에 왔어. 그런 느낌이 들어."

"—잠깐만?! 그게 무슨 소리야?!"

5년 전에 후길이 리에스 섬에 왔다는 것은 생소한 얘기였으며, 룩스도 들어본 적이 없었다.

그러나 피르히는 표정 변화 없이, 그저 똑바로 앞을 바라보았다.

"모르겠어. 나도 방금 떠올랐어. 『대성역』에 가까이 있는 거랑, 뭔가 관계가 있을, 지도."

"……."

지금까지 이따금씩 룩스의 뇌리에 떠오르던 본 적 없는 광경.

룩스는 그것이 분명 자신의 마음이 보여준 환각이라고 생각했지만, 피르히까지 비슷한 체험을 하고 있다는 얘기를 들으니 묘하게 꺼림칙했다.

대체 5년 전. 리에스 섬 사건과 혁명의 날에, 두 사람에게는 무슨 일이 있었던 것일까—.

"생각해봤자 의미 없는 일이다. 지금 네가 떠올려본들 말이다."

"……윽?!"

요새 내부의 회랑을 꺾은 순간 나타난 사람의 모습에 룩스는 헛숨을 삼켰다.

짙은 군청색 가운을 두르고, 안대를 한 남자.

작은 체구와 어울리지 않는 위압적인 기운을 뿜어내고 있는 것은 『푸른 폭군』 싱글렌 쉘불릿이다.

블래큰드 왕국 백령 기사단 단장이자 『칠용기성』 부대장.

속을 알 수 없는 나락 같은 칠흑빛 눈동자가 룩스의 얼굴을 응시하고 있었다.

"무슨 용건이지. 이런 상황에서까지 권유할 셈인가? 당신을 따를 생각은 없다고 말했을 텐데."

"그럴 생각도 이젠 없다고 전했을 텐데. —그렇다면 어째서 지금 나는 네게 말을 걸었을까? 반대로 묻겠는데, 말을 걸어서는 안 되는 것이냐? 이래 봬도 나는 네 상관이라고."

"큭……."

여전히 높은 곳에서 내려다보는 것처럼 오만불손한 태도.

하지만 묘하게 달변가라 상대방을 잘 구워삶는다.

마기알카와는 다른 의미로 힘든 상대였으며, 이 남자의 행동은 예측할 수 없었다.

룩스가 대답하지 못하고 있자 옆에 있는 피르히가 불쑥 앞으로 나섰다.

"도넛, 먹고 싶으면 줄게. 친하게 지내자는 증표로."

"……뭣?!"

피르히는 휴대용 간식 봉투에서 도넛을 꺼내 태연하게 싱글렌에게 내밀었다.

아무래도 피르히는 과자가 먹고 싶어서 자신을 바라보는 것이라고 착각한 듯했다.

하지만 아무리 마이페이스인 피르히라 해도 이건 무모한 짓이었다.

다른『칠용기성』이라면 모를까, 상대는 그 싱글렌이니까.

"피이, 상대하면 안 돼. 저 사람한테 다가가는 건―."

"아인그람 재벌의 아가씨인가. 고맙게 받도록 하지."

"어엇?!"

그리고 이번에는 룩스가 놀랄 차례였다.

그 싱글렌이 피르히가 건네준 도넛을 받더니, 놀랍게도 그 자리에서 먹기 시작했다.

'이게 어떻게 된 거지? 무슨 생각을 하는 거야? 대체 저 도넛에 어떤 비밀이―?!'

"뭘 힐끔힐끔 쳐다보지? 내가 군것질을 하는 게 그렇게 신기한가?"

……대단히 신기했다.

하지만 룩스는 그렇게 대답하지 못했다.

그건 그렇고 초현실적인 광경이었다.

입가는 웃고 있는데 눈이 웃고 있지 않아서 전혀 식사를 즐기는 것처럼 보이지 않는 싱글렌도.

아무 것도 신경 쓰지 않고 마이페이스로 간식을 계속 먹는 피르히도.

어떤 면에서는 조금 전에 꿈에서 본 광경과는 다른 이상함이 있었다.

"호오, 겉면은 딱딱하군. 내가 좋아하는 식감이다."

그때 갑자기 싱글렌이 수상쩍은 미소를 짓더니 도넛 맛을 평가하기 시작했다.

“과연, 갓 튀겨낸 거였군. 이 긴박한 상황에, 전장의 요새에서 간식을 만들다니. 배짱이 두둑하군.”

비꼬는 것인지 칭찬하는 것인지 잘 알 수 없는 평가를 내렸다.

‘무슨 의도가 있는 거지? 이 대화의 이면에는—.’

“딱히 의도 같은 건 없다. 그저 이 아가씨의 실력과 담력을 칭찬했을 뿐이다만?”

‘태연하게 내 마음까지 읽지를 않나……!’

싱글렌은 묵묵히 도넛을 다 먹고는 손수건으로 입가를 닦았다.

그 직후에 침묵을 참다못한 룩스가 먼저 입을 열었다.

“그래서 대체 무슨 일이지? 내게 뭘 시키고 싶은 거야?”

“음? 아아, 그것 말이냐.”

퍼뜩 생각났다는 투로 대답하며 싱글렌은 뺨을 씰룩였다.

“보험용으로 충고 하나 해줄까 싶어서 말이다. 어차피 내가 『대성역』을 차지하게 되겠지만, 앞으로 무슨 일이 일어날지 모른다.”

“충고라고……?”

이해하지 못한 룩스가 고개를 갸웃하자, 싱글렌은 의미심장하게 웃으며 대답했다.

“나는 네 앞에 펼쳐질 미래를 알고 있다. 그때가 되었을 때 어떻게 움직일지 각오해둬라.”

“또, 그런 말로 나를 현혹하려는 거냐?”

룩스가 반사적으로 경계했지만, 싱글렌은 오만한 미소를 지우지 않았다.

"꼬박꼬박 물고 늘어지지 마라, 잡부. 그 옆에 있는 여자처럼 태연하게 구는 게 어떠냐?"

이건 어디까지나 싱글렌이 방심할 수 없는 상대이기 때문에 경계하는 것이었지만…….

"뭐, 네게 꼭 나쁘기만 한 이야기도 아니다. ―이제 곧이다. 앞으로 조금만 더 있으면 너도 진실을 알게 될 거다. 하지만 진상이라는 것은 골치 아프지. 모르는 게 나았을 이야기. 알아도 고뇌하게 될 뿐인 변하지 않는 현실은 얼마든지 있다."

"난 일단 업무를 명령받은 상황이라, 바빠서 말이야."

룩스가 태연히 대화를 중단하려고 했지만 싱글렌의 태도는 변하지 않았다.

"재화라고 불리는 현상이 있지. 우리 블래큰드 왕국에서도 몇 년 전에 일어나, 많은 이들이 희생되었다. 내가 있는 곳에서는 엘릭시르를 얻고 폭주한 장교가 국내에서 내란을 일으켰다."

"무슨, 이야기지……?"

"나는 말이다, 애초에 왕후귀족의 권력 같은 것에는 흥미가 없었다. 지금은 블래큰드 왕국 장군의 자리에 복귀했지만, 애초에 그런 것은 아무래도 좋단 말이다. 처음부터 그 놈들과 엮이고 싶지 않았으니까."

"……."

기억 속에서 무언가를 꺼내는 것처럼 남자는 허무함이 가득한 눈으로 허공을 바라보았다.

"시시하다고 생각하지 않나, 룩스 아카디아. 너는 어째서 과거에 구제국 황족들을 설득하지 못하고, 나라를 바꾸기 위해서 혁명 같은 수단에 의지했지? 놈들이 들어주지 않았기 때문이냐? 네 발언력이 약했기 때문이냐?"

"……몰라. 그저, 그 때는 그 방법밖에 없다고 생각—."

"아니, 잡부. 너는 진즉 깨달았을 터다. 어차피 생물이란 자신의 형편에 맞게 살아갈 수밖에 없다. 따라서 사람의 양심 따위에 호소하는 것 자체가 문제인 것이지. 그 어설픔 탓에 나는 유일한 혈육을 잃었다."

가족의 죽음에 대해서 말하는 사이에도 싱글렌의 미소는 변하지 않았다.

"뭐, 그건 어쩔 수 없지. 약육강식이니까. 약하면 빼앗긴다. 그게 세상의 이치다. 이의를 떠들어댈 생각은 없다. 하지만—."

그때 싱글렌의 칠흑빛 눈동자가 시커먼 살기를 띠었다.

"내가 **굳이 싸울 필요도 없다고** 판단하여 놓아준 놈들이, 주제도 모르고 설치는 모습은 참을 수 없었다. 나는 싸울 수밖에 없었지. 너처럼 말이다."

싱글렌은 분명 장갑기룡이 발굴된 직후에 내란을 정리하고, 장군 자리에 올랐을 터다.

그 이후에 무자비한 전법 탓에 장군 자리에서 몰려나게 됐지만, 그가 처음에 공적을 세운 이유는 지금 언급한 가족을 지키기 위해서였던 것일까?

"하지만 그 선택은, 얄궂게도 나중에 누나를 잃는 운명으로 이어졌지."

"……."

말로 꺼내지는 않았지만, 룩스는 닮았다고 생각했다.

왕궁에서 추방당해 있을 곳, 할아버지, 어머니를 잃고 여동생과 소꿉친구마저 빼앗길 뻔했던 과거의 자신과.

그 현실을 바꾸려고 행동했다는 점도.

다만 싱글렌은 소중한 사람을 잃은 후, 힘을 통한 지배를 마다하지 않았다.

"그리고— 나는 10년 전에 그 후길과 만나, 《리바이어선》과 전진을 손에 넣었다."

"……뭐?! 그게 무슨 소리야?!"

그때까지 조용히 듣고 있던 룩스가 순간적으로 안색을 바꾸며 달려들었다.

어째서 후길이 블래큰드 왕국에 있었으며, 싱글렌에게 관여한 것인가.

기룡과 기술을 주고, 국가를 바꿀 힘을 주었다.

그 흐름의 다양한 면에서 룩스와 싱글렌이 겹쳐졌다.

"너는 자신의 형이라고 생각하는 그 남자에 관해서 아무 것도 모르는 모양이군. 하지만 나는 눈치 챘다. 그 남자의 계획과 목적을 말이다."

입꼬리를 올리며 싱글렌이 크크크, 하고 웃었다.

"너는 과거의 나와 같은 길을 걸으려 하고 있다. 그렇게 되도록 그 남자가 유도하고 있지. 허나 이미 나는 일부러 그 길에서 벗어났다. 그렇기 때문에 너를 대신 원하는 거다. 운명의 특이점이 되어가는 너의 존재를, 자신에게로 끌어당기기 위해서 말이다."

"……무슨 소리인지, 모르겠어. 혁명을 선택한 건 나 자신의 의지야. 후길이 그걸 내게 시킬 이유가 없어. 가능하다면 자기가 직접 하면 될 일이고, 무엇보다도 형님은 나를 배신했어!"

룩스는 무의식적으로 언성을 높이며 반론했다.

하지만 싱글렌은 불손한 미소를 머금은 채 대답할 뿐이었다.

"몇 번을 말해야 알아들을 거냐. 『대성역』 중추에 도착하면 싫어도 알게 될 것이다. 그때까지 부디 얌전히 있으라고. 이 내게 도움이 되도록 말이지."

그 말을 끝으로 싱글렌은 뒤로 돌아 떠나버렸다.

무언가 중대한 얘기를 들은 것 같았지만, 동시에 전혀 영문을 알 수 없는 내용이기도 했다.

여우에게라도 홀린 듯한 기분으로 룩스는 침묵했다.

"루우, 가자. 스승님의 지령, 다 끝내야지."

소꿉친구 소녀의 목소리를 듣자 룩스는 긴장이 풀렸다.

이럴 때 언제나 흔들리지 않는 마이페이스인 피르히는 믿음직스럽다.

"피이는 어떻게 생각해? 싱글렌 경이 한 이야기."

"……응, 무슨 소리인지, 전혀 못 알아들었어."

너무나도 솔직한 대답이라서 룩스는 힘이 빠졌다.

"하지만, 괜찮아. 루우는, 내가 지킬 테니까."

피르히는 그렇게 말하고, 이어서 희미하게 미소 지었다.

이렇게 때문에 피르히는 강한 것일지도 모르겠다고, 룩스는 문득 생각했다.

생각해봤자 소용없는 일, 쓸데없는 일에 신경을 쏟지 않으며, 그러면서도 소중한 것은 놓치지 않는다.

"하지만, 뭘까. 어쩐지 외로워보였어. 그 사람."

"……."

피르히의 소감에 룩스는 뭐라고 대답해야 할지 망설였다.

하지만 결국 말로 표현하지 못한 채, 지령을 마치기 위해서 요새 안을 걸었다.

†

"후우…… 이게 끝인가."

여기저기 돌아다니면서 물자반입 잡일을 마친 룩스는 복도에서 피르히가 나눠준 과자를 먹으며 휴식을 취했다.

창밖 저 멀리에 무너진 고성이 보이지만, 지금은 쥐죽은 듯 조용했다.

한동안 상황은 변하지 않을 것 같았다.

『대성역』 심층부로 가는 문이 대체 어떤 건지도 모른 채이다.

"후암……."

돌아보니 피르히가 벽에 기댄 채 꾸벅거리고 있었다.

역시 지금까지 연속해서 무리한 탓에 피로가 쌓였으리라.

소꿉친구를 요새 안에 배정된 객실에 바래다주고 나자, 한 소녀가 숨을 거칠게 헐떡거리며 룩스 앞에 나타났다.

"여봐라, 룩스! 한참 찾았잖느냐! 나 참, 방에 안 있고 어딜 돌아다닌 거냐!"

금발 사이드 테일을 흔들고 있는 소녀는 신왕국의 왕녀 리즈샤르테다.

그녀 역시 강행군으로 이 폐도 게르니카까지 오자마자 곧바로 전투를 치렀기 때문에, 오늘은 아침부터 쭉 자고 있었던 모양이지만—.

"곧 어마마마께서 마르카팔의 왕국 수도로 떠나실 거다! 배웅 인사를 하러 가자꾸나!"

"—아! 알겠습니다. 바로 갈게요."

아마도 룩스가 잡일을 처리하는 사이에 리샤가 찾아왔었던 모양이다.

신왕국 여왕 라피가 요새에서 **철수**한다면, 다른 7개국 대표들도 마찬가지일 것이다.

리샤가 말한 떠난다는 표현은, 상황이 상황이니만큼 이곳보다 안전한 곳으로 피난한다는 의미다.

사실 각국 지도자들은 『창조주』 리스테르카에게 협박당해 이곳에 온 모양이고, 『칠용기성』을 되찾은 이상 이 위험지대에 머무를 이유가 없다.

신왕국으로 돌아가지 않는 이유는, 앞으로 사흘 뒤에 이 전투가 결판난다면 『대성역』을 차지한 후에 교섭 과정이 남아 있기 때문이리라.

실은 체류 중인 호위군 지휘관으로서 세리스의 부친인 사대 귀족 디스트 라르그리스도 와 있는 모양이었다.

하지만 룩스는 우선 주군인 리샤와 함께 요새 내부의 응접실로 향했다.

원래는 살풍경하고 무미건조한 방이었을 텐데, 마기알카가 개장했기 때문인지 쓸데없이 화려한 인테리어로 바뀌어 있었다.

정체를 밝히고 입실하자 드레스 차림의 라피 여왕이 소파에 앉아 있었고, 그 바로 옆에 나르프 재상이 물러나 있었다.

"여왕 폐하. 인사가 늦어진 무례를 용서해주십시오."

우선 룩스는 한쪽 무릎을 꿇고 머리를 숙였고, 리샤도 이를 따랐다.

하지만 라피는 너그럽게 미소 지으며 바로 고개를 들도록 말해주었다.

"여기에는 다른 사람의 이목이 없습니다. 격식을 차린 인사는 필요 없어요. 둘 다 지금까지 분전하느라 정말 고생 많았습니다."

여느 때처럼 밝은 미소이긴 했지만, 표정에서는 다소 피곤함이 묻어나왔다.

—무리도 아니라고, 룩스는 생각했다.

『성식』의 등장으로 인한 세계 붕괴의 위기. 『창조주』 리스테르카가 준비한 함정에 선동당한 국민들.

그리고 이 폐도에서 펼쳐진 전투 때문에 짧은 기간 동안 얼마나 정신력을 소모해왔을까.

"드디어 『대성역』의 심층부가 열리려 하는 이 상황에서 퇴각해야 하다니 참으로 한심할 따름입니다만, 지금 우리가 이곳에 있는다 한들 오히려 걸리적거리기만 하겠지요. 부디, 제 딸 리샤를 지켜주세요."

라피의 당부에 룩스는 고개를 끄덕이며 즉시 대답했다.

"네. 이 목숨과 맞바꿔서라도 지켜드리겠습니다."

간단히 앞으로 해야 할 일에 관해서 대화를 나눈 후, 라피는 문득 창밖을 보았다.

"그러고 보니, 그 혁명일로부터 이제 겨우 5년이 지났군요. 소년이었던 당신은 훌륭하게 성장했지만, 저는 과연 어떨는지요?"

"외람된 말씀이오나, 훌륭하게 신왕국을 다스리고 계신다고 생각합니다."

룩스는 망설이지 않고 대답했다. 하지만 라피의 표정에는 그늘이 드리워 있었다.

"그럴까요? 솔직하게 말하자면, 저는 좀 지쳤어요."

"어마마마?"

지금은 얌전히 말을 아끼고 있던 리샤도, 약한 소리를 하는 라피의 태도에 놀란 것인지 반사적으로 입을 열었다.

"오랜 역사를 자랑하는 명가의 일족이라지만, 저는 그저 백작 영애에 지나지 않아요. 영주이자 영걸이라 불린 오빠와는 다르게, 나라를 다스리기에는 힘이 부족하지요. 그래도 이 나라를 위한 일이라고 생각하며 전력을 다해왔습니다만—."

라피 여왕은 힘없이 미소 지으며 고개를 숙이고 계속해서 말했다.

"사대 귀족의 힘을 빌리지 않으면 제대로 군을 움직일 수도, 정치를 수행할 수조차 없어요. 구제국파라 불리는 집정관들도, 이번 일로 심하게 질책 받고 말았죠. 백성들에게는 제 무능함만이 알려졌고요."

"폐하, 그렇지 않습니다. 그들은 그저 이 위기를 빌미삼아 정권을 빼앗으려 하는 것에 불과합니다. 깊이 생각하실 필요는 없습니다."

나르프 재상이 온화하게 위로하자 라피 여왕은 힘없이 고개를 끄덕였다.

"알고 있어요……. 둘 다 미안해요. 이제부터 세계를 구하기 위한 결전을 준비하는 용사들을 앞에 두고 약한 소리를 해서."

"아뇨, 여왕 폐하의 은의에 보답할 수 있도록 전력을 다할 생각입니다."

룩스가 진지한 눈으로 대답하자 라피는 그제야 미소를 지었다.

"고마워요, 룩스. 당신들의 승리를 기도하겠습니다."

라피와 나르프 재상이 방에서 나가자 룩스와 리샤도 배웅하러 뒤를 따랐다.

그리고 요새 후문에서 헤어진 후, 룩스는 작게 탄식했다.

"여왕 폐하께서도 고생이 많으시군요."

"그래. 이 전쟁이 끝나면, 나도 공주로서 어마마마의 힘이 되어드려야지. 그, 그때는 물론 내 기사인 너도 도와줘야 하고. 이건 어디까지나 공무에 관련된 상담이니까, 협정에는 저촉되지 않을 터다."

어쩐지 초조해 보이는 표정으로 리샤는 룩스에게 말했다.

이 싸움이 끝날 때까지 남들보다 먼저 룩스에게 어필해선 안 된다는 협정. 그러나 얼마 전 크루루시퍼가 전투 도중에 룩스에게 어필하고 말았다.

따라서 리샤 자신도 대항할 마음이 있었다.

이대로 룩스와 **그 이후의** 이야기도 할 수 있다면 좋겠다고 생각했지만—.

"물론이죠. 아참, 그러고 보니 제 《바하무트》는 어떻게 되었나요?"

"앗……! 그러고 보니 맞다, 우리 기룡의 정비가 남아 있었지……. 젠장, 또 이렇군. 왜 하필 내 차례에만 이런 귀찮은 일이 있는 거냐고!"

이 요새에는 마기알카가 고용한 솜씨 좋은 정비사들이 몇 명 있다.

하지만 그들은 『칠용기성』의 장갑기룡도 수리해야 하므로, 겨우 3일 만에 모든 기룡을 조정하는 것은 무리였다.

따라서 리샤도 정비사로서 『기사단』의 기룡을 조정하는 일에 동원되었다.

룩스는 번민하는 리샤를 위로하면서 요새의 기룡 격납고까지 바래다주었다.

그 뒤로 객실로 돌아가 잠시 쉬고 있으니 차츰 날이 저물기 시작했다.

"아참, 슬슬 에이릴이 잘 있는지 보러 가야지."

그녀의 구속은 조금 느슨하게 풀어두었지만, 이동할 때는 룩스가 꼭 붙어있어야 했다.

이제부터 식당에서 저녁 식사를 해야 하므로, 그녀를 지하 감옥에서 데리고 나올 필요가 있었다.

†

"앗, 안녕. 룩스 군."

룩스가 지하 감옥으로 내려가자 에이릴이 밝은 목소리로 인사했다.

오늘은 하얀 블라우스와 검은 스커트라는 사복 차림으로, 오른팔에만 사슬을 찬 채 능숙하게 책을 읽고 있다.

경계하는 차원에서 처음에는 엄중하게 결박되어 있었지만, 조금씩 간단한 구속으로 바뀌었다.

룩스가 가지고 있던 열쇠로 사슬을 풀어주자 에이릴은 수줍게 웃으면서 말했다.

"선뜻 풀어버리는구나. 하지만 조심성이 너무 없는 거 아니야? 난 일단 위험인물인데."

“뭐 어때? 이번에야말로 널 믿고 있다는 뜻인걸.”

룩스가 대답하며 미소 짓자, 에이릴은 침대에 걸터앉은 채 눈을 내리깔고 고개를 끄덕였다.

“응. 하지만 조금 아쉽네. 또 룩스 군이 밥을 먹여줄 줄 알았는데.”

“아하하…….”

에이릴의 짓궂은 농담에 룩스는 어이없는 나머지 쓴웃음을 지어버렸다.

며칠 전 『창조주』 일행과 격돌하는 동안에 남아 있는 가족에게 배신당하거나 배신하고, 꽤 여러 일들이 있었지만, 에이릴은 생각보다 잘 마음을 추스른 모양이었다.

“무슨 문제는 없어? 상처나 컨디션이 나쁘다거나.”

“멀쩡해. 오히려 속이 후련해졌을 정도야. 이제야 나 자신과 다른 모두에게 거짓말을 하지 않아도 되니까.”

“…….”

진심으로 안도한 것 같은 에이릴의 대답을 듣고 룩스는 말을 잃었다.

생각해보면 반하임 공국의 『코랄』로 지내는 사이에도 마음고생이 꽤 심했으리라.

성별과 경력과 인종까지 위조한 인식으로 사람들을 속이며 계속 밀정으로 생활해왔다.

그래도 『창조주』와 룩스 일행 사이에서 어느 쪽에 설 것인지 흔들렸다.

“그건 그렇고 정말 괜찮은 거야? 우리 쪽에 붙어도.”

“……응.”

에이릴은 컵에 담긴 물을 마시고, 살짝 망설인 다음 대답했다.

“사실, 리스테르카 언니도 가여운 사람이야. 언니는 마침 『창조주』의 지배력이 가장 강했을 때 태어난 황녀니까, 나나 헤이즈랑 비교가 안 될 정도로 철저하게 『교육』받았지.”

—교육.

그것은 세계를 지배하는 일족의 후계자로서의 자질이나 제왕학이 몸에 배었을 뿐 아니라, 그 강렬한 선민사상마저 뿌리내렸다는 의미이리라.

게다가 그녀가 황녀를 계승한 직후 『배신자 일족』이 일으킨 반란도 격화되었다고 들었다.

리스테르카의 관점에서 본다면 부조리한 습격을 받았다는 생각 밖에 들지 않았을 것이다.

“그래서 조금 복잡한 기분이야. 하지만 그대로 놔둔다면 또 다시 같은 일이 반복될 거야. 누군가가 지배하고, 분노와 원한이 쌓인 끝에 반역이 일어나고, 다시금—.”

“알고 있어.”

영원히 이어지는 부정적인 연쇄.

그것을 끊기 위해서 친언니와 『창조주』의 사명에 반기를 들었다.

그야말로 자신의 목숨을 버리는 것과 다름없는 각오로 세계 연합 쪽에 서주었다는 사실을 룩스는 감사하게 생각했다.

어쩐지 쓸쓸해 보이는 소녀의 어깨를 두드리며 룩스가 말했다.

"에이릴. 만약 가능하다면, 헤이즈와 리스테르카도 생포해 볼게."

그러자 에이릴이 놀란 것처럼 눈을 크게 떴다.

"—어?"

"아마도, 우리가 승리하면 세계 연합은 그들을 처형할 거야. 하지만 어쩌면 살아남을 수 있을지도 몰라. 그게 불가능하다면, 최소한 대화라도 할 수 있게 해주고 싶어."

"……."

에이릴은 룩스의 말에 잠시 멍한 얼굴로 눈을 동그랗게 떴다.

하지만 몇 초 뒤에 살짝 미소를 지으면서 우습다는 것처럼 어깨를 떨었다.

"있잖아, 룩스 군은 역시 이상한 사람이구나. 보통은 그런 게 가능할 리 없는데, 네가 말하니까 왠지 믿어버릴 것 같아."

그렇게 대답하는 에이릴의 표정과 말에는 독기가 전혀 없었다.

"고마워, 룩스 군. 어쩐지 마음이 좀 편해졌어."

"그럼, 저녁 먹으러 갈까? 너무 늦으면 또 혼날 테니까."

룩스가 제안하자 에이릴은 웃으며 고개를 끄덕였다.

두 사람은 그대로 손을 잡고 지하 감옥에서 식당으로 이동했다.

†

『대성역』 심층부로 가는 길이 열리기 전, 오늘을 포함해서 사흘 간 휴식 시간이 주어졌다.

하지만 룩스는 그동안에는 어디까지나 조용한 시간을 보내게 될 거라고 생각하고 있었다.

겨우 몇 kl(키르) 앞에 무너진 고성이 있었으며, 수많은 부상병들을 이송하긴 했지만 경계 태세는 여전히 엄중했다.

그런데 요새의 식당에 들어선 순간, 룩스와 에이릴은 정색한 얼굴로 굳어버렸다.

"룩스 군……. 나 좀 피곤한가 봐. 무슨 환상이 보이는데?"

"그럼, 우리 둘 다 그런가 보네."

곤혹스런 목소리로 중얼거리는 에이릴에게 룩스도 형언하기 힘든 복잡한 표정으로 대답했다.

인테리어는 호화로울지언정 분위기는 엄숙했을 터인 요새는, 눈부시게 휘황찬란한 공간으로 바뀌어 있었다.

자수가 들어간 부드러운 붉은 융단, 식당을 은은하게 밝혀주는 샹들리에는 골동품이지만, 그런 만큼 고급스러움이 느껴졌다.

그리고 과실로 만든 아로마를 태우는 것인지 주위에는 좋은 향이 감돌았다.

"여기, 요새였던 거 맞지?"

에이릴이 믿을 수 없다는 것처럼 눈을 비비고 있는데, 두 사람 앞에 젊은 소년 웨이터가 나타났다.

마기알카의 보좌관인 소년 집사 롤로트다.

"어서오세요. 오늘은 제 주인 마기알카의 취향을 따라, 조촐하지만 연회 자리를 마련해보았습니다. 오늘 밤은 싸움을 잊고 즐겨주세요."

롤로트는 어딘지 모르게 미안함이 느껴지는 목소리로 말하며 머리를 숙였다.

굳이 따지자면, 현재 상황과 어울리지 않는 것은 이 장소 쪽이라는 자각이 있는 것 같았다.

'……그나저나 렐리 씨랑 마기알카 대장님이 사이좋은 이유를 왠지 알 것 같네.'

단순히 재력이 비등하다거나 나이가 가깝기 때문만이 아니라, 취미가 비슷하다.

롤로트에게서 와인잔을 받은 룩스와 에이릴은 가까운 원탁으로 안내받았다.

새하얀 식탁보 위에 놓인 동물 기름 램프는 어딘가 환상적인 불꽃을 피우고 있었다.

"……나 참, 기가 막히는군. 갑부와 권력자가 하는 짓은 너무 튄단 말이지."

"아, 고생이 많아. 그라이퍼."

에이릴은 룩스보다 빠르게 그녀가 잘 아는 소년에게 말을 걸었다.

반하임 공국의 그라이퍼는 심통 난 표정으로 쇠고기 육포를 뜨고 있었다.

신왕국 일행은 아직 오지 않은 모양이었지만, 『칠용기성』 멤버들은 거의 다 모인 듯했다.

"안녕, 오빠. 몸은 이제 좀 괜찮아?"

누군가가 소매를 잡아당기는 느낌에 그쪽을 돌아보니 와인잔을 든 메르가 서 있었다.

아무리 그래도 그 나이에 술은 좀 아닌 것 같다고 생각했는데, 포도 주스인 듯했다.

평소처럼 시크한 복장인데도 어딘지 모르게 기품으로 가득해 보이는 건, 역시 명문가의 아가씨이기 때문일까.

"분위기가 있어? 당연하지. 내가 좀 더 자라면 훨씬 귀여워질 거니까. 그때는 오빠도 유미르에 놀러와."

"응. 꼭 갈게."

여전히 자신이 넘치고 귀여운 그녀에게 그렇게 대답한다.

이 전투에서 승리하고 살아남는 게 당연하다는 듯한 말투는 오히려 믿음직스러웠다.

그렇게 저마다 담소를 나누고 있는데, 회장 안쪽 단상에서 마기알카가 연설을 시작했다.

"아아— 제군들. 오늘 밤 이렇게 모여 줘서 고맙네."

평소처럼 독특한 옷차림이지만 뺨은 취기로 발갛게 달아올랐고, 이미 한껏 흥이 오른 것처럼 보였다.

"부활한 일곱 『종언신수(라그나뢰크)』 토벌 및 『대성역』 표층부를 공략하느라 참으로 고생들 많았네. 오늘을 포함해 앞으로 사흘 간

충분히 휴식을 취하게나. 결전의 순간까지 앞으로 얼마 안 남았으니까."

마기알카는 그것만을 말하고 다시 테이블로 돌아가 롤로트 곁으로 다가갔다.

결국 이 연회의 의도가 무엇인지 말할 생각은 없는 듯했지만, 왠지 모르게 알 것 같았다.

"승리를 미리 축하, 한다는 느낌?"

진지한 표정의 소피스가 말린 오징어를 질겅거리며 룩스 뒤에서 나타났다.

보좌관을 담당하던 여동생뻘 자동인형 리 프리카가 없어서 그런지 혼자 조금 심심해 보였다.

"아니면, 최후의 만찬이라는 걸까?"

"재수 없게 그런 말 하지 말라고—. 아무리 분위기 파악을 못해도 말이지."

그리고 그 옆에서 군복 차림의 로자도 다가왔다.

역시, 라고 해야할까. 『칠용기성』도 룩스를 중심으로 모이는 것 같았다.

싱글렌은 이런 곳에서도 여전히 코트를 두르고 있어서 겉도는 것처럼 느껴졌다.

평소처럼 오만한 미소를 머금고 구석에 당당하게 서 있었다.

'어라……? 싱글렌의 보좌관이 안 보이네?'

츠바이베르크라는 노병이 그의 곁에 늘 붙어 다녔는데, 백령 기사단 지휘를 하고 있는 걸까?

사소한 의문에 사고력을 할애해보았지만 답은 나오지 않았다.

"설마 정말 그럴까 싶지만, 이 연회도 마기알카 경이 꾸민 일일지도 몰라."

"뭐……?"

에이릴이 불쑥 중얼거린 말에 룩스는 의문을 품었다.

그러나 에이릴은 「아무 것도 아니야」라며 고개 젓고는 다시 파티로 의식을 돌렸다.

마기알카는 분명 『칠용기성』의 대장이긴 하지만 동시에 세계를 좌우 하는 상회의 총수이기도 하다.

『대성역』의 유산과 기술을 노리고 무언가 꾸미고 있을지도 모른다는 것일까?

설령 그렇다 하더라도 이익만이 목적일 뿐, 모두에게 피해를 입히진 않을 거라고 생각하지만…….

"루크찌 안뇽~! 이야~ 통째로 전세를 내니까 기분 좋네!"

그런 생각을 하고 있으니 뒤에서 티르파가 달려들었다.

어쩐지 뜨겁게 달아오른 듯한 표정과 시선을 보니 그녀도 취한 듯했다.

"나 원, 이 정도로 뻔뻔하게 구니까 오히려 상쾌하게 느껴질 지경이로군. 신왕국 정예병들도 희생된 이상, 부사령관의 딸로서 엄숙하게 있어야 하는데 말이야."

이어서 샤리스는 삼화음(트라이어드)의 리더라는 자리를 생각해서인지 술을 마시지 않아 멀쩡한 얼굴로 말했다.

마찬가지로 녹트도 평소처럼 냉정한 말투로 자신의 뜻을 은 근히 피력했다.

“Yes. 하지만 얌전히 있는다 해도 정작 중요할 때 싸울 수 없다면 의미가 없습니다. 어차피 사고의 전환과 휴식이 필요합니다. 부상병은 이곳에 없고, 『칠용기성』은 포로 상태로 한참을 보냈으니까요.”

“뭐, 여차하면 마기알카 대장에게 책임을 떠넘기면 된다고 생각해요.”

뺨이 약간 달아오른 아이리가 취기가 느껴지는 눈으로 그런 말을 했다. 살짝 아이리답지 않은 발언이지만, 술 때문에 이성이 날아간 것일지도 모른다.

룩스가 걱정되어 다가갔더니, 아이리는 자신의 등을 맡기는 것처럼 품에 뛰어들었다.

“야, 아이리. 혹시 과음한 거 아냐?”

그대로 눈을 홉뜨고 룩스를 보면서 아이리는 툭 내던지듯이 말을 이었다.

“했는데요, 무슨 문제라도 있어요? 절 계속 걱정하게 하는 오빠 때문이거든요. 그러니까 오빠도 조금은 걱정해도 되잖아요. 저에 대해서.”

“아, 하하…….”

볼멘 소리를 하는 아이리를 보며 룩스는 자기도 모르게 쓴웃음을 지었다.

원래 문관인 아이리가 이런 전장까지 달려올 정도이니, 평범한 수준의 걱정이 아니었을 것이다.

그렇게 생각하면 미안한 마음이 들었지만, 이것이 마지막이다.
『창조주』와 자웅을 겨루고 『성식』을 저지할 것이다.

성공한다면, 더는 여동생에게 걱정을 끼칠 일도 없으리라.

"과연 말해야 할지 망설였는데…… 최근에 후길 오빠에 관해서 조금씩 조사해봤어요. 구제국의 자료는 이제 거의 안 남아 있지만, 그래도 뭔가 알 수 있을 까 싶어서요."

만취해버린 아이리는 불쑥 그런 말을 꺼냈다.

그 내용에 룩스가 놀라며 숨을 합 삼키자, 작은 목소리로 말을 이었다.

"가계도랑 의사록(議事錄) 같은 것도 꼼꼼하게 살펴봤지만, 크게 이상한 점은 없었어요. 그야말로 부자연스러울 정도로 기록이 남아 있질 않더라구요. 그런데 신경 쓰이는 부분이 딱 하나 있었어요."

"그건—."

아이리는 싱글렌을 경계하는 것처럼 그쪽으로 시선을 살짝 돌렸다.

하지만 전혀 신경 쓰지 않고 와인잔을 기울이는 모습을 확인하고서 그대로 이야기를 재개했다.

"어쩌다가 알아냈는데, 과거 5백 년 동안의 가계도에 후길 오빠의 이름이 몇 차례 실려 있었어요. 차남, 때로는 황제의 조카 또는 삼촌으로 나타나는 등, 위치는 그때마다 다르지만 아카디아 제국 역사에 여러 차례 모습을 드러냈더군요."

"……뭐?! 그게, 무슨 소리야?"

미심쩍은 표정으로 룩스가 되묻자, 아이리도 눈을 감고 고개를 저었다.

"전혀 모르겠다는 표정이네요? 저도 사실, 그 자체는 딱히 이상하다고 생각하지 않아요. 선조의 이름을 따오는 건 왕족 사이에서는 흔한 일이니까."

확실히 그 말대로다.

그리고 후길이 그 사건에 전부 다 관여했다고는 생각하지 않는다.

수명이 영원하지 않다면 불가능한 일이며, 무엇보다도 아카디아 제국에 관여했다고 하기에는 비교적 권한이 적은 지위나 관직에 머물러 있었다.

하지만, 이것이 정말로 단순한 우연이라고 생각했다면 아이리는 굳이 이 이야기를 하지 않았으리라.

아이리 본인은 후길과 접점이 거의 없지만, 룩스를 거쳐서 알고 있었다.

그러니 아마도 다음에 벌어질 결전에 대비해서 상당히 경계하는 것 같았다.

"……조심할게, 아이리."

"네. 그리고— 뭐, 이쪽 얘기는 됐으니까 그만해요. 싸우기 전에 이것저것 생각해봤자 뾰족한 수가 떠오르는 것도 아니니까."

"응……?"

갑자기 한숨 섞인 말투로 바뀌더니, 무언가 불만스러운 것처럼 뺨을 부풀렸다.

웬일로 취한 탓인지 평상시의 얌전한 모습과 다르게, 어린 아이 같은 감정이 눈에 띄었다.

"이 전투가 끝나고 신왕국에 돌아가면, 오빠는 엄청난 상황에 처할 거라는 얘기예요. 다섯 명이나 되는데 어떡할 거예요? 정말 곤란하다니깐."

"No. 아이리, 그 이상은 협정에 저촉되므로 말을 삼가세요."

"알았다구요—. 저한텐 녹트가 있으니까, 오빠는 마음대로 해보세요. 실컷 즐겨보라구요."

아이리는 녹트에게 손을 붙잡혀서 끌려가 트라이어드와 함께 소파로 이동했다.

어쩐지 홧김에 술을 마신 것처럼 보였는데, 무슨 불만이라도 있는 것일까?

"후우……. 일단 좀 쉬어야겠군! 작업이 끝나질 않아! 여봐라, 룩스! 나랑 좀 놀자. 여러 가지로 쓸쓸하구나!"

룩스가 고개를 갸웃거리고 있는데, 지금까지 기룡을 정비한 것인지 하얀 가운을 걸친 리샤가 나타났다.

그리고 그 뒤에서 크루루시퍼와 세리스, 피르히, 그리고 요루카까지 익숙한 얼굴들이 나타났다.

"그렇단 말이지. 그래……. 드디어 다들 말하는 거구나. 조만간."

에이릴이 무언가 의미심장한 표정으로 중얼거렸지만, 룩스는 영문을 알 수 없어서 난처했다.

"룩스 군은 아무 것도 몰라도 돼. 나중에 실컷 놀라게 될 테니까."

에이릴이 그렇게 말하며 부드럽게 룩스의 손을 잡아당기자 리샤가 허둥지둥 뛰어왔다.

"어이, 너 말이다! 멋대로 룩스와 손을 잡지 말라고! 너도 협정에 가입했잖느냐!"

"아하하. 미안, 미안."

에이릴이 멋쩍게 웃으며 룩스 곁에서 떨어지고, 크루루시퍼가 싸늘한 시선을 보냈다.

"여전히 방심을 틈을 안 주는구나. 아닌 척 행동하니까 더욱 고약해."

"마, 맞습니다. 이건 특수한 연회이긴 하지만 엄숙하게 처신해야 합니다. 이 전투에서 산화한, 그리고 부상당한 선배들에 대해 실례이니까요."

세리스도 피로한 기색이 남아 있긴 했지만, 하루 쉰 덕분인지 안색이 좋아졌다.

"루우. 밥, 가져왔어. 먹자."

평소처럼 접시에 요리를 산처럼 쌓아온 피르히는 여전히 마이페이스인 것 같았다.

"그럼, 우리도 너무 떠들지 않게 신경 쓰면서 즐겨볼까."

룩스가 그렇게 말하며 미소 지었고, 『칠용기성』도 함께 하는 환담의 밤이 깊어갔다.

연회가 끝난 후 취해서 잠든 아이리를 객실까지 데려다주었는데, 어째서인지 크루루시퍼와 소피스도 룩스를 따라왔다.

"제법 즐거웠어. 좋은 기분 전환 시간이었네."

"요리, 맛있었어. 꺼억."

벽에 램프를 켜둔 석조 회랑을 걸으면서 소피스가 진지한 어조로 말했다.

무감정 속에서 왠지 모르게 즐거운 분위기가 느껴지는 것은 기분 탓이 아닐 것이다.

"그런데 두 사람 다 술을 안 마시는 것 같은데, 소피스는 둘째 치고 크루루시퍼 씨도 안 마셨던가?"

그 질문을 들은 크루루시퍼가 요염하게 미소 지으며 룩스를 놀렸다.

"어머나? 룩스 군도 참, 나를 취하게 해서 무슨 짓을 하려는 걸까?"

룩스는 쓴웃음으로 그것을 넘긴 뒤에 거듭 두 사람을 바라보았다.

"그럼 설마, 이 뒤에 뭔가 할 일이 있는 거야?"

"그래, 사소한 임무가 있어. 마기알카 대장이 명령했지."

"근처에 떨어진 『천궁』을 지금 조사하러 가."

"—『천궁』이라니, 그 『창조주』 일행이 타고 있던 공중 궁전을 말하는 거지?"

바로 어제 벌어진 전투에서 마기알카의 신장기룡 《요르문간드》에 격추당해 지상으로 추락하여 대파했다.

그 후, 연합군 기룡사들이 쭉 감시한 모양이지만 특별히 『창조주』가 접근하는 낌새는 없는 듯했다.

이 요새에 가까운 위치에 추락했기 때문에 적도 굳이 탈환하러 오지 않는 것 같았다.

“마침 우리도 체력을 회복해야 하는 상황이라서 뒤로 미뤄두었나 봐. 그리고 『열쇠 관리자(엑스퍼)』인 우리 두 사람이라면, 저 『천궁』에서 유용한 정보를 모을 수 있을지도 모르겠다고 생각했겠지.”

“그렇다면 나도 갈게. 여전히 위험한 상황이니까.”

룩스가 반사적으로 그렇게 말하자, 크루루시퍼가 미소 지으며 룩스의 입가에 집게손가락을 댔다.

“마음만 받아둘게. 우리의 신장기룡은 방어기능이 뛰어나고, 여력도 있으니까. 그보다 너는 푹 쉬어두도록 해. 분명 마지막 전투에서는, 가장 무리하게 될 게 뻔하니까.”

“이쪽도 무리하지 않을 테니 괜찮아. 파티에서 상대해줘서 기뻤어, 룩스.”

소피스가 미소를 지으며 손을 흔들었고, 룩스는 그들과 헤어졌다.

연회 덕분에 긴장은 풀렸을지도 모르지만, 역시 룩스는 앞일이 걱정되었다.

†

“허억, 허억—! 쿨럭, 크흑……!”

찬바람이 거칠게 휘몰아치는 소리가 들린다.

그 사이에 섞여서 불규칙적인 호흡 소리가 울려 퍼졌다.

룩스 일행이 요새에서 밤을 보내고 있을 때, 부서진 고성 지하에 있는 비밀 방에서 『창조주』 일행은 몸을 녹이고 있었다.

방에는 간소한 침대와 가구밖에 없었고, 대부분 관리되어 있지 않았다.

중앙에 거실에 하나, 개인실이 3개 있을 뿐이었다.

『천궁』의 추락에서도 목숨을 부지해서 문제는 없었지만, 헤이즈만은 달랐다.

이미 죽은 몸인데도 불구하고, 최후의 전투에 참전하기 위해서 몸에 받은 『세례』와 《니드호그》를 전력으로 구동한 반동으로 그 생명은 마모되었으며, 당장 오늘 밤에라도 사라질 것 같았다.

"죄송합니다, 리스테르카 님. 제3 황녀 전하는 더 이상……."

"그런가요."

간병하던 미스시스가 침통한 목소리로 말하자 리스테르카도 크게 한숨을 쉬었다.

최대한 치료하긴 했지만, 생명력 자체가 바닥난 헤이즈를 살리기란 이미 불가능에 가깝다.

동생의 죽음을 지켜보는 것 말고는 방법이 없었다.

"유감이구나, 헤이즈. 내가 왕위에 오르는 모습을 보여주고 싶었는데, 아무래도 그 소원도 이루어지지 않을 것 같네. 그 대신이라긴 그렇지만, 반드시 『대성역』을 손에 넣을 테니까 부디 안심하렴."

“히에— 하아…… 커억!”

이미 헤이즈는 걷는 것도, 말을 하는 것도 뜻대로 안 되는 상태였다.

어중간하게 수명을 연장해주는 『세례』가 효력을 발휘하는 탓에 결과적으로 쓸데없이 고통만 받을 뿐이었다.

“미스시스. 잠시 이쪽으로 오겠어요?”

“네.”

작은 방에 헤이즈를 남겨두고 리스테르카는 거실로 이동했다.

벽쪽에 서 있는 후길 곁으로 가서 시녀에게 슬쩍 귓속말을 했다.

“이렇게 된 이상 어쩔 수 없네요. 헤이즈를 편하게 만들어 주세요. 천성이 거칠어서 골치 아픈 아이였지만, 그래도 피를 나눈 자매이니까.”

“……알겠습니다.”

이제는 사흘 뒤까지 생존하는 것조차 불가능하다.

따라서 리스테르카는 결단을 내렸으나, 그 목소리는 헤이즈에게 닿았다.

“그, 허어…….”

목소리조차 제대로 나오지 않았다.

그런 상황임에도 불구하고 간신히 목숨이 붙어 있는 헤이즈는 침대에서 기어나가려고 움직였다.

방 창문 틈에 손을 대고 그대로 바깥으로 이어지는 통로에 뛰어들었다.

"커흑! 그아, 아……!"

차가운 밤공기가 헤이즈의 꺼져가는 목숨의 잔재를 빼앗아 간다.

자신의 인생은 무엇이었단 말인가?

헤이즈는 안개가 낀 의식 속에서 불현듯 생각했다.

수백 년도 더 전에 제3 황녀로서 태어난 헤이즈는『배신자 일족』이 자행한 황족 학살을 목격했다.

제1 황녀 리스테르카는『대성역』의 계시를 받는 신탁의 무녀.

제2 황녀 에이릴은 그것을 전달하고 실행하는 역할.

처음부터 자신에게 주어진 역할은 없었다.

—그렇다면 반역자를 단죄하는 검이 되자고, 다시 눈을 떴을 때 결심했다.

세계를 통치하는『창조주』의 일원으로서 자신의 긍지를 지키려고 했다.

"쿨럭…… 으윽, 아……."

반란군 벨벳이나 사대 귀족 발제리드, 그리고 어둠의 무기 상인으로서 거래했던 자들의 환영이, 바닥을 기는 헤이즈 옆에 쭉 서서 내려다보았다.

마침내 그들이 자신의 임종을 지켜볼 차례가 된 것이었다.

'어째서, 난 이곳에서 도망치는 거지? 어디로 가려는 거야……? 이제 내겐 아무 것도 남지 않았는데, 어째서…….'

결국 복수를 완수하지 못했다.

『창조주』의 존재와 힘을 이 세상 사람들의 영혼 깊이 새겨주는 것도 실패했다.

이대로 『대성역』을 보지도 못하고, 이름 없는 잡졸처럼 허망하게 죽음을 맞이하게 되다니.

“그, 어억……!”

몸을 뒤집어서 바로 누우며, 어둡고 차디찬 밤하늘을 올려다보았다.

거기에는, 낯익은 남자가 서 있었다.

호화로운 외투를 밤바람에 나부끼는 남자. 후길 아카디아.

『창조주』를 멸망시킨 아카디아 제국의의 일원이면서 『방주(아크)』의 휴면 포드에 잠들어 있던 리스테르카 일행을 구해주었고, 여기까지 인도해준 남자.

그 옆에는 아름다운 드레스 차림의 소녀— 아니, 『성식』이 서 있었다.

“너, 는, 대체…….”

생각해보니 이 남자만큼은 마지막까지 이해할 수 없었다.

존재 자체가 기묘한 것은 물론이거니와, 행동목적이 수수께끼였다.

말로는 헤이즈 일행을 섬기겠다고 하였으며 실제로 그 말을 따라 행동했지만, 그들을 조금도 신뢰하지 않았다. 적어도 헤이즈는 그렇게 느꼈다.

그것이 헤이즈가 후길을 혐오하는 이유였다. 그런데 어째서, 지금 이렇게 죽어가는 그녀 앞에 나타났단 말인가.

“이젠 엘릭시르로도 신체의 소멸은 막을 수 없다. 앞으로 몇 분 뒤면 힘이 다하고, 재가 되어 이 세상에서 사라지지. 하지만 너는 운이 좋아. 공허한 인생. 증오를 부딪치는 것 말고는 자기 자신을 표현하는 법을 몰랐던 너의 노여움에, **그녀**가 손을 내밀어주려나 보군.”

“……네, 놈은, 뭐, 냐……?”

“—영웅이라고.”

저의를 알 수 없는 후길의 미소를 보고, 헤이즈는 다 죽어가는 몸인데도 불구하고 소름끼치는 전율을 느꼈다.

“그러니 헤이즈, 나는 네 녀석의 미래를 지켜볼 거다. 그 소원이 진실하다면, 『성식』에게 선택받은 거라면, 그녀를 따라서 네 녀석의 소망을 들어주마.”

“……”

드레스 차림의 소녀, 아카디아 일족의 은발을 가진 『성식』이 피를 토하며 쓰러진 헤이즈의 손을 잡았다.

그 직후 『성식』의 몸이 빛처럼 녹으며, 재가 되기 시작한 헤이즈와 포개졌다.

그대로 기묘한 소리와 함께 두 개의 그림자는 이윽고 하나로 합쳐졌고, 곧 사라졌다.

“—후길, 여기 계셨나요?”

겨우 3분 후, 비밀 계단으로 올라온 시녀 미스시스가 폐허가 된 성벽에 등을 기대고 있는 후길에게 말을 걸었다.

“그래, 무슨 소리가 좀 들리기에 상황을 보러 왔지. 아무 것도 없었지만.”

“헤이즈 님이 여기에 오지 않으셨나요? 방에서 빠져나가신 모양인데, 여생이 얼마 남지 않았으니 재가 되었을지도 모르겠습니다만.”

“아니, 유감스럽게도 못 보았군.”

“그렇군요. 그보다, 리스테르카 님께서 부르십니다. 저번에 이야기한 작전— 적의 누군가를 붙잡아 『세례』를 받게 하면, 『성식』을 조종할 수 있을지도 모른다는 이야기가 있었죠.”

“알았다. 바로 가도록 하지.”

암운이 걷히고, 별을 올려다보는 후길의 표정은 무척 후련해 보였다.

†

그날 밤 룩스는 불안한 마음 탓에 좀처럼 잠이 오지 않아서 객실 침대 누워 천장을 바라보고 있었다.

『천궁』을 조사하러 간 크루루시퍼와 소피스는 무사히 돌아왔지만, 특별히 유용한 정보는 습득하지 못한 듯했다.

그러나 공중 정원에는 기묘한 파괴 흔적이 남아 있었으며, 누군가가 정보 단말의 일부를 가져갔을 가능성이 있다는 것 같았다.

‘대체, 어떻게 된 걸까…….’

물론, 리스테르카 일당이 도주할 때 공들여서 파괴했을 가능성도 있다.

그러나 룩스는 말로 표현할 수 없는 꺼림칙한 예감을 지울 수 없었다.

"혼자 신경 써봤자 소용없겠지. 그만 자야겠다."

그렇게 중얼거리며 몸에서 힘을 뺀 순간 끼익, 하고 미미한 소리가 들렸다.

"뭐지?"

문득 신경 쓰여서 눈을 떴더니 이불 안에서 따스한 감촉이 느껴졌다.

"오오, 반응이 제법 빠르군. 보아하니 내가 침실에 오기를 기대하고 있었나 보구먼?"

"앗?! 마기알카 대장님?!"

까만 캐미솔을 걸친 자그마한 소녀가 어느 틈에 룩스의 이불 속에 있었다.

그 사실을 깨닫고 비명을 지르려는 순간, 그녀의 손이 빠르게 입을 막아버렸다.

"너무 떠들지 말게나. 다른 사람들이 깨면 어쩌려고."

"대, 대체 무슨 생각이십니까?!"

"허어, 여전히 시시한 남자로다. 허나 그렇게 철벽인 쪽이, 어떻게 보자면 더욱 불타오를지도 모르겠구먼."

그런 소리를 하며 실로 즐거워 보이는 미소를 짓고 있었다.

"저기…… 빨리 용건을 말씀해주시겠습니까?"

왠지 모르게 요염하게 느껴지는 미소를 머금고 있는 마기알카를 보며, 룩스는 기가 막힌 나머지 한숨을 쉬었다.

나이는 렐리와 비슷하지만, 외모는 어린 소녀인 까닭에 가슴이 두근거렸다.

게다가 이 여성을 상대할 때는 단순히 방심할 수 없는 긴장감도 있었다.

자물쇠도 분명 잠가두었을 텐데, 거의 기척도 내지 않고 들어왔으니 보통내기가 아니다.

"지금 이건 테스트라네. 그대의 주의력이 어느 정도나 되는지 확인해보기 위한. 그리고, 지금부터 이야기할 내용은 극비 사항이야. 정신 바짝 차리고 듣게나."

마기알카가 룩스를 덮치는 자세로 귓속말 하자, 룩스는 헛숨을 삼켰다.

"—진심, 이십니까?"

그 어마어마한 지령 내용에 대해서 되묻자, 소녀는 색기가 넘치는 미소로 대답을 대신했다.

Episode 2 『대성역(아발론)』, 습격

"후우……. 마음이 무겁네."

다음날, 룩스는 아침 일찍 일어나 가볍게 체조를 하며 몸 상태를 확인했다.

일과인 장갑기룡 훈련은 피로를 풀기 위해서 오늘은 하지 않았다.

이것으로 휴식 이틀째가 되었으니, 『대성역』 심층부가 나타날 때까지 앞으로 하루 남았다.

심층부 문이 나타나면, 그때부터 『창조주』와의 경쟁이 시작된다.

따라서 저녁에는 심층부를 공략하기 위해서 마기알카가 여는 군사 회의에 참가할 예정이었다.

그때까지 가만히 있기는 좀이 쑤셨기 때문에 요새 안을 산책했다.

문득 요새 북쪽 입구에 있는 수련장에서 기척을 느끼고, 룩스는 자연스럽게 발걸음을 그쪽으로 돌렸다.

신왕국에서 멀리 떨어진 이국땅에 있건만, 어째서인지 반가운 느낌마저 드는 기운.

교요한 겨울 아침 공기 속에서, 세리스는 《린드부름》의 기공각검(소드 디바이스)을 한손에 들고 장의 차림으로 찌르기 수련을 하고 있었다.

흙을 깐 바닥과 주위의 벽돌.

그리고 통나무 표적과 큼지막한 거울밖에 없는 넓은 공터.

그곳에서 세리스는 묵묵히 찌르기 훈련 중이었다.

공기가 팽팽하게 긴장될 정도로 집중한, 그와 동시에 한없이 맑은 그 모습에서는 거룩함마저 느껴졌다.

자세를 가다듬고, 목표를 포착하고, 기룡 조작을 상상하며, 찌른다.

그 동작을 룩스 앞에서 100번 정도 마쳤을 때, 세리스는 그제야 룩스가 있다는 것을 알아차렸다.

"—수고하셨습니다, 세리스 선배."

"좋은 아침이에요, 룩스. 용건이 있다면 눈치 보지 말고 불러도 괜찮은데 말이죠."

룩스 쪽으로 돌아선 세리스는 앞머리를 쓸어 올리며 쓴웃음을 지었다.

룩스 눈에 띄기 전부터 훈련 중이었으리라. 건강하고 탄력 있는 피부는 발갛게 상기되었으며, 온몸에 땀이 살짝 배어나와 있었다.

"아녜요. 사실 훈련을 멈추고 쉬는 게 낫지 않을까 생각했는데, 불러야 한다는 것도 완전히 까먹었지 뭐예요."

룩스도 난처한 듯 웃으면서 가져온 수건을 건네주었다.

"땀 닦으시는 게 좋을 거예요. 겨울이라 감기에 걸릴지도 모르니까.”

“고맙습니다. 아, 그런데— 닦으려면 장의를 벗어야 하는데…….”

“아차! 그, 저기, 걱정 마세요. 돌아서 있을 테니까!”

곤란하다는 것처럼 뺨이 붉게 달아오른 세리스 앞에서 룩스는 재빨리 등을 돌렸다.

“아, 알겠습니다. 돌아보는 건 허가하지 않을 거라고요?”

옷이 스치는 소리가 약하게 났기 시작했을 때, 룩스는 혹시 몰라서 눈을 감았다.

참고로 훈련을 말리지 않은 이유는 기룡을 사용하지 않았기에 부담이 적을 것이며, 그녀가 마음을 갈고 닦는 방식에 도취되었기 때문이다.

“이 훈련은 일과 같은 거니까요. 검 실력을 연마한다면, 기룡을 사용하지 않고도 자신의 마음을 단련할 수 있다. 당신의 조부께서 가르쳐주신 것입니다.”

“단련이 됐나요? 세리스 선배의 마음은.”

내심 두근거리는 가슴을 안고 룩스는 맞장구를 쳤다.

“—네, 라고 대답하고 싶습니다만, 당신 앞에서 강한 척 하는 건 그만 두겠어요.”

기공각검을 검대에 거두고 연습을 중단한 순간부터 세리스는 조금씩 몸을 떨고 있었다.

“꼴사나운 『학원 최강』이자 『기사단』의 단장이네요. 저번 전투에서 저는 미스시스라는 기룡사에게 전혀 상대가 되지 않았습니다. 그녀가 두려운 게 아니에요. 당신의 보좌관으로서 여기까지 따라온 제가, 아무 것도 해내지 못하고 책임을 완수하지 못하는 게 두려운 것이지요. 분명—."

지금까지 들어본 적 없는 세리스의 기운 없는 쓴웃음에 룩스는 살짝 당황했다.

"그렇지 않아요."

그렇게 대답한 룩스는 어느 사실을 깨달았다.

어쩌면 훨씬 오래전부터 그랬을지도 모르겠다고.

세리스가 혼자서 과하다 싶을 만큼 훈련에 몰두하는 이유는 주위에서 따라오지 못한다는 것만이 아니라, 사대 귀족으로서 가진 책임감이 그렇게 만든 것이 아닐까 하고.

그렇기에 지금 이렇게 떠는 것이다.

강대한 적들에 대한 공포심이 아니었다. 자신이 짊어지고 있는 중압감에 괴로워하고 있었다.

"어머니께서는 자식을 저 하나만 낳았습니다. 당시 구제국에는 오직 『남자』에게만 가치가 있고, 적남을 낳지 못한 아내에겐 가치가 없다는 풍조가 만연했지요. 그렇기에 사대 귀족의, 기사 명문가의 이름을 잇는 자로서 남성을 뛰어넘는 능력을 기르고 싶다고 생각했습니다."

남자를 낳지 못한 어머니가 열등감을 느끼게 하고 싶지 않았다.

어렸을 때 느낀 그녀의 상냥함이 세리스 자신을 단련시켰고, 학원 최강의 기룡사로 성장시켰다.

그리고 룩스의 할아버지이기도 한 스승을 잃은 사건을 계기로 점점 더 완벽한 올바름에 심취하게 되었으나, 그 주박은 룩스와 만난 덕분에 끊어낼 수 있었다.

"당신이 나타나서 제 마음을 되돌려준 뒤에도 계속 생각했습니다……. 저는 저 자신이 해야만 한다고 결심한 일 앞에서 도망치고, 스스로를 몰아세우는 행위에 취한 어리석은 사람이 아닐까 하고요. 그런 제 검으로는, 모두를 지키는 게 불가능하진 않을까 하는—."

비슷하게 『창조주』에게 절대적인 충성을 바치는 미스시스에게 완벽하게 패배했다.

그 사실이 지금까지 쌓아온 세리스의 신념조차 뒤흔든 것이리라.

그렇기에 이곳에서 마음의 날을 세우기 위해서 연습하고 있었던 것이다.

"세리스 선배……."

"미안해요, 룩스. 푹 쉬어야할 시기인데, 아침부터 푸념하고 말았군요. 선배로서 실격입니다."

"그렇지 않아요. 저도, 사실은…… 헉?!"

반사적으로 그렇게 대답하며 눈을 뜬 순간, 룩스의 눈에 눈부신 광경이 비쳤다.

벽에는 자세를 확인하는 용도의 거울이 걸려 있었는데, 장의 상반신을 벗고 수건으로 몸을 닦는 세리스의 모습이 그곳에 반사되었다.

가장 위험한 부분은 아슬아슬하게 보이지 않았지만, 숨길 수 없는 풍만한 가슴이 수건으로 땀을 닦을 때마다 흔들려서 자기도 모르게 눈이 커다랗게 뜨였다.

세리스 자신은 뒤에 있는 룩스에게서 눈을 돌리고 있는 탓인지, 거울에 자신의 반라가 비치고 있다는 사실을 깨닫지 못했다.

"사실은, 뭔가요?"

"앗, 아뇨! 그게, 무서워요……. 제 잘못된 판단에 모두가 말려들지도 모른다고. 힘이 되어주지 못할 수도 있다고 생각하면 말이죠. 하지만—"

룩스는 내심 쿵쾅대는 가슴을 다스리며, 거울에 반사된 세리스의 알몸에서 시선을 떼고 말을 이었다.

"모두가 따라와 준 덕분에, 지금은 두려움이 절반이 되었습니다. 신왕국 사람들을 지키는 것이 싸우는 이유라면, 저 자신이 바라는 대답을 찾는 것도, 아마 같은 곳으로 이어져 있을 거예요. 그래서 늘 감사하게 생각해요. 세리스 선배가 저를 믿어주고, 보좌관이 되어주겠다고 하신 것을."

"……."

"쓸데없는 참견이 아니에요. 분명 세리스 선배의 어머니께서도, 세리스 선배의 마음을 기쁘게 생각하실 겁니다. 자식에게 부담을 지우고 싶진 않으실 테니 직접 표현하진 않으시겠지만—적어도, 저는 그렇게 믿어요."

"——."

"세리스 선배의 마음은 잘못되지 않았어요. 누군가를 위해서 강해지겠다는 그 마음은, 그러니까, 정말 아름답고 멋있는 걸요."

자기 입으로 말해놓고 얼굴이 화끈거릴 말이었지만, 그녀의 순수한 마음 앞에서는 말할 수 있었다.

"룩스, 고맙습니다. 저도, 위태로운 면이 있긴 하지만 올곧고, 누구에게나 다정한 당신을—."

"네……?"

갑자기 변한 세리스의 말투에 이끌려서 고개를 들었을 때, 때마침 앞으로 돌아선 세리스와 거울을 통해서 눈이 마주쳤다.

그녀가 손에 든 수건이 스르륵 떨어지고, 소녀의 반라가 눈에 들어왔다.

"—윽?!"

"아니에요! 그게, 이건 일부러 입 다물고 있던 게 아니라요?! 그냥 말할 타이밍을 찾지 못해서……!"

"……꺄아아아아아악!"

한 박자 늦게 귀까지 새빨갛게 달아오른 세리스가 요새 안에서 날카로운 비명을 질렀다.

그 직후에 달려온 위병들은 어리둥절해 했고, 마지막으로 도착한 마기알카는 「또 저질렀구먼」이라고 중얼거리며 질렸다는 것처럼 웃었다.

†

세리스와 헤어지고 몇 시간 뒤.

성 내부 복도를 룩스는 복잡한 표정으로 걷고 있었다.

그녀의 긴장은 알맞게 풀린 듯했지만, 뭐라고 설명하기 힘든 분위기를 남기고 말았다.

거울에 대해서 말할 기회가 없었던 것은 사실이지만, 아무튼 봐버린 룩스의 잘못이 크므로 이 전투가 끝나면 사과하는 게 맞을 터였다.

살짝 한숨을 내쉬는 룩스 옆에서 작은 발소리가 들렸다.

"안녕, 룩스 군. 몸은 좀 어때?"

"아, 응. 오늘은 제법 상태가 좋아."

마기알카의 지시로 지하 감옥에서 나온 에이릴과 합류하고 룩스도 인사를 돌려줬다.

하지만 야릇한 표정으로 얼굴을 살펴보며 고개를 갸웃했다.

"그렇겠지. 오늘 아침에도 뭔가 즐거운 일을 한 모양이던데. 그건 그렇고 협정은 어떻게 된 건가 모르겠네?"

"아, 아하하하……. 나는 그 이야긴 잘 모르니까."

숨은 뜻이 있는 듯한 에이릴의 미소에 룩스는 메마른 미소로 답해주었다.

마기알카를 통해서 들은 것인지, 아침에 세리스와 있었던 일이 알려진 모양이었다.

에이릴이니까 리샤 일행에게 일러바치진 않을 테지만, 비밀을 쥐고 있다는 사실은 다른 의미로 무서웠다.

그런 생각을 하며 걷다보니 통로 막다른 곳에 회의실 문이 보였다.

그 문을 열자 한 남자가 정면에 앉아 있었다.

"……윽!"

"뭐지? 인사 정도는 하는 게 어떤가. 혹시 전직 왕자로서 허세라도 부리려는 거냐?"

의자에 깊이 눌러앉은 채 다리를 꼬고 있는 코트 차림의 인물은『푸른 폭군』싱글렌 쉘불릿이다.

가장 먼저 와 있는 것이 뜻밖이었기 때문에 룩스는 자기도 모르게 당황했지만, 그가 말문이 막힌 이유는 그것만이 아니었다.

"무례를 사과드립니다, 싱글렌 경. 하지만 실내에서는 후드 정도는 벗는 게 좋지 않나 싶은데요?"

싱글렌의 오만한 도발을 에이릴은 생글생글 웃으며 흘려 넘겼다.

"호오, 태도를 바꾸는 속도만큼은 1인분을 하는군. 구속구가 벗겨졌다고 해서 벌써 너라는 존재가 용서받은 거라고 생각하나?"

그러나 상대는 그 정도로 입을 다물 남자가 아니었다.

비꼼 섞인 말투로 더욱 추격했다.

"그 점에 관해서는 해명할 길이 없습니다만, 여러분의 후의에 부응하는 것으로 증명할 생각입니다."

"오호라, 그 두꺼운 낯짝만큼은 제법이로군. 허나 그 옆에 있는 얼간이가 상대라면 또 모를까, 네 녀석의 세 치 혀끝 따위가 이 내게 통할 것이라고 생각하지 말아라."

싱글렌이 실소를 흘리자 룩스가 대신 반론했다.

"실례지만 싱글렌 경. 그녀에 대한 모욕은 취소해줬으면 하는데."

"모욕이라고? 이거 참 우스운 소릴 하는군. 한 번 우리를 배신한 데다 아직도 무언가 숨기는 게 있는데, 그 녀석은 과연 어떻게 변명할까?"

싱글렌의 날카로운 안광이 에이릴을 찌르는 것처럼 바라보았다.

"뭐……?"

숨기는 게 있다니 무슨 이야기일까?

에이릴이 약하게 동요를 보인 그때, 회의실 문이 힘차게 열렸다.

"백주대낮부터 말다툼이냐, 『푸른 폭군』. 여전히 끈질긴 남자로구먼."

안으로 들어온 인물은 마기알카와 그 보좌관인 롤로트.

그리고 나머지 『칠용기성』 멤버들도 들어왔다.

"시간이라도 때울 겸 한 번 떠보았을 뿐이다. 이 만만찮은 배신자 상대로는 당연한 경계라고 생각한다만?"

"아— 됐다 됐어. 군사 회의를 시작할 것이니, 그대는 좀 닥치고 있게나."

마기알카가 짜증 섞인 목소리로 대꾸하는 사이에 리샤를 비롯한『기사단』멤버들도 모였다.

총 10여 명이 모인 회의실에서 우선 마기알카가 입을 열었다.

"제군들. 다들 최소한의 휴식은 취한 모양이로군. 힘들 거라는 건 잘 아네만, 이것이 세계를 구하기 위한 최종전이야. 한 명도 빠짐없이 분전해야 할 걸세. 각오는 되었겠지?"

"이제 와서 확인할 필요가 더 있나―? 이런 위험하기 짝이 없는 곳에서 연회를 즐긴 녀석들의 각오 같은 걸 말이지."

툭 내던지듯이 그라이퍼가 말하자 다들 말없이 고개를 끄덕였다.

세계 붕괴 예상 시일까지 남은 시간은 약 1개월. 여기서 리스테르카 일당보다 먼저『대성역』중추에 도착해서『성식』을 막지 못하면 어차피 미래는 없다.

당연한 것처럼 룩스도 시선을 되돌리자, 마기알카는 만족스럽게 고개를 끄덕였다.

"좋은 대답이로군. 그럼, 지금부터『대성역』을 탈취하기 위한 작전 회의를 시작하도록 하겠네. 에이릴, 그것에 관해서 설명을 부탁하지."

"네."

먼저 지명 받은 에이릴이 일어나서 주위를 가볍게 둘러보았다.

마지막으로 룩스와 눈을 마주친 후, 심호흡을 한 다음에 말하기 시작했다.

"곧 폐도 게르니카 고성 유적지 부근에『대성역』심층부가 출현할 거예요. 하지만 그건 『창조주』 황족인 저도 정체가 무엇인지 모릅니다."

"무슨 소리야, 그건 좀 이상하지 않나—?"

헤이부르그 공화국 대표 『칠용기성』 로자가 미심쩍어하는 표정으로 에이릴의 말을 받아쳤다.

그리고 앉아 있던 세리스도 고개를 갸우뚱하며 의문을 드러냈다.

"저도 이해가 안 되는군요. 당신들 『창조주』는 『대성역』에 살았던 게 아닙니까?"

"우리에게 『대성역』은 신전 같은 곳이에요. 장녀인 리스테르카 언니는 신탁의 계시를 받을 때가 있기는 해도, 기본적으로 출입할 수 없습니다. 애초에 거주구 용도로는 황도와 유적이 역할을 수행했으니까요."

"그치만 당신은 황족이잖아? 신전이라는 성역에도 드나들긴 해봤을 텐데."

가장 어린 메르가 단적으로 지적하자 에이릴은 고개를 저었다.

"본디 『대성역』은 출입금지 장소라 황녀라 해도 간단히 들어갈 수는 없었어. 리스테르카 언니에게만 경험이 있지만, 이젠 들어가는 방법도 옛날이랑 다르겠지."

"대체 무슨 소리냐?"

그라이퍼가 즉각 캐묻자, 소녀는 잠시 망설인 후에 대답했다.

"심층부의 중추— 이른바 제어실로 진입하는 길을 여는 데는 몇 가지 조건이 있어. 그걸 해제하기 위해서는 우리 아카디아 황국의 혈족이 필요하지."

"여기 있는 세 사람을 말하는 게로구먼."

마기알카가 방금 생각났다는 것처럼 입을 열자, 그 자리에 있는 전원이 주위를 둘러보았다.

"—네. 우리 진영에서는 저 에이릴과 룩스 군, 아이리 씨. 이 세 명이 중추 시스템에 간섭할 수 있는 권한을 가졌습니다. 그 조건을 충족하려면 『대성역』의 통괄자(기어 리더)— 아샤리아의 지령에 따라야만 하죠."

"『대성역』에도, 자동인형이 있다는 거야?"

룩스가 묻자 에이릴이 고개를 끄덕인다.

그러자 피곤하다는 것처럼 리샤가 탄식하며 입을 열었다.

"또 자동인형에게 안내받아야 한단 말이냐? 그 녀석이 저 고성 부근에 나타난다고?"

"응. 아마도 통괄자 그 자체가 중추의 열쇠가 될 거야."

『열쇠 관리자』인 소피스의 보충설명에 일동의 이목이 집중되었다.

"일단은 나도 제7 유적 『달(문)』의 서고에서 알아냈어. 그 자동인형을 찾아서 지시를 따라 준비할 것. 그렇게 하면 제어실도 보인다고. —그리고 한 가지 더, 나도 모르는 이상한 정보가 있어. 『대성역』의 근간인 유적의 제로. 개변기룡(改變機龍)이라는 존재."

"개변, 기룡……?"

—어째서일까. 룩스는 그 단어가 묘하게 귀에 익은 것처럼

들렸다.

하지만 떠오르지 않았다.

생각하면 생각할수록, 안개처럼 기억이 사라졌다.

“루우. 졸려?”

“아니. 괜찮아, 피이.”

옆자리에 앉은 피르히의 목소리로 정신을 되찾자 에이릴은 이야기를 계속했다.

결국 정리하자면, 일단 『대성역』의 자동인형을 찾아서 룩스, 에이릴, 아이리 중 누군가가 그 시스템이 지시한 절차를 수행하는 것이 조건인 모양이었다.

“어떤 조건을 지시할지는 그 자동인형이라는 놈이 나올 때까지 알 수 없는 모양이로군. 그렇다면 마주칠 확률을 높이기 위해서, 우리는 팀을 나누어 행동해야 하겠구먼.”

마기알카의 제안에 이의를 제기하는 사람은 없었기 때문에, 그대로 네 개의 분대가 편성되었다.

제1 부대는 롤로트, 츠바이베르크, 백령 기사단, 트라이어드.

제2 부대는 에이릴, 그라이퍼, 메르, 소피스, 로자, 마기알카.

제3 부대는 아이리, 리샤, 크루루시퍼, 피르히, 세리스, 요루카.

제4 부대는 룩스, 싱글렌.

“제1 부대의 목적은 이 요새의 방어라네. 신장기룡 사용자가 적은 것이 다소 아쉽네만, 적도 여길 공격할 여유는 없지 않겠는가. 그러니 최소한의 전력만 남겨둘 거라네."

그리고 마기알카는 순서대로 각 분대의 역할을 설명하기 시작했다.

굳이 언급하진 않았지만, 아카디아의 피를 이어받은 세 사람이 따로 떨어지게 된 이유는 자동인형이 제시하는 조건을 클리어하기 위해서일 것이다.

『열쇠 관리자』도 자동인형과 이야기 정도는 할 수 있을지도 모르므로, 크루루시퍼와 소피스도 팀이 나뉘게 되었다.

"이어서 제2 부대와 제3 부대. 뭐, 이건 주력 공략팀이지. 피차 잘 아는 사람들과 다니는 게 움직이기 좋을 테니까, 이렇게 나누었다네."

"저는 주인님 쪽에 붙고 싶사옵니다만?"

요루카가 생글생글 태연하게 웃으면서 주장했다.

여전히 분위기를 신경 쓰지 않는 소녀였지만, 이번에는 리샤까지 그녀에게 가담했다.

"뭐, 이 음란녀는 극단적이지만…… 제4 부대만 왜 두 명뿐이지? 전력은 동일하게 나눠야 한다고 생각하는데."

그 점에 대해선 룩스도 동감했지만, 마기알카가 쓴웃음을 지으며 대답했다.

"좋은 질문일세, 공주. 허나 그 이의는 받아들일 수 없구먼. 그 두 사람은 제2, 제3 부대와는 다르게 심층부 탐색만이 아니라 어떤 중요한 역할을 맡아야 하거든."

"설마—."

세리스가 미심쩍은 표정을 지은 순간에 대답이 돌아왔다.

"바로 그 설마일세. 제4 부대는 적의 섬멸을 최우선으로 움직여야 한다네. 말하자면 리스테르카의 부대와 만났을 경우, 적극적으로 공격해야 한다는 것이지."

"——!"

회의실에 모인 사람들 사이에서 조용한 긴장감이 흘렀다.

그 직후에 아이리가 가장 먼저 반응해서 손을 들었다.

"위험한 짓이에요! 적군의 시녀 미스시스도, 그리고 후길 아카디아도 강적이라는 사실은 다들 알고 있을 거예요. 그런데 겨우 단 둘이서 상대하라니……."

절박한 아이리의 말을 크루루시퍼가 빠르게 이어받았다.

"그러게. 확실히 위험해. 싱글렌 경과 룩스 군은 분명 실력이 뛰어나지만, 남은 적도 상당히 강할 거야. 적어도 다른 부대에서 한 명씩, 신장기룡 사용자를 데려와야 해."

"뭐, 당연한 이의로구먼."

그러나 마기알카는 그 진언을 듣고 어깨를 으쓱하며 대답했다.

"헌데, 다들 잊진 않았겠지? 이 상황에 한해서는 더 이상 안전함을 추구할 수는 없다네. 그럴 수밖에 없는 것이, 『대성역』을 적이 차지하는 시점에서 우리가 지는 것이니까. 그렇다면 도박을 할 수밖에 없지 않겠나."

"룩스의 제4 부대와 녀석들이 부딪침으로써 얻을 수 있는 게 있다는 말이냐?"

리샤가 따지듯이 묻자 마기알카는 눈을 내리깔며 고개를 끄덕였다.

"우리의 이점은 적과는 다르게 인원이 많다는 점일세. 그리고 적이 우세한 부분을 활용하게 둘 수는 없지. 제4 부대의 발목잡기 효과도 그렇지만, 아카디아 혈족이 공격한다면 놈들도 무시할 순 없을 테니 확실하게 막으러 올 걸세. 그 사이에 제2, 제3 부대로 나뉘어서 탐색한다면, 중추에 도달할 확률이 올라갈 게야."

"……."

"남은 측근이 고작 두 명 뿐인 『창조주』는 그들과 쉽게 떨어지지 않을 테지? 그러니 이 작전이 가장 유효할 터일세."

확실히 리스테르카는 이제 미스시스와 후길을 내보내지 않고 자신의 호위로 둘 것이다.

저번에 에이릴이 쓰러뜨린 헤이즈는 이젠 여력이 없을 테니, 실질적으로 상대방의 전력은 후길과 미스시스뿐이다.

그리고 《아지 다하카》를 가진 『반기룡사(안티 드래곤 나이트)』 미스시스를 상대하게 된다면, 포위해봤자 전부 당할 가능성이 있다.

그렇다면 차라리 소수 정예가, 룩스와 싱글렌 두 사람에게 맡기는 게 좋다.

리스크 관리와 승기를 놓치지 않기 위한 포진.

그렇다면 이 팀 배분도 납득할 수밖에 없었다.

"괜찮아, 아이리. 네가 걱정 끼치는 것도 이것으로 마지막이니까.”

“그 점도 있긴 하지만……. 아뇨, 알겠어요.”

룩스가 긍정하는 의지를 밝히자, 아이리는 꺼내려던 말을 눌러 삼켰다.

얼버무린 말은 필시 싱글렌에 관한 것이리라.

강자라는 것은 틀림없지만, 그 실력에 걸맞은 야심을 가졌기 때문에 지금까지 룩스를 이용하려고 몇 차례나 접근했다.

그리고 싱글렌에게는 과거에 『세례』를 받은 흔적이 있으며, 자그마치 몸의 절반이 엘릭시르와 융합되어 있다는 사실이 지난번 요루카와의 전투 당시에 발각되었다.

그런 뒷사정을 이 자리에서 밝힐 수는 없었지만, 그 이유도 있기 때문에 룩스와 2인조가 되는 것을 경계하는 것일 터였다.

그러나 룩스는 마기알카에게서 이렇게 할 것이라는 이야기를 미리 들었다.

따라서 각오도 이미 해둔 뒤였다.

“그럼, 본격적으로 작전을 설명하지. 다들 집중해서 듣게나.”

우선 마기알카가 모두의 행동 목표를 지시하고, 이에 대해 멤버들이 질문했다.

회의는 몇 시간 동안 이어지고 각 분대별로 의논도 했지만, 싱글렌은 그동안 단 한마디도 꺼내지 않았다.

“…….”

고압적인 명령을 받는 것도 싫지만, 이 남자가 오만한 미소를 머금은 채 침묵하고 있으면 변변치 못한 일이 일어날 것 같아서 무서웠다.

"싱글렌 경은 어떤 순서로 임무를 수행하실 생각입니까?"

자리 구석에 앉으면서 룩스는 말을 걸어보았다.

"네놈은 그렇게까지 우둔했나? 남에게 부려 먹히는 잡부 기질이 아직 덜 빠진 모양이로군, 영웅님."

하지만 폭군은 특유의 야유로 되받아쳤다.

"어떠한 작전이냐고? 생각해봐야 무의미한 짓이지. 우리가 모를 터인 요소가 너무나도 많기 때문에, 작전을 세워봐야 의미 없다. 예측에 너무 집착하면, 도리어 유연하게 대응할 수 없게 될 뿐이지."

"……."

"우리의 사명은 제1 황녀 리스테르카의 토벌. 상황에 맞춰서 모든 수단으로 그 목적을 달성하는데 집중하면 된다. 그뿐이다."

말투는 여전히 거만했지만, 하는 말에 틀린 내용은 없었다.

그러나 그 말의 마디마디에서 기묘함이 느껴지는 건 어째서일까.

『모르는 요소』가 아니라 『모를 터인 요소』.

마치 룩스 일행이 모른다는 것조차 알고 있다는 듯한 말투였다.

하지만 룩스도 지금 여기서 섣불리 의중을 떠볼 수는 없었다.

대장 마기알카가 싱글렌을 대상으로 한 밀명을 내렸기 때문이다.

어젯밤, 쥐도 새도 모르게 룩스의 방에 숨어든 마기알카가 말한 내용은—.

†

“무슨 말씀이시죠? 저보고 싱글렌 경을 감시하라니.”

룩스에게 배정된 객실. 그 침대에 숨어든 마기알카는 검은 속옷차림으로 씨익 웃었다.

“너무 큰 소리를 내지 말게나. 혹여나 다른 녀석들이 들어온다면, 나와 한창 정사를 나누는 중이라고 오해하지 않겠는가?”

“…….”

말투 자체는 장난스러웠지만, 낮게 깔린 목소리에서는 진심이 드러났다.

즉 정말로 남들에게는 말할 수 없는 중요한 내용이라는 뜻이다.

“『천궁』을 조사하러 간 두 사람이 빈손으로 돌아왔다는 이야기는 들었겠지? 놈들의 정보단말은 파괴돼서 하나도 남지 않은 모양이더군. 그럼, 그 짓을 한 게 누구인지 예상이 가는가?”

“…….”

입이라도 맞출 듯한 거리까지 뺨을 바짝 붙인 마기알카에게, 룩스는 살짝 생각한 다음 대답했다.

“……싱글렌의 보좌관 츠바이베르크 경일까요?”

“역시 눈치 챘었구먼. 그 연회에 보좌관이 없었던 이유를.”

츠바이베르크는 싱글렌의 측근이자 충실한 하수인이다.

설령 요새 방어 임무에 전념하고 있다 해도, 연회에 잠시도 얼굴을 내비치지 않은 것은 부자연스럽다.

그러니 사람들의 긴장이 풀린 그때『천궁』을 조사했을 가능성이 있다.

하지만 남겨진 정보단말을 굳이 파괴하다니,『열쇠 관리자』가 아닌 싱글렌은 무엇을 숨기려고 한 것일까?

애초에 그들만으로는 어떤 기록이 남아 있었는지조차 확인하지 못했을 가능성이 높건만.

"그 녀석들이 독자적으로 조사한들 과연 얻을 만한 게 있었을지 신경 쓰이지? 헌데, 나는 전혀 다른 목적이 있었을 거라고 예상한다네. 우리가 이 이상『대성역』에 대한 정보를 입수하는 걸 원치 않은 거라네. 단 하나라도 말이지."

"—증거 인멸, 이라는 건가요? 무엇을 위해서?"

룩스가 긴장한 목소리로 되묻자 마기알카는 짙은 미소를 지었다.

"그건 모르지. 하지만 녀석의 개인적인 야심 이야기는 이전부터 듣지 않았는가?"

"……."

처음에 싱글렌과 만났을 때 메르나 그라이퍼도 들은 말.

기룡사가 주도하는 새로운 세계 통일 국가의 설립.

기존 왕후귀족의 힘과는 완전히 다른 독립조직을 만들어서 세계를 평화로 인도하자고 큰소리 쳤다.

지금까지는 현실적으로 불가능한 일이라고 생각했지만, 『대성역』이 있으면 이야기가 달라진다.

무력이나 미지의 기술을 포함해서 『대성역』이 그만한 힘을 숨기고 있다는 것은 지금까지 치른 전투를 통해 쉽게 상상할 수 있었다.

"그 녀석은 기묘한 존재라네. 몸뚱이 절반에 『세례』를 받은 모양이고, 10년 전부터 그 후길과도 아는 관계인 듯하더군. 우리에게 숨기는 것이 많을 걸세."

무서운 점은 거기까지 조사해낸 마기알카라는 존재다.

세계를 좌우하는 대상회의 주인이자 무술의 달인인 그녀는, 이제까지의 경위를 바탕으로 최대한 정보를 모은 모양이다.

그 다음에 싱글렌을 경계하고, 룩스에게 밀명을 내리려는 것이다.

"그래서 제가 뭘 하면 되죠?"

"크크큭. 눈치가 좋은 건 미덕이네만, 조금 더 표정을 숨기는 법을 배우게. 그래선 녀석에게 간파당할 게야."

"그렇다면, 설마—."

"그래. 『대성역』에서 그 녀석을 감시하게. 만약 싱글렌이 『대성역』을 독점하고, 무언가 사고를 치려고 한다면 그대가 막게나. 최악의 경우에는 죽이게."

"——."

마기알카가 음습한 미소를 지으며 지령을 내렸다.

룩스가 멍하니 있는 사이에, 마기알카는 훌쩍 방에서 떠났다.

†

“정말로, 내가 그 남자를 막을 수 있을까……?”

마지막 휴일을 객실 침대에서 보내며 룩스는 지금까지 일어난 일들을 되새겼다.

오늘밤, 혹은 내일 아침 일찍 『대성역』 최심부가 나타나고 공략이 시작되리라.

후길과의 결전만으로도 짐이 버겁건만, 싱글렌의 야망을 저지해야 한다는 위험한 임무까지 짊어지게 되었다.

싱글렌이 진심으로 『대성역』의 독점을 꾀하고 있는 것인지 분명하지는 않지만, 확실히 그냥 내버려 둘 수도 없는 상황이었다.

싱글렌이 『대성역』을 독점한다 해도, 아카디아의 혈족이 필요하다면 룩스를 이용하려고 할 것이다.

그것을 거꾸로 무기로 삼아서 싱글렌의 진의를 파악하고, 경우에 따라선 처리하라는 명령이었다.

그 남자의 의중을 캐내는 것은 위험하기 그지없는 행동이지만, 하지 않을 수는 없었다.

전력을 발휘하는 싱글렌은 『한계돌파』를 사용한 요루카조차 대적할 수 없을 정도로 강하지만, 아이리를 위험에 노출시키는 것보다는 나았다.

게다가 연합군으로서 『대성역』을 장악할 수 있다면, 『성식』

의 정지를 명령한 후에 마기알카는 그 사용권을 룩스에게 우선적으로 주겠다고 했다.

그때 룩스에게 주는 보수로서, 피르히의 체내에 남겨진 라그나뢰크의 영향을 제거하는 치료를 우선적으로 해주려는 모양이었다.

『제자의 목숨— 혹은 그대의 소꿉친구를 교섭 수단으로 삼는 것이 비열하다고 생각하는가? 허나 싱글렌의 진의를 캐내는 것도, 저지하는 것도 아마도 적임자는 그대밖에 없을 거라네. 위험하다는 점을 감수하고 받아들여주지 않겠는가?』

그렇게까지 말하는데 하지 않을 수는 없었다.

침대 위에서 생각에 잠겨 있던 룩스의 가슴이 갑자기 두근거리기 시작했다.

격심한 이명과 함께 뇌가 뒤죽박죽이 되고 고동이 빨라진다.

"으, 큭……."

의식은 그대로 어두운 심연에 빠져 들어갔다.

†

"—군, 룩스 군. 일어나!"

"으, 으으……."

중성적이고 부드러운 목소리에 룩스는 살짝 신음하면서 눈을 떴다.

어느새 잠든 것일까. 에이릴은 침대 위에 누운 룩스를 붙잡고 흔들고 있었다.

"에이릴? 여기는—."

"룩스 군의 방. 대답이 없어서 걱정했다고. 역시 지친 거야? 어쩐지 가위에 시달리는 것 같던데."

"그럴지도, 모르겠네."

룩스는 자신 없게 쓴웃음을 지었다.

머리맡에 있는 회중시계로 시간을 확인하니 오전 여섯 시였다.

평소의 룩스라면 진작 잠에서 깨었을 시간대였는데, 악몽을 꾸었기 때문이라고는 부끄러워서 말할 수 없었다.

참고로 에이릴이 이곳에 온 이유는 마기알카가 감옥에서 꺼내주며 룩스를 깨우라고 지시했기 때문인 듯했다.

"그건 그렇고 룩스 군, 괜찮아? 이상한 두통 같은 게 일어나진 않았어?"

"무슨 소리야?"

룩스가 불안해하는 에이릴에게 되묻자, 세 가닥으로 머리를 땋은 소녀는 안도의 한숨을 내쉬었다.

"아무 것도 아니야. 그보다 좀 확인해줬으면 하는 게 있으니까 같이 가줄래?"

"응……."

에이릴을 먼저 방에서 나가도록 하고 장의로 갈아입은 룩스는 회의실이 아니라 위층 계단으로 안내받았다.

그 의도를 알 수 없어서 의문스럽게 생각했는데, 요새 옥상으로 나온 순간에 수수께끼가 해결되었다.

"—아, 이건……?!"

『칠용기성』 멤버와 리샤 일행도 장의로 갈아입고 모여 있었지만, 그들에게 말을 걸기 전에 주위의 광경에 먼저 압도되었다.

요새 건너편— 붕괴한 고성 유적 부근에 광대한 마을이 나타나 있었다.

대리석으로 만들어진 새하얀 건물과 우거진 녹색 나무들. 그리고 그 안쪽에 우뚝 서 있는 왕성.

어제까지 폐허였던 도시가 완전히 다른 모습으로 바뀌어 있었다.

무사히 남아 있는 이 오래된 요새가 오히려 주위에서 붕 떠 있는 존재가 되고 말았다.

"역시나, 룩스 군에게도 똑같이 보이는구나."

"무슨 일이 일어난 거야? 우리 모두가 어디 다른 곳으로 이동당한 건가? 아니, 설마……."

멀리 보이는 **사람들**의 모습을 보고 룩스는 말문이 막혔다.

거리를 오가는 시민들은 전부 은색 머리카락에 회색 눈동자.

아카디아 일족을 상징하는 외모였다.

"설마 여기는, 아카디아 황국인 거야?!"

그렇게 외친 순간 머릿속에서 목소리가 들려왔다.

"—바로 그렇습니다. 우리 혈족의 후예여."

대답한 것은 에이릴이 아니었다.

모두가 모인 요새 옥상 중앙에 갑자기 누군가가 출현했다.

그것은 백은빛 드레스를 두른, 어디선가 본 적이 있는 아름다운 소녀.

『성식』이라는 이름으로 불리는, 최대최강의 라그나뢰크였다.

"물러나세요, 룩스! 위험합니다!"

"—잠깐만! 그녀는 『성식』이 아니야. 우리가 찾고 있는 자동인형이지."

순식간에 《린드부름》을 착용한 세리스가 룩스를 지키려고 감싸자 에이릴이 황급히 제지했다.

룩스를 비롯한 모든 사람들이 당황하고 있는데, 갑자기 피르히가 수수께끼의 소녀 쪽으로 손을 뻗었다.

"이봐, 무슨 생각이냐 천연 아가씨. 섣불리 손대지 말라고!"

"기척이 없어서 이상하게 생각했는데, 애초에 만질 수 없네. 투과되는 것 같아."

리샤가 즉각 경고했지만, 피르히는 멍한 표정을 유지한 채 동요하지 않았다.

그 말처럼 피르히가 뻗은 손은 정체 모를 소녀의 몸을 통과해서 그 존재의 불확실함을 증명했다.

"환각? 아니, 이건—."

"자격을 얻은 후예들이여. 유적을 돌파하고 이 땅에 돌아온 것을 환영합니다. 제 이름은 아샤리아. 『열쇠 관리자』와 함께 『대성역』의 시스템을 구축한 창설자의 복제입니다."

당황스러운 분위기 속에서, 망령 같은 환상의 소녀는 담담하게 말을 자아냈다.

『성식』과 쏙 빼닮은 용모였지만, 그것이 품고 있는 소름끼칠 만큼 사악한 기운은 느껴지지 않았다.

그 대신 자동인형 특유의 무기질적인 기운과 머리에 튀어나와 있는 기계 뿔이 특징적이었다.

"이곳은 의심의 여지없는 『대성역』의 심층부. 주변 풍경은 우리 『창조주』 일족이 살았던 토지와 광경을 재현해서 투영한 것입니다. 귀하들의 인식에 간섭하여 보여주고 있을 뿐으로 실체는 존재하지 않지요."

"이게 전부 환영이라고—? 『대성역』의 고대 기술이라는 건 참 대단하네—."

로자가 놀라면서 대담하게 웃자, 그라이퍼도 질려버린 듯한 모습으로 의견을 피력했다.

"정말 무섭기 짝이 없구만. 아무리 생각해 봐도 인간이 어찌 해볼 수 없는 힘 아니냐고."

"아샤리아라고 했지. 이곳에 심층부가 출현했다 함은, 이미 우리가 중추에 도달했다고 생각해도 되는 게냐?"

"……."

마기알카의 질문에 아샤리아는 대답하지 않았고, 눈길조차 주지 않았다.

무시나 부정한다기보다는, 그녀의 목소리가 처음부터 들리지 않는 것처럼 보였다.

아이리가 고개를 갸우뚱하며 조심스럽게 중얼거렸다.

"어떻게 된 걸까요? 우리와 대화는 할 수 없는 걸까요?"

"질문이 있다면 대답해드리겠습니다. 우리의 후예여."

"——?!"

그 순간 입체영상 같은 자동인형 아샤리아는 갑자기 아이리 쪽으로 몸을 휙 돌렸다.

그 광경을 본 사람들이 동시에 그 이유를 알아차렸다.

"아카디아 일족이 아니라면 애초에 반응하지 않나 보네?"

아마도 소피스의 지적이 정답일 것이다.

『열쇠 관리자』인 그녀의 질문에도, 자신을 아샤리아라고 밝힌 입체영상은 전혀 반응하지 않았기 때문이다.

"그럼 내가 질문할게, 아샤리아. 심층부 중추와 연결돼 있는 너를 찾아서 『대성역』을 손에 넣으려면 어떻게 해야 하지?"

에이릴이 즉시 질문하자, 아샤리아는 그쪽으로 돌아서서 말하기 시작했다.

"원래대로라면, 먼저 이 장소에 도착한 자격자만이 『대성역』을 손에 넣을 수 있습니다. 하지만 이번 자격자는 총 여섯 명. 따라서 소질을 측정하여 판단하고자 합니다."

"소질을 측정해?"

메르가 의아한 표정으로 중얼거렸지만, 자동인형 아샤리아는 그저 묵묵히 말을 이어나갔다.

"『대성역』을 손에 넣고 싶다면 자격자는 그에 어울리는 준비를 해야 합니다. 이 아카디아 황국의 역사 기록을 확인하면서 합당한 그릇을 갖춰주세요. 그것을 가장 먼저 완수했을 때, 그 자를 주인으로 인정할 것입니다."

"도저히 요점을 파악할 수가 없군요. 준비라니 대체 뭘 하라는 것일까요?"

세리스의 의문에 동조한 룩스는 그 점을 물어보았다.

그 직후, 주위 풍경이 일변했다.

"—이건?!"

지금까지 화려하고 활기가 느껴지던 아카디아 황국의 성곽 도시에서 사람들이 사라졌다.

왠지 모르게 음산하게 느껴지는 침묵이 주위를 뒤덮었다.

"도시를 돌아다니며 세 개의 시련을 이겨내세요. 중추를 제어하는 저는 마지막 장소에서 기다리고 있겠습니다. 그럼, 본체의 통괄자와 재회할 수 있기를 기원합니다."

그 말을 끝으로 아샤리아의 입체영상이 사라졌다.

주위에는 정적만이 남았다.

"의식을 시작하기 전에 순례 여행이라도 하란 소린가? 기껏 여기까지 왔더니, 녀석들은 영문 모를 짓을 시키고 싶은 모양이로군. 역사 공부엔 관심 없는데 말이지."

그라이퍼가 의욕 없는 목소리로 상황을 정리했다.

간단히 말하자면, 이 자리에 있는 자격을 가진 아카디아 일족에게 세 개의 시련이 부과되었다는 이야기였다.

『대성역』에 기록된 아카디아의 역사를 더듬어가며 시련을 이겨내면, 룩스 일행은 중추에 도달할 자격을 획득하는 모양이었다.

그라이퍼가 말한 것처럼, 우선은 이 시련을 받을 장소를 찾아야만 하리라.

"무슨 이야기인지는 알겠지만— 위험하게 됐네."

이야기를 곱씹고 있는 룩스 옆에서 크루루시퍼가 경계하는 목소리로 말했다.

"원래는 세 팀으로 나눌 수 있는 우리가 유리할 터야. 하지만 만약에 리스테르카가 이 시련을 공략하는 법과 루트를 알고 있다면, 일단 그녀들부터 방해하지 않으면 우린 이 경쟁에서 지게 될 거야."

"……."

크루루시퍼의 우려는 지당했다.

리스테르카는 『대성역』 시스템에 일부 간섭할 수 있는 만큼 그 가능성을 부정할 수는 없었다.

"흐음. 그 문제에 대한 현 『창조주』의 의견은 어떤가?"

마기알카는 그래도 침착한 미소로 에이릴에게 물었다.

그러자 소녀는 잠시 머뭇거리다가 대답했다.

"아무리 언니라고 해도 그렇게까지 간섭할 수 있는 능력은 없다고 알고 있지만, 제게도 거짓말 했을 가능성은 높아요. 막아야 하는 게 맞다고 생각해요."

"결정됐구먼. 그럼 작전을 정리하지. 예정대로 세 팀으로 흩어져서 탐색을 하고, 시련을 받아 자격을 얻는다. 하지만 리스테르카는 발견하는 대로 제4 부대에게 통보해서 강습하도록 한다. 사로잡거나 처치하는 것이 이상적이지만, 최악의 경우에는 발목만이라도 붙잡으면 된다. 이상일세."

제4 부대— 즉 싱글렌과 룩스 2인조다.

원래 예정된 것이긴 하지만, 가장 위험한 임무에 나서야만 한다.

『반기룡사』인 미스시스만이 아니라, 끝을 알 수 없는 강한 능력과 비밀을 감춘 후길과의 직접 대결이 기다리고 있다.

"오빠, 눈치 채셨나요? 방금 저 자동인형이 **여섯 명의 자격자**가 이 장소에 있다고 말한 걸—."

아이리의 지적에 룩스는 고개를 끄덕였다.

이곳에 있는 아카디아 일족의 후예들.

유적에 『그랑 포스』를 직접 수납해본 경험이 있는 자격자는 원래 다섯 명밖에 없을 터다.

룩스, 아이리, 에이릴, 헤이즈, 리스테르카.

수수께끼의 여섯 번째 자격자로 가능성이 있는 사람이라면 후길뿐이다.

하지만 후길은 분명 유적에 『그랑 포스』를 수납한 적이 없을 터다.

적어도 지금까지 그런 기억은 없다.

그렇다면 여섯 번째 자격자는 누구인가.

아이리는 그 모순과 수수께끼를 지적한 것이었다.

생각해봐야 알 수 없는 일이지만, 후길을 최대한 경계하는 게 좋을 것이라고.

"조심하세요, 오빠. 부디 무사하시길……."

"응. 꼭 돌아올게, 아이리."

아마도 오빠를 만류하고 싶을 게 분명한 아이리가 애절한 표정으로 고개를 숙였다.

그 자리에 모여 있던 리샤 일행도 저마다 한마디씩 말해주었다.

"나는 휴식 기간에도 네 기룡을 정비해주었으니까! 그걸 생각해서라도 절대로 당하지 말거라!"

"돌아오면 하다 만 공부를 계속하자. 최근에는 계속 학원 밖 일을 처리하느라 바빴으니까 말이야."

먼저 리샤와 크루루시퍼가 각자 룩스의 손을 잡고 격려해주었다.

이제부터 모든 일이 끝날 때까지 함께 있을 수 없는 소중한 동료에게, 저마다 따스한 말을 건네주었다.

"루우. 함께 있지 못해서, 미안."

소꿉친구 피르히는 짧게 한마디만 남겼다.

그래도 꽉 잡은 손과 그녀의 눈동자에는 룩스가 무사하기를 간절하게 바라는 마음이 담겨 있었다.

"주인님께서 부르신다면, 언제든 달려가겠사옵니다."

요루카는 진심으로 그렇게 말한 것이겠지만, 그녀에게 도움을 요청할 일은 없을 것이다.

며칠 전 일곱 라그나뢰크를 상대할 입은 상처는 아직 완벽하게 아물지 않았을 것이고, 피로도 덜 풀렸을 테니까.

그리고 끝으로 『기사단』 단장 세리스와 마주 섰다.

"룩스. 당신이 과거에 후길과 어떠한 인연이었는지 저는 모릅니다. 하지만 기도하겠어요. 당신이 이번 전투에서, 지금까지 바라온 대답을 얻을 수 있기를."

"—네."

룩스는 만감을 담아 고개를 끄덕인 후, 급우 소녀들과 헤어졌다.

그리고 모두가 기공각검을 뽑고 자신의 기룡을 소환해 장착했다.

약간의 휴대식량과 치료도구도 챙겼으니 준비는 다 끝났다.

"그럼 이제 출발해볼까. 제군들. 이제부터 우리는 최종 임무에 나설 것이네. 각 부대 대장은 나와 리즈샤르테, 그리고 싱글렌이야. 각자 맡은 바 사명을 완수하고—."

마기알카가 자신감 넘치는 표정으로 말을 꺼낸 바로 그 찰나에—.

—이이이이이이이이이!

"……헛?!"

날카로운 뿔피리 소리가 주위에 울려 퍼졌고, 전원이 전투 태세에 들어갔다.

그 직후 쥐죽은 듯 고요하던 아카디아 황국 성곽 도시에 수많은 환신수들이 출현했다.

난생 처음 보는 천사처럼 생긴 환신수가 사납게 울면서 달려들었다.

"—이건 뭐야?!"

"이것도 시련의 일부라는 겐가? —아니, 단순히 지하의 『대성역』 표층부에서 환신수가 생산되어 튀어나왔을 뿐이로구먼. 리스테르카의 소행인가."

바짝 긴장하는 사람들 옆에서 마기알카는 재빠르게 상황을 분석했다.

룩스가 대응하기 위해서 대검을 들었을 때, 근처에 있던 싱글렌이— 목소리가 들렸다.

"유인에 넘어가지 마라, 잡부. 『창조주』 놈들이 바라는 바니까. 너는 벌써부터 내 발목을 붙잡을 작정이냐?"

싱글렌은 난폭한 태도로 룩스를 꾸짖었지만, 구구절절 맞는 말이었다.

리스테르카가 보낸 병력이건, 혹은 그냥 심층부에 나타난 적이건 간에 여기서 시간을 빼앗기면 패배로 이어진다.

그러니 도주가 올바른 선택이다.

"다들 싸우지 말고 적을 따돌리게. 이 놈들은 아무래도 환신수 중에서도 특수한 개체 같군. 뿔피리를 가진 사람은 명령이 끊어지기를 기다리다가 반대로 조종하게!"

대장 마기알카의 지시를 따라서 각 멤버들은 고개를 끄덕이고 행동을 개시했다.

세 개의 부대가 그 자리에서 산개하고, 드디어 심층부 탐색에 돌입했다.

Episode 3 추억과 역행

"그래서, 어디부터 먼저 탐색할 겁니까?"

환상이 만들어낸 아카디아 황도의 거리. 중앙 시가지 같은 곳을 비행하며 룩스는 자신보다 앞서 가는 싱글렌에게 물었다.

천사형 환신수를 따돌리는 데는 성공했지만, 그 다음 목표가 사라지고 말았다.

자동인형은 시련을 치르라고 했는데 그 방법조차 불명인 상황이었다.

그래서 싱글렌을 살짝 떠볼 겸 룩스는 물어보았다.

모두가 처음 체험하는『대성역』공략에 관해서 이 남자라면 무언가를 알고 있을 가능성이 있으니까.

"시시한 잡소리로 내 귀를 더럽힐 작정이냐? 아니면, 나라면 대답해줄 수 있을 거라는 확신이라도 있는 거냐?"

그러나 싱글렌은 냉담하게 대답했다.

그저 냉담하기만 한 정도가 아니라 속을 떠보려는 룩스에게 거꾸로 쏘아붙였다.

역시 이 남자와 단둘이 행동하는 것은 마음이 영 편치 않았다.

그러나 실제로 그런 심리전을 펼칠 여유는 없을지도 모른다.

룩스와 싱글렌 페어로 구성된 제4 부대의 목적은 리스테르카 일행을 방해하는 것이 주요 임무이니까.

한동안 말없이 앞으로 이동하다보니 거대한 건물 하나가 보였다.

오가는 사람들이 많은 도로와 연결된 원형 투기장. 기룡끼리 모의전을 치를 때 이용했을 법한 건물 앞에 희미한 소녀의 인영이 나타났다.

"—앗?!"

리스테르카, 혹은 『성식』이라고 생각한 룩스는 순간적으로 대검을 겨누었다.

그러나 조심스럽게 접근하다보니, 그것은 어디선가 본 소녀의 모습이라는 것을 깨달았다.

"저건, 아샤리아?! 아까랑은 다른 본체인가?"

조금 전 입체영상으로 존재했던 모습이 아니라, 몸에 딱 맞는 장의를 입은 자동인형 소녀.

신기하게도 조금 전과는 다른 의미로 존재감이 희박하다.

"기다리고 있었습니다, 자격자님. 저는 본체에서 극소 기계(나노머신)로 정제된, 시련을 주기 위한 단말입니다."

"뭐……?"

아샤리아는 룩스에게 반응하더니 무감정하고 담담하게 말했다.

조금 전에 만난 자동인형과는 다르게 실체가 있는 것 같았지만, 과거에 유적 『거병(기가스)』을 조작하던 엘 파쥴라처럼 극소 기계를 이용해서 분신을 만드는 게 가능한 듯했다.

“하지만 어째서지? 왜 이 아이의 외모가 『성식』과 꼭 닮은 거야?”

당황하는 룩스에게 분신 단말 소녀는 계속해서 설명했다.

“아카디아 황국의 역사 및 유적의 형성과 함께 당신에게 첫 시련을 내리겠습니다. 준비가 되셨다면 장갑기룡을 해제하고 제 몸에 손을 대세요.”

“대체 뭘, 하려는 거야?”

룩스가 망설이자 싱글렌이 어이없다는 투로 질타했다.

“넌 뭘 하러 온 거냐, 잡부. 우리의 최우선 사항은 리스테르카를 방해하는 것이다만, 그렇다고 『대성역』에 다가가지 않을 수는 없다.”

“……으.”

룩스가 중추에 접근하면, 그만큼 상대도 룩스를 무시할 수 없게 되는 건 분명하다.

세 개의 시련을 신속하게 통과할 수 있다면 그보다 더 좋은 일도 없다.

무슨 일이 일어날지 경계하던 룩스는, 이윽고 뜻을 정하고 《바하무트》를 해제한 후 눈앞의 소녀에게 손을 뻗었다.

그 순간 시야가 눈부신 섬광에 덧칠되었고, 정신이 들었을 때는 군중 속에 있었다.

“……여기는—?”

주위를 둘러보니 어째서인지 사형대에 사람이 묶여 있었다.
룩스와 똑같은 은발과 회색 눈동자를 가진 남녀.
아카디아 황국에서 처형이 실시되었을 때의 광경인 것일까?
그렇게 생각을 펼치고 있는데 바로 옆에 아샤리아가 섰다.
“이것은 첫 시련. 아카디아 황국의 역사를 모방한 신역(神域)에 해당합니다. 『창조주』인 황족과 왕후귀족들은 어느 순간부터 『천사』라고 불리는 특수한 환신수를 이용하여 본보기로 죄인을 처형하였습니다.”
자동인형이 담담하게 말하는 이야기를 들으면서 룩스는 숨을 삼켰다.
이제 눈앞에서 일어날 광경이 무엇인지 짐작되었다.
룩스가 어렸을 때 구제국에서 본 광경. 반역자를 처형하는 모습—.
“잠깐만, 이건 설마?!”
“키샤아아아악……!”
그 순간 상공에서 환신수 여러 마리가 출현했다.
조금 전에 설명한 것처럼 천사의 날개를 가진 괴물이었다.
단순한 입체영상일 텐데 무시무시한 현장감이 느껴졌다.
“멈춰!”
룩스는 반사적으로 기공각검을 뽑으며 소리쳤다.
그러나 룩스를 통과한 천사들은 사형대에 몰려들더니, 사형수들의 몸을 산채로 뜯어먹었다.
그리고, 막으려고 하던 룩스의 몸뚱이마저도 환신수가 먹어

치웠다.

팔다리가 뜯겨나가고, 몸통이 찢기며 내장이 끌려나왔다.

피보라와 함께 절규가 메아리치다가 이윽고 사라진다.

"크……! 아아아아악!"

목구멍에서 쥐어짜는 듯한 절규가 터져 나와 환각 속에서 메아리쳤다.

온몸이 불타는 듯한, 신경을 낱낱이 뜯어버리는 듯한 격통과 공포가 엄습했다.

그리고 그건 아무리 시간이 흘러도 끝나지 않았다.

체감 상 며칠은 족히 고통을 받던 룩스는 어느 틈엔가 의식을 잃고 말았다.

그리고 룩스는 퍼뜩 정신을 되찾았다.

"흡……?! 허억, 허억……. 돌아온, 건가? 여기는—."

숨을 거칠게 몰아쉬고 땀을 닦으면서 주위를 둘러보았다.

조금 전까지 경험한 무참한 광경은 흔적조차 남아 있지 않았다. 어느새 사람이 없는 텅 빈 투기장으로 돌아왔다.

회중시계를 꺼내서 시간을 확인하니, 실제로는 5분조차 지나지 않았다.

"이것으로 첫 번째 시련을 종료하겠습니다. 수고하셨습니다."

자동인형의 분신, 아샤리아의 목소리가 바로 옆에서 들렸다.

그 말대로라면 시련은 끝난 모양이었다.

"크크크, 뭘 그렇게 동요하는 거냐? 이건 단순한 환영이다.

오래전 이 땅에서 실제로 일어났던 일들을 재현해낼 뿐— 어디에서나 일어날 수 있는 일이지."

그 바로 옆에서 싱글렌이 어깨를 들썩이며 웃었다.

"왕족의 폭정에 대한 반발. 그것을 힘으로 찍어누른다. 네놈의 아카디아 제국에서도 자주 있었던 익숙한 일이지 않나?"

"하지만 이 광경에 무슨 의미가 있는 건데?! 이런 것을 내게 보여주면서, 무슨 시련을 겪게 하려는 거냐고!"

"이것은 계승 의식입니다."

실체가 존재하는 아샤리아의 분신이 룩스의 물음에 나직하게 대답했다.

"『대성역』이라는 시스템의 이해. 그리고 당신의 마음이 얼마나 강한지 측정하기 위한 시련입니다. 파장은 조금 흐트러지긴 했지만, 문제없습니다. 『대성역』의 막대한 힘을 손에 넣을 수 있을 정도로 강한 정신력을 갖추고 있는 것 같습니다. 이제 두 번째 시련으로 넘어가겠습니다."

"……큭!"

과거의 잔학한 광경과 고통은, 정신적으로 부담을 가하는 두 번째 시련의 준비과정이란 뜻인가.

싱글렌은 그 설명을 듣고 이를 악문 룩스를 보고 싱글렌은 오만하게 웃으면서 질문했다.

"그 반응은 뭐지? 굴욕적이냐? 왕으로서의 그릇을 시험 받는 것이."

"이런 짓에, 대체 무슨 의미가 있다는 거야?!"

이마에서 비지땀을 흘리며 룩스는 무심코 하늘을 향해 소리쳤다.

이 세상에 참혹한 현실이 있다는 것쯤은 충분히 잘 아는 바다.

하지만 무슨 이유에서 그것을 시련이라 칭하며, 굳이 보여준단 말인가?

구제국의 과거를— 할아버지가 처형당하고, 어머니와 아이리까지 불행에 빠지게 된 기억이 떠올랐다.

"하하하. 곧 알게 될 거다. 이 고약한 영상에도 의미가 있음을. 이것은 교육이다. 이 살육은 『대성역』 시스템의 근간에 관련된 것이지. —아직 모르겠느냐? 저 천사 같은 환신수…… 아니, 애초에 환신수가 만들어진 이유를."

"그게, 무슨 말이지?"

싱글렌이 조소하자 룩스는 미심쩍은 시선으로 바라보았다.

그러나 그 남자는 여전히 난폭한 태도로 룩스를 뿌리쳤다.

"네놈에게 하나부터 열까지 설명해줄 정도로 한가한 몸이 아니다. 게다가, 이미 적이 코앞까지 다가왔군."

"뭐……?!"

—이이이이이이이이잇!

공기를 가르는 뿔피리의 불협화음.

동시에 천사형 환신수가 여러 마리가 쇄도했다.

"이건, 과거의 기억이 계속되는 건가? ―아니, 달라!"

흉악한 적의와 거친 숨결.

짐승의 포효와 날개가 만들어내는 선풍은 틀림없이 현실이었다.

"이제 제 역할은 종료되었습니다. 당신에게 가호가 있기를."

아샤리아의 분신이 중얼거리는 동시에 그 모습이 사라졌다.

대신에 나타난 것은 천사형 환신수 몇 마리와 거리를 활주하는 군청색 장갑기룡.

신장기룡 《아지 다하카》와 그것을 다루는 장의 차림의 시녀였다.

"시련은 끝났나 보군요……. 하지만 이대로 전투를 개시. 적대자를 배제하겠습니다."

"미스시스 V 엑스퍼……! 어째서 당신이 여기에?!"

즉시 기공각검을 들며 룩스가 임전태세에 들어갔다.

그 옆에서 싱글렌이 실소했다.

"그걸 몰라서 묻는 건가? 너는 정말 하나부터 열까지 어리석군. 우리가 리스테르카의 암살과 저지를 계획했는데, 적이 아무 계획도 안 세울 거라고 믿기라도 한 거냐?"

"……헉?!"

싱글렌의 지적에 룩스는 속으로 퍼뜩 깨달았다.

리스테르카도 필시 자신이 기습당하는 사태를 가장 우려했을 것이다.

그렇다면 적을 기습하기 위해서, 룩스 일행이 한창 시련을 당할 때의 무방비한 틈을 노리려 하더라도 이상할 것은 없다.

『반기룡사』라는 이명을 가진 미스시스가 상대라면 모든 기룡사가 불리하다.

그리고 설상가상 비행능력으로 도망치는 선택지는 상공에서 밀려오는 천사형 환신수들에게 빼앗겼다.

'이러려고 미리 뿔피리를 사용해서 위에 환신수를 불러들인 건가……!'

아무래도 눈앞의 먹잇감을 향해 달려드는 상황을 귀신같이 노린 모양이었다.

룩스는 싱글렌에게 눈짓으로 전투 동의를 구했다.

'여기까지 온 이상, 그녀를 쓰러뜨릴 수밖에 없어.'

그 각오를 전달하려고 했지만, 그는 룩스의 의지를 코웃음으로 날려버렸다.

"이건 그 졸부 노처녀가 꾸민 일이로군. 교활한 여우 같으니…… 처음부터 그럴 작정이었나."

"……?"

의미심장한 말에 룩스가 고개를 갸웃한 찰나, 한 줄기 푸른 섬광이 지면을 꿰뚫었고, 미스시스가 활주하던 도로가 순식간에 얼어붙었다.

그것을 피하기 위해서 《아지 다하카》가 도약한 순간 무수한 화살촉이 날아들었다.

"저건, 설마—?!"

동결탄은 《파프니르》의 저격총 《동식투사(프리징 캐논)》가 쏘아낸 것.

무수한 화살촉은 《티아마트》의 투척병기 《공정요새(레기온)》다.

룩스의 예상을 증명하는 것처럼 리샤와 크루루시퍼가 바로 근처 하늘에 떠 있었다.

"과연, 룩스를 미끼삼아 저를 혼자 꾀어내기 위한 함정이었습니까. ―하오나, 학습은 하지 못하신 모양이로군요?"

우선 발밑을 얼려서 도약을 유도하고, 공중에 떠서 궤도를 수정할 수 없을 때 《레기온》으로 추격.

얼핏 보기에는 육전형 기룡을 조종하는 미스시스를 상대하기 위한 최적의 방법이라고 생각되는 공격이지만, 그녀는 투척병기를 쳐내려고 할버드를 들었다.

"위험해요! 특수 무장이 에너지를 흡수당해서 힘을 빼앗길 겁니다!"

놀란 룩스가 순간적으로 소리쳤다.

《아지 다하카》의 신장 《천 가지 마술(아베스타)》은 가까이 있기만 해도 기룡이나 특수 무장에서 에너지를 빼앗을 수 있으며, 접촉하면 신장조차 차지할 수 있다.

게다가 육전기룡이라는 특성 때문에 대단히 튼튼한 방어력을 자랑한다.

그래서 때리는 직접적인 타격 정도로는 대미지를 줄 수 없을뿐더러, 갈수록 불리해지게 된다.

"정말로 그렇게 생각하느냐? 지금까지 우리를 얕본 놈들은, 하나도 빠짐없이 호된 꼴을 보았는데?"

리샤가 당당하게 미소를 짓자, 그 순간 공중에 떠 있는 미스시스를 상하좌우에서 노리던 《레기온》이 빙글 방향을 바꾸더니 멀어졌다.

요컨대 《천 가지 마술》의 에너지 흡수를 유도하기 위한 양동이었지만, 그럼에도 불구하고 미스시스는 전혀 동요하지 않으며 룩스 쪽을 시야에 포착했다.

방해 받지 않는다면, 장갑을 착용하지 않아 무방비한 룩스를 이대로 처리하겠다는 심산이다.

게다가 그 동작은 최고로 짧고 빨랐다.

룩스가 기룡을 소환할 틈도 주지 않고 일격을 가하겠다는 자세였다.

"——."

그러나, 그 거리가 십여 ml(메르)까지 육박했을 때, 갑자기 미스시스의 안색이 변했다.

순간적으로 아무도 없는 측면을 향해 할버드를 휘두르자, 금속끼리 부딪치는 날카로운 소리가 울려 퍼졌다.

"—어라, 실패해버렸군요. 완전히 모습을 숨겼는데 말이지요."

아무 것도 없는 공간에서 떠오르는 것처럼 한 기의 기룡이 나타났다.

《야토노카미》를 장착한 요루카가, 위장 기능을 발동하고 몰래 접근하여 바로 옆에서 미스시스를 노리고 검을 휘두른 것이다.

미스시스는 간신히 기습을 방어했지만, 강철 같은 표정에서 동요는 느껴지지 않았다.

"……저를 우습게 보았군요. 고작 이 정도로 쓰러뜨릴 수 있을 거라고 생각했다면—."

"얼른 메이드한테서 떨어져라, 음란녀! 네 신장을 빼앗기면 끝장이라고!"

그 순간 미스시스를 중심으로 반경 십여 메르의 공간이 《아지 다하카》에서 방출된 빛으로 가득 찼다.

요루카는 《천 가지 마술》이 신장을 강탈하려는 찰나에 도약해서 피했지만, 착지한 미스시스는 즉시 《아지 다하카》의 방향을 전환해서 활주, 할버드를 겨눈 채 요루카를 습격하려고 했다.

장갑 다리에 탑재된 바퀴의 출력은 공중을 딛고 이동하는 요루카의 후퇴보다도 빨랐다.

미스시스가 거침없이 후속 일섬을 시도한 찰나, 요루카는 더욱 멀리 날아갔다.

"……큭!"

완벽한 타이밍이었음에도 불구하고 헛손질을 하고 만 미스시스는 아주 살짝 눈살을 찌푸렸다.

"그렇게는, 못 해."

멀리 후방에서 대기하고 있던 피르히가 《티폰》의 와이어로 《야토노카미》를 강제로 끌어당긴 것임을 룩스가 깨달았을 때, 신속한 뇌광이 《아지 다하카》의 연속적인 추격을 저지했다.

날아 오른 《린드부름》이 랜스에서 전격— 뇌섬을 퍼부은 것이었다.

“—그건 허가할 수 없습니다. 룩스의 보좌관으로서, 그에게 손을 대게 두진 않을 겁니다.”

활주 도중 급정지해서 가까스로 뇌섬을 피한 미스시스의 움직임이 드디어 정지되었다.

룩스가 미스시스의 모습을 인식한 뒤로 지금까지 대략 몇 초가 흘렀다.

그 짧은 시간 안에 무수한 공격과 전술이 교차했다.

“다섯 명 전원, 입니까? 아무래도 처음부터 저를 처리할 책략을 세워두었나 보군요.”

그러나 미스시스는 상황을 파악하고도 말투가 흐트러지지 않았다.

한편, 룩스는 당혹스러움을 느끼며 눈을 의심했다.

“이게 어떻게 된 거죠?! 세리스 선배 일행이 어째서 여기에—.”

“눈치 못 챈거냐, 잡부. 그 졸부 노처녀가 생각할 법한 일이다. 그 헤이즈라는 제3 황녀는 지난번 전투로 이미 못 써먹을 상태가 되었다. 도박에 나서기로 마음먹은 건, 놈들도 똑같다는 것이지.”

“……그런가!”

시련을 받을 자격자의 수가 불리하다고 판단하고서 리스테르카도 도박에 나선 것이다.

『창조주』는 룩스 일행보다 심층부 사정을 잘 알고 있다.

룩스 일행에게 발각당해서 시련을 방해받는 상황을 피하기 위해서, 호위를 줄이는 위험을 감수해야 하더라도 미스시스나 후길 한 쪽을 투입해야겠다고 계산한 것이다.

그것을 예상한 마기알카는 세리스 일행에게 룩스를 멀리서 지켜보라고 몰래 언질 해 두었으리라.

리스테르카를 저지하는 것은 룩스와 싱글렌의 역할.

그 두 사람을 막기 위해 나타난 호위를 상대하는 역할은 리샤 일행이 맡는다는 이야기다.

"아이리의 호위라면 트라이어드에게 맡겨두었다. 뭐, 녹트가 지속적으로 레이더를 사용하며 전투를 피하고 있으니 큰일은 없을 거다. 걱정하지 말라고, 룩스!"

리샤의 설명을 듣고서 룩스는 상황을 파악했다.

아무래도 아이리가 리더인 제3 부대를 떠난 리샤, 크루루시퍼, 피르히, 세리스, 요루카가 미스시스를 상대하러 나타난 모양이었다.

"생각해 봐라. 그 졸부 노처녀도 『대성역』을 차지하고 싶어 하잖나. 이렇게 두 개의 부대에 전투를 맡기고, 자신은 제2 황녀를 이용해서 경쟁에서 승리할 수 있지. 참으로 염치없는 독재자가 생각할 만한 책략 아닌가?"

"……."

평소에는 난폭한 싱글렌이 그런 말을 하니 아니꼬웠지만, 마기알카의 지시라고 보는 게 타당할 것이다.

그러나 룩스에게는 더할 나위 없이 좋은 상황이었다.

『대성역』을 싱글렌이 이용하게 두는 것보다는, 마기알카가 차지하게 하는 것이 차라리 나았다.

“하지만 상대가 저 미스시스인 이상, 아무리 다섯 명이 덤빈다 해도—.”

“맞아. 불리한 도박이기는 하지.”

불안함을 드러낸 룩스에게 크루루시퍼도 동의했다.

“『반기룡사』이자 『열쇠 관리자』 최강의 수호자. 저번에 본 그녀조차 아직 전력이 아니었다는 정도는 알고 있어.”

“피로와 상처를 무릅쓰고 연전을 펼치는 상황인지라, 저희도 상태가 좋다고는 할 수 없사와요. 하지만—.”

“두 번 다시 질 생각, 없어. 루우 곁으로, 안 보낼 거야.”

요루카가 태연하게 중얼거리고, 피르히가 강한 어조로 말을 이었다.

끝으로, 초연한 각오를 두른 세리스가 올곧은 시선으로 룩스를 바라보았다.

“—룩스, 여기는 우리에게 맡기세요. 지금까지 당신에게 구원받고, 힘을 얻은 우리에게. 『기사단』의 단장으로서, 반드시 그녀를 막아내겠습니다!”

“세리스, 선배…….”

그 한마디를 듣고 룩스는 망설임을 뿌리쳤다.

룩스 자신이 그녀들 덕분에 강해진 것처럼, 그녀들 또한 룩스를 위해서 강해졌다.

그녀들을 믿고 맡기는 것이, 그 마음에 응해주는 것이라고 생각했다.

“동료를 버리고 갈 마음이 들었나? 이번 생에서 마지막으로

보는 모습이 될지도 모르는데?"

싱글렌이 비꼬는 투로 말하며 조소했지만, 룩스는 더 이상 동요하지 않았다.

"그렇게 되지 않도록, 기필코 리스테르카 일당을 저지할 겁니다. 당신이 바라는 것도 그거잖아요?"

"크크크…… 그럼 가자고. 이 이상 너를 놀리는 시간이 아깝군."

싱글렌은 대답하는 것처럼 웃고는, 조용히 기룡을 조종해서 활주했다.

"다들— 무사하길 빌게요."

"네. 꼭 돌아갈 거예요. 당신 곁으로."

세리스와 마지막으로 말을 나눈 후, 룩스는 《바하무트》를 소환해서 장착했다.

공중으로 날아올라 투기장에서 벗어난 후, 리스테르카와 두 번째 시련을 부과해줄 자동인형을 찾아 다른 곳으로 이동하기로 했다.

일단 목표는 도시의 중앙 광장.

아마도 황도의 중요 시설에 아샤리아의 분신이 있을 것 같았다.

"판단력이 괜찮군. 얼른 다음 장소로 가자고. 네놈이 잃어버린 기억의 조각을 되찾아라. 그렇게 하면 녀석과 재회했을 때, 이 세상의 이치를 떠올릴 수 있을 테니까."

"……."

싱글렌의 의미심장한 이야기에도 룩스는 반응하지 않았다.
무슨 일이 있어도 리스테르카를 막아야 한다.
그러기 위해서 지금은 전력을 다할 것이라고 맹세했다.

†

룩스가 도주하는 모습을 확인한 미스시스는 몸을 뒤덮은 기룡 째로 방향을 틀었다.

추적 태세에 들어간 미스시스의 주위에 리샤 일행 다섯 명이 포진했다.

미스시스의 머리 위에서는 조금 전에 불러 모은 천사형 환신수 몇 마리가 그녀를 지키려는 것처럼 선회 중이다.

"룩스를 쫓아갈 수 있을 거라 생각하지 마라, 메이드. 네 《아지 다하카》에 대한 대책도 이미 마련해두었으니까."

리샤가 강한 시선으로 쏘아보며 미스시스에게 통보했다.

저번 전투에서는 세리스와 피르히의 연계조차 가뿐히 격파한 기룡사의 정점. 하지만 그런 그녀를 앞에 두고서도 투지는 전혀 쇠하지 않았다.

"거의 남지 않은 내 동포를 공격하는 건 내키지 않지만— 쓰러뜨리겠어."

복잡한 감정을 살짝 드러내며 크루루시퍼가 저격총을 조준했다.

피르히와 세리스 또한 심호흡을 하면서 그녀와 대치했다.

저번에는 둘이 동시에 덤볐는데도 완패한 상대이지만, 그녀들의 표정에 망설임은 없었다.

두려움도 거리낌도 없이, 늠름한 투지만을 날카롭게 연마해 두었다.

"이제 말은 더 필요 없겠지요? 시작하도록 하겠사와요."

요루카가 카타나 형태의 기룡아검(블레이드)을 들면서 미소 지었지만, 미스시스는 조용히 고개를 저었다.

"아쉽게 되었군요."

살짝 눈을 내리깔면서, 어딘지 모르게 유감스럽다는 것처럼.

그러나 그 표정에는 약간의 연민도 드러나 있지 않았다.

오직 냉철하게 임무를 완수하는, 강철 같은 시녀의 얼굴일 뿐이었다.

"당신들만큼 장갑기룡을 잘 다루는 인간은, 역사를 돌아보아도 지극히 적습니다. 그런 만큼 아깝군요. 이곳에서 한 명도 살려두지 않고 처리해야만 하는 상황이."

미스시스의 한탄에, 크루루시퍼가 총구를 겨냥한 채 의연하게 대답했다.

"이제 와서 그렇게 겁줘봐야 물러날 생각은 없어. 당신처럼 말이야."

"네, 유감스럽군요. 당신들은 결코 굴복하지 않겠지요. 그만한 각오를 품은 여러분께, 저는 경의를 표합니다. 그리고—."

시녀는 그렇게 말하고서 목에 건 뿔피리를 입가로 가져갔다.

명령이 끊긴 환신수에게 다시 지시를 내리려 하는 모습을 보고 모두가 경계하며 숨을 삼켰다.

"시작하지요. 이제 시간이 얼마 남지 않았습니다. 당신들의 명운을 끝까지 지켜본 후, 주인께 보고하겠습니다."

"멋대로 떠들어대지 마라. 우리는 패배를 인정할 각오 따위는 갖고 있지 않아! 오직 목숨과 맞바꿔서라도 너를 쓰러뜨리겠다는 결의뿐이다!"

리샤가 힘차게 소리치는 동시에 뿔피리가 울렸다.

미스시스의 머리 위를 날아다니던 천사들이 움직이고, 마침내 결전의 막이 올라갔다.

†

아카디아 황국의 투기장에서 미스시스와 『기사단』의 전투가 시작되었을 때.

에이릴과 『칠용기성』 다섯 명으로 편성된 제2 부대는 조금 떨어진 장소에서 격렬한 전투의 기운을 감지했다.

"아무래도 첫 번째 전투가 시작된 모양이로고. 이제 리스테르카 본인의 위치만 찾아내면 좋겠는데—."

강화형 범용기룡 《엑스 드레이크》를 착용한 마기알카가 전방으로 도약하면서 조용히 중얼거렸다.

바로 옆에서 비행 중이던 에이릴은 그 말을 놓치지 않았다.

"이 상황도 당신의 계산대로라는 건가요? 마기알카 대장."

"황녀 아가씨 마음에는 안 드는가? 하지만 어쩔 수 없다네.

이보다 더 나은 최선책은 없으니까."

마기알카가 신장기룡을 소환하지 않은 이유는, 《요르문간드》는 한 번 전개하면 이동할 수 없다는 결점이 있는 탓이다.

따라서 지금은 같은 계통인 《엑스 드레이크》를 착용하고, 레이더로 주위를 경계하면서 탐색 중이었다.

결과적으로 혼자만 신장기룡을 착용하지 않아도 되는 마기알카는 체력을 아낄 수 있게 되어 이득을 보는 흐름을 타게 되었다.

1세대 만에 막대한 부를 축적한 상인인 만큼, 여전히 빈틈이 없었다.

만약에 에이릴이 가장 먼저 『대성역』에 도착한다면 무엇을 요구할지 알 수 없었지만, 지금은 괜히 억측하고 있을 때가 아니다.

이미 몇 번이나 쓰러뜨린 『성식』이 재차 부활하기 전에 『대성역』을 장악하지 않으면 이번에야말로 당하게 될 테니까.

"그것보다 아이리가 걱정이에요. 겨우 네 명이 탐색하고 있으니까."

『기사단』의 주력인 리샤 일행 다섯 명이 미스시스를 쓰러뜨리기 위해서 멀리 떨어져 있으므로, 기룡을 착용할 수 없는 아이리와 트라이어드만으로 팀이 편성되었다.

그들이 가진 강화형 범용기룡을 구사하면 환신수를 공격하거나 격퇴하는 건 아슬아슬하게 가능하겠지만, 만약에 『성식』이나 후길과 싸우게 된다면 끝장날 것이다.

"그 부분은 도박이라네. 하지만 이것도 그 아가씨가 원한 일이야. 오빠의 힘이 되어주고 싶다면서."

"남매의 정을 이용했다는 거? 정말 최고의 대장님이네."

가까이에서 비행하던 메르의 목소리에 불만이 가득한 이유는, 환신수에게 가족을 잃은 경험이 있기 때문이리라.

"거 참 이상한 소리를 하는구먼, 유미르의 꼬마. 자신은 각오했으니 상관없지만, 다른 사람의 각오는 받아들일 수 없다는 게냐?"

마기알카가 불쾌하게 입가를 비틀면서 비꼬는 말을 돌려주었다.

확실히 모두가 위험하다는 점을 충분히 알고도 여기에 있는 이상, 그 의지를 부정하는 것은 사리에 맞지 않는 짓이다.

"정론이긴 한데, 그것도 댁이 말하니까 쉽게 납득할 수가 없구만."

"동의. 하지만 지금은 망설일 틈이 없어."

그라이퍼가 맥 빠진다는 것처럼 중얼거리고, 소피스도 이어서 말했다.

"뭔가 보이는걸—. 저게 다음 목적지인가?"

로자가 말한 대로 눈앞에 아카디아 황국의 성당이 보이기 시작했다.

동시에 에이릴의 입에서 긴장 섞인 숨결이 흘러나왔다.

시련에 대한 두려움과 차츰 다가오는 『성식』의 발소리에 두려움을 품으며 눈앞을 노려보았다.

"룩스 군, 아이리. 부디 무사하길—."

기도하는 마음을 담아 에이릴은 조용히 양손을 맞잡았다.

하지만 이때는 아직 알 길이 없었다.

트라이어드와 아이리에게, 상상한 것과 전혀 다른 위험이 닥쳐왔음을.

†

"하아, 하아……. 이상한 꿈을, 꿨어요. 기분이 좀 나쁘네요."

"아이리, 괜찮아요? 컨디션이 안 좋다면, 요새로 귀환하겠습니다만—."

"괜찮아요, 녹트. 그렇게 큰소리까지 쳤는데, 여기서 돌아가면 꼴사납잖아요."

한편, 혼란스러운 아카디아 황국의 거리에서 아이리와 트라이어드는 휴식을 취하고 있었다.

탐색 중에 아샤리아의 분신과 접촉해서 첫 번째 시련을 막 끝낸 참이다.

휴대식량과 응급치료 장비 등도 가져오긴 했지만 넉넉하지는 않았다.

샤리스와 녹트가 주위를 경계하고, 티르파는 장갑을 착용하지 않은 채 누워 있는 아이리 곁에 붙어 있었다.

"천사형 환신수의 모습은 보이지 않지만, 팬텀처럼 모습을 숨기고 있을 가능성도 있어. 녹트, 레이더에 반응은 없어?"

"Yes. 문제없습니다. 하오나 반경 3백 메르가 한계이므로, 그다지 믿음직스럽지는 않습니다만."

녹트의 《엑스 드레이크》는 특장형이 보유한 기능도 강화되었다.

하지만 미숙한 소녀들은 아직 장시간 연속 가동이 불가능했기 때문에, 교대로 휴식을 취하면서 보충하는 작전을 채용했다.

"그런데 아이리. 어떤 꿈이었는지 알려줄 수 있어?"

"No. 입니다. 왜 굳이 그런 걸 캐물으려는 건가요, 티르파."

티르파가 아이리의 마음을 편안하게 해주려고 미소 지으며 말했지만, 녹트가 즉시 부정했다.

불만스러워하는 티르파 앞에서 아이리가 조용히 한숨을 쉬었다.

"이제 괜찮아요. 대수롭지 않은 내용이었거든요. 옛날 꿈이었어요. 구제국 시절, 혁명의 날에 관련된 꿈이요."

안색이 좋아진 아이리는 쓴웃음을 지으며 말하기 시작했다.

5년 전. 아카디아 제국이 붕괴하기 하루 전날. 제국군이 병으로 앓아누운 아이리를 납치하는, 믿을 수 없는 광경을 꿈속에서 보았다.

그 명령을 내린 이는, 아버지인 황제.

혁명을 이룩하려 하는 룩스에게 인질로 쓰기 위하여, 알현실에서 아이리에게 검을 들이밀었다.

"이상해요. 말도 안 되는걸요. 저는 그때 그저 침대에 누워 있었을 텐데, 눈을 떴을 때는 이미 전투고 뭐고 전부 끝났을 텐데, 어째서— 이제 와서 그런 꿈을.”

이런 꿈은 한 번도 꿔본 적이 없건만, 신기했다.

“그건 분명 현재 아이리의 마음이 꿈으로 드러난 게 아니려나? 루크찌의 발목을 잡고 싶지 않다는.”

“그렇다면 그 목적은 달성되었다고 할 수 있겠군. 실제로 지금 이렇게 우리가 몸을 바쳐서 그를 도와주고 있으니까.”

티르파가 그렇게 말하며 눈앞에서 주먹을 불끈 쥐었고, 샤리스도 공중에 떠서 미소를 보냈다.

“그렇다면, 좋겠지만요.”

트라이어드와 함께 네 명이서 행동할 때의 작전은 이미 세워두었다.

절대로 무리하지 않고, 환신수 및 적대자와 맞닥뜨리면 철저하게 도망친다.

리스테르카는 공략을 우선할 테니, 이쪽을 끈질기게 추격하진 않을 터다.

남은 것은 사정거리의 문제다.

야생의 초식동물이 육식동물에게 일정한 거리 이상으로 다가가지 않는 것처럼, 적의 접근 사실을 간과하지 않는 것이 가장 중요했다.

그러나 현재의 동향에 안도하고 있는 와중에 녹트가 깜짝 놀라며 헛숨을 들이켰다.

“티르파! 《엑스 와이엄》을 장착하세요! 이쪽으로 접근하는 장갑기룡 반응이 있습니다!”

"――?!"

누워 있던 아이리가 벌떡 일어나고, 공중에 떠 있던 샤리스가 급강하했다.

"육전형 신장기룡 한 기. 그런데, 이 반응은―."

계속해서 레이더에 표시된 입체영상을 확인한 녹트가 미심쩍은 표정을 보였다.

아이리 일행이 당황해서 멈칫한 사이, 순식간에 그 해답이 다가왔다.

두껍고 울퉁불퉁한 장갑으로 뒤덮인 육전형 신장기룡 《타라스쿠스》.

그것을 착용한 인물은 적이 아니었다.

투구로 눈가를 가린, 키가 크고 수척한 초로의 사내. 츠바이베르크 기믈레였다.

"저건― 싱글렌 경의 보좌관인가?"

샤리스는 당혹스러운 목소리로 중얼거렸다.

《타라스쿠스》는 아이리 일행 수십 메르 앞 지점에서 정지하더니 조용히 주위 상황을 살펴보았다.

"츠바이베르크 경. 당신은 방어 거점을 지키는 중이었을 텐데, 무슨 문제라도 있나요?"

요새를 지키는 제1 부대는 기본적으로 배정된 자리에서 벗어나지 않기로 되어 있다.

그럼에도 불구하고 이곳에 찾아온 것을 보면, 무언가 불의의 사태라도 일어난 것일까?

아이리와 트라이어드는 동시에 그런 생각을 떠올렸다.

"그리고, 어떻게 우리가 있는 장소를 알아내셨는지요?"

"너희 말고는 아무도 없는 모양이로군. 룩스 아카디아나 신왕국 유격부대『기사단』녀석들은 따로 행동 중인가?"

노기사 츠바이베르크는 아이리의 질문에 대답하지 않았다.

표정이 보이지 않는 철 투구 밑에서 약하게 숨이 흘러나오는 소리가 들렸다.

"그렇습니다만, 당신은 왜 여기에 계십니까?"

샤리스가 재차 물어보자 츠바이베르크는 블레이드를 뽑았다.

두꺼운 양날 중형 블레이드는 때려 끊는 것이 주 용도인 동시에 방패로도 충분히 사용할 수 있는 공방일체의 기본무기다.

경험이 풍부한 이 기사가 사용한다면 대단히 뛰어난 성능을 발휘할 것이 분명하다.

"이미 여동생 쪽은 첫 번째 시련을 마쳤나. 그렇다면 확보할 보람도 있겠군."

"……? 지금, 뭐라고 하셨습니까?"

샤리스가 눈살을 찌푸리며 반응하자, 츠바이베르크는 블레이드를 땅에 꽂았다.

"—그럼, 하나 대답해주겠다. 귀공들은 적의 추격을 잘 뿌리쳤다고 생각하는 모양인데, 그것은 우연한 행운에 불과하다. 특장형 신장기룡을 가지지 못한 내가, 무슨 수로 너희를 찾을 수 있었을까. 그것은 짐승과 같기 때문이지."

"……."

투구 밑에서 들려오는 대답의 톤에 변화는 없었다.

그러나 뭔지 모를 험악한 낌새를 느낀 녹트는 아이리의 허리를 끌어안았다.

"환신수의 기척이 없고, 주위에 시야를 차단하는 건물이 적으며, 도망칠 길이 몇 개나 있는 장소. 그리고 중앙에서 변두리로 벗어나는 것처럼 움직인 흔적. 정보가 그 정도 갖춰졌다면, 부대의 경로를 파악하는 건 일거리도 아니지."

"티르파, 연계 준비는 됐나? 녹트는 아이리를 맡아줘."

"Yes. 아무래도 우리도 너무 방심한 모양이로군요."

"무엇 때문에 내가 이런 사실을 친절하고 정중하게 설명했느냐면— 그 여동생이 죽어서는 곤란하기 때문이다. 이 주위에 너희를 도와줄 사람이 없다는 것은 파악했다. 얌전히 아이리 아카디아를 넘겨준다면, 다른 세 사람에게는 손대지 않겠다고 맹세하지."

"—윽?!"

적의의 조짐을 어렴풋하게 느끼고 있었지만, 마침내 선고된 사실에 아이리 일행은 숨을 죽였다.

지금까지 세계 연합의 일원으로서 활동하던 백령 기사단.

그 부단장이자 싱글렌의 오른팔이 이런 식으로 배신할 줄은 몰랐다.

아니, 애초에 예전부터 몇 번이나 룩스를 회유하려고 모략을 세우기는 했다.

오히려 이런 코앞까지 접근을 허용한 아이리와 트라이어드가 부주의했다고 해야 하리라.

당면한 시련과 그 밖의 수많은 위협에 정신이 쏠린 결과일까.

싱글렌의 명령으로 움직이고 있다면, 아이리를 빼앗아 룩스에게 인질로 쓰려는 게 틀림없었다.

"하나 물어봐도 괜찮을까? 츠바이베르크 경."

"……불필요한 문답을 나눌 생각은 없지만, 귀관들의 용기에 경의를 표하며 한 번만 허락하지."

샤리스의 질문에 츠바이베르크는 그렇게 대답했다.

그렇게 대화하는 동안에도 트라이어드는 긴장을 풀지 않았다.

"무엇을 위해서 이런 짓을 하는 거냐? 여기까지 온 이상, 우리끼리 내분을 일으킬 여유 따위는 없을 터! 『성식』으로 인한 세계 붕괴를 막는 것이 가장 중요한 목적 아니었던가?"

샤리스가 꺼낸 것은 싸움을 피하기 위한 설득이었다.

통할지 어떨지는 모른다. 오히려 통할 가망은 거의 없었다.

그래서 뒤에 있는 티르파와 녹트는 긴장하면서 입을 다물었다.

"우리는 『창조주』를 견제하기 위해서, 아이리 아가씨까지 시련을 받게끔 하고 있다. 원래는 전장에 서면 안 되는 문관도, 세계를 위해서 목숨을 걸고 있다! 명예를 아는 기사인 당신이, 이 행동을 어떻게 생각하는지 알고 싶군!"

신왕국군 부사령관의 딸 샤리스는 상대의 자긍심에 호소하는 책략을 선택했다.

츠바이베르크를 역전의 노병으로 판단하고 그렇게 한 것이었는데—.

"하하하하, 크크크크……."

츠바이베르크가 어깨를 조금씩 들썩거리면서 웃자, 아이리와 트라이어드는 눈살을 찌푸렸다.

그렇게 몇 초 동안 웃은 후, 그는 땅에 꽂아둔 중형 블레이드를 아무렇게나 들어 올렸다.

"이런, 실례를 저질렀군. 웃을 생각은 없었는데, 어지간히 평화로운 세계에서 살아왔나 보다는 생각이 들어서 말이지. 나도 모르게 그리움이 솟구쳤군."

"긍지 같은 건, 오래전에 버렸다는 소린가?"

그와 대치한 샤리스는 이마에서 땀을 흘리며 자신도 블레이드를 정면으로 내밀었다.

겉보기에는 《타라스쿠스》가 보유한 무장 가운데 기룡식포(캐논)와 기룡식총(브레스 건)은 보이지 않았다.

공중으로 피하면 공격받을 확률은 크게 줄어들 테지만, 적이 노리는 게 아이리라면 소극적으로 싸울 수는 없었다.

'―아니, 애초에 내 실력 정도로 가능할까? 신장기룡 사용자이자 『칠용기성』 보좌관 급 실력자를 저지하는 게…….'

유격부대 『기사단』의 일원으로서 재능 있는 동료들에게 단련 받았다는 자부심은 있었다.

게다가 리샤가 트라이어드에 맞춰 조율해준 덕분에 장갑기룡도 더욱 좋은 것을 사용하게 되었지만, 눈앞의 적은 더욱 강대했다.

최악의 경우에는 아이리를 데리고 공중으로 도주. 티르파와 녹트가 발목을 붙잡아두는 것이 현 상황에서는 최선책이라고 생각했다.

하지만 특장형이라 위장기능을 사용할 수 있는 녹트라면 몰라도, 육전형이라서 땅을 달릴 수밖에 없는 티르파는 확실하게 따라잡혀서 목숨을 잃게 되리라.

각오한 바이긴 해도, 그런 길을 선택할 수는 없었다.

어린 시절부터 고락을 함께해온 소중한 소꿉친구를 버리는 짓은 샤리스에게는 불가능했다.

"세계를 위해서 목숨을 바치겠다…… 이건가. 역시 너희는 아무 것도 모르나 보군. 『대성역』의 정체도, 앞으로 무슨 일이 일어나려 하는지도, 어째서 우리가 싸우고 있는지도."

츠바이베르크가 왠지 모르게 불쌍하게 여기는 듯한 말투로 말하는 사이에, 샤리스는 『용성』으로 지시를 내렸다.

더 이상 교섭의 여지가 없다고 판단.

집중하고, 적의 말이 끝나는 순간— 선공에 나설 타이밍을 엿보았다.

"하지만 모르는 쪽이 행복할 것이다. 힘을 갖지 못한 자가 현실을 알아봐야 괴로울 뿐이지. 다시 한 번 말하겠다. 다치고 싶지 않다면 그 계집을 넘겨라. 봐줄 여유는 없으니까."

"그건 우리가 할 말인데, 츠바이베르크 경. 약해빠진 계집들에게 패배하면, 『푸른 폭군』의 오른팔로서 대단한 불명예겠지?"

샤리스가 떨리는 목소리로 도발하자 츠바이베르크는 실소했다.

단순한 허세라고 받아들인 것 같았다. 하지만 얕보이는 것은 오히려 좋은 일이었다.

"각오는 되었나 보군. ―그럼, 간다!"

"티르파, 녹트! 가!"

노병이 살기를 뿜어내는 찰나 샤리스가 버럭 소리쳤다.

몇 초 전에 작전을 전달받은 두 사람은 튕겨나가는 것처럼 후방으로 이동했다.

티르파는 아이리를 품에 안고 왼쪽으로, 녹트는 오른쪽으로, 샤리스는 상공으로 날아올랐다.

"……호오."

트라이어드가 선택한 행동은 도주.

그렇게 도발하고 호전적인 모습을 보였으면서, 망설이지 않고 도주를 선택했다는 점에 츠바이베르크는 감탄했다.

"최선의 선택이다. 역시 이 결전의 땅에 올 정도는 되는군. 부하들이 보고 배웠으면 싶을 정도다. 하지만―."

그러나 노병은 조금도 동요하지 않고 신속하게 장갑기룡 조종간을 잡았다.

먼저 아이리를 품에 안고 활주하는 티르파의 《엑스 와이엄》을 표적으로 설정하고 가속했다.

"내가 여기까지 접근한 시점에서, 귀공들은 이미 패배한 것과 다름없다!"

《타라스쿠스》의 장갑 다리에 탑재된 바퀴가 고속으로 회전하더니 굉음을 울리며 질주했다.

가뜩이나 신장기룡을 상대하기에는 출력이 부족한데, 지금 티르파는 아이리까지 품에 안고 있다.

그 탓에 바디 밸런스 차이로 눈 깜빡할 사이에 거리가 줄어들었다.

이곳에는 아카디아 황국의 시가지가 투영되어 있긴 하지만, 실제로는 건물이 존재하지 않았다.

몇 초면 따라잡을 수 있겠다고 확신한 츠바이베르크는 재빨리 중형 블레이드를 쳐들었다.

"먼저 가 있어라. 곧 동료도 그쪽으로 보내주겠다."

후방 수 메르 거리까지 따라붙은 츠바이베르크에게, 티르파는 고개만 살짝 돌려서 뒤를 보며 말했다.

"미안한데, 아직 루크찌의 의뢰서 관리라는 일이 남아 있거든—. 그래서 여기서 죽을 수는 없단 말이야—."

놀리는 듯한 말투로 대꾸하는 동시에 도약해서 눈앞의 잔해를 뛰어 넘었다.

"—훗."

그러나 츠바이베르크는 그 모습에 이끌려서 도약하는 대신에, 그대로 장애물 옆을 통과해서 블레이드를 세우고 찔러 올릴 자세를 잡았다.

도약한 《엑스 와이엄》의 고도가 최대에 도달한 순간, 티르파는 아이리를 위로 던졌다.

"역시 걸려들지 않는군요."

긴박한 표정으로 중얼거리는 아이리를 샤리스가 공중에서

받아내 날아갔다.

도망치는 자가 궤도를 바꾸면 반사적으로 쫓아가고 싶어지는 법이지만, 공중에서는 궤도를 바꿀 수 없기 때문에 그 순간 빈틈이 생기게 된다.

만약에 츠바이베르크가 따라서 도약했다면 그 순간 저격할 작정이었는데, 이번에는 그렇게 하지 않았을 경우의 작전을 이행했다.

"타깃을 위아래로 전달한 다음에 분산했단 말이지……. 최선의 방법이지만, 무모한 짓이다. 이 내 앞에서는."

"큭……?!"

직후에 그것을 알아차린 츠바이베르크가 장갑 다리의 바퀴를 급정지하며 방향을 전환했다.

그리고 기룡(대거)조인을 꺼내들더니, 등을 보이고 비행하는 샤리스를 노리고 팔을 크게 휘둘러 올렸다.

동시에 그 장갑이 거무칙칙한 독기를 머금었다.

"—이런, 그렇겐 못 할걸. 여자애를 뒤에서 덮치려고 하다니!"

신장 발동을 경계한 티르파가 방향을 전환하고 《타라스쿠스》를 향해 돌진했다.

그녀가 가진 해머는 타격 무기라서 두꺼운 장갑에도 충격 대미지를 줄 수 있다.

활주하는 기세를 따라 무장을 휘두르려는 바로 그 순간, 아무 것도 없는 공간에서 소녀가 외치는 소리가 들렸다.

"No. 티르파! 당신을 노리고 있습니다!"

"……윽!"

위장 기능으로 숨어 있던 녹트가 지적한 것처럼 《타라스쿠스》가 이때를 기다렸다는 것처럼 뒤로 확 돌아서더니, 등 뒤의 티르파를 공격하려고 자세를 잡았다.

즉시 옆으로 회피했지만, 그 오른쪽 팔에 수수께끼의 점액이 달라붙었다.

하울링 로어
"—기룡포효!"

《타라스쿠스》의 장갑에서 생성된 진흙 같은 탄환. 아마도 특수 무장일 것이다.

티르파는 충격파의 소용돌이를 정면에 생성해서 그 공격을 회피했다.

뿜어나온 액체를 전부 피하는 건 무모한 짓이나 마찬가지라 순간적으로 하울링 로어를 사용해서 방어했다.

하지만 그럼에도 불구하고 흑자색 진흙이 장갑에 약간 달라붙었다.

거기에 신경이 쏠린 순간, 츠바이베르크가 블레이드로 시도한 화살 같은 찌르기가 《엑스 와이엄》에 명중했다.

"윽…… 앗……?!"

블레이드 끝부분에 에너지를 집중한 츠바이베르크의 찌르기.

그 공격은 《엑스 와이엄》의 장벽을 어렵잖게 관통하고 어깨 장갑에 박혔다.

"티르파!"

상공에서 비행하던 샤리스가 소리치고, 숨어 있던 녹트가 숨을 삼켰다.

"저건, 싱글렌 경이 쓰던 전진! 보좌관인 그도 습득했단 말인가?!"

자세히 살펴보니 츠바이베르크 주위에는 어느새 빛의 창들이 무수하게 떠올라 있었다.

기룡의 조율을 전투 기술로 응용하는 싱글렌의 오의— 전진.

다른 동력에 들어가는 에너지를 무장에 일점집중 한『전진·겁화』의 일격은 압도적인 파괴력을 자랑한다.

더욱이 기룡을 자신의 수족처럼 매끄럽게 조작하는 츠바이베르크의 세련된 검술.

그 두 가지를 동시에 구사하는 이상, 현재 트라이어드의 능력으로는 막아낼 길이 없었다.

"괜찮아, 살아 있……어!"

하지만 충격을 제어하기 위해서 후방으로 활주하며 티르파가 두 사람에게 대답했다.

전적으로 우연이지만, 적의 칼끝이 티르파의 무장인 해머 자루를 스친 탓에 간신히 직격을 피한 것이었다.

그렇지 않았다면 장갑까지 한꺼번에 관통당해서 즉사했을 것이다.

그러나 예상 밖의 상황에도 츠바이베르크는 전혀 동요하는 모습을 보이지 않으며 티르파를 추격했다.

결정타를 가하기 위해서 블레이드를 휘둘러 올린 순간, 쉬익! 하고 공기를 가르는 매서운 소리가 울려 퍼졌다.

"──?!"

다시 전진 준비 자세에 들어가려던 츠바이베르크가 급브레이크를 걸었다.

그 직후 눈앞에 쏟아진 초승달 모양 궤적이 몇 개나 교차하면서 발밑의 돌로 된 바닥을 깊이 파냈다.

"희소 무장— 블레이드 끝부분에서 에너지를 날리는 원거리 병기인가?"

티르파의 추격을 중단하고 츠바이베르크는 감탄한 것처럼 머리 위를 올려다보았다.

거기에는 아름다운 곡선을 그리는 블레이드 한 자루를 든 샤리스가 있었다.

"정답. 내 검은 참격을 날릴 수 있다고. 접근하지 않고 잘게 잘라주겠어."

샤리스가 지닌 《용아사검(샷 블레이드)》은 과거에 『용비적』 일원이었던 딜루이 프로이어스가 사용하던 희소 무장이다.

룩스에게 패배하고 사망한 후, 그 희소 무장은 학원에서 회수했다.

트라이어드가 강화형 범용기룡 사용에 성공했을 때, 그것을 리샤에게서 양도받았다.

그리고 세리스 등과 훈련한 끝에 드디어 사용법을 습득했다.

『칠용기성』이 붙잡혀 있던 예배당에 침입해서 그들을 구조할 수 있었던 것도, 그 힘이 있었던 덕분이다.

"오호라. 하지만 굳이 그 힘을 보여준 것에는 이유가 있을 것 같군. 아마도 지금 숨어 있는 《엑스 드레이크》의 사용자야말로, 나를 노리는 진짜 비수겠지."

"——."

샤리스를 주목하면서도 다른 두 사람에 대한 경계를 전혀 게을리 하지 않았다.

그러나 공격을 파악 당했다 하더라도 멈출 수는 없었다.

아무리 역전의 전사일지라도 본 적도 없는 무장에 대응하는 것은 불가능할 터.

그러니 이쪽의 계획을 아는 것처럼 보이는 상대의 말조차 견제의 일환일지도 모른다.

위장 기능으로 숨어 있던 녹트는 순식간에 거기까지 생각을 마쳤다.

아이리는 물론이거니와, 여기서 세 사람 중 어느 한 명을 버리고 후퇴할 생각은 없었다.

리샤 일행보다 재능도 실력도 부족하지만, 여기서 사력을 다하겠다고 결심했다.

'도망칠 생각은 없습니다. 우리는 이제, 이런 곳까지 오고 말았으니까요.'

공격 타이밍을 재는 녹트의 머릿속에서 자신의 과거가 되살아났다.

그것은 어렸을 적, 주인이 될 샤리스를 처음으로 만나러 갔을 때의 기억이었다.

†

“처음 뵙겠습니다, 샤리스 님. 저는 리플렛 가의 차녀인 녹트라고 합니다. 정식으로 모시게 되는 건 5년 뒤부터입니다만, 무엇이든 분부만 내려주십시오.”

대대로 고귀한 귀족을 모셔온 종자 일족, 리플렛 가문.

녹트는 어렸을 때부터 그러기 위한 교육을 받았으며, 다섯 살이 되었을 때 처음으로 발트시프트 가문 저택에 자신을 알렸다.

원래부터 냉정하고 순종적인 성격이었던 녹트는 시녀의 책무를 빠르게 받아들이고, 교육열이 강한 부모님의 기대에 부응했다.

그래서 어렸을 때 이미 어엿한 시녀를 연상케 하는 분위기를 두르고 있었다.

반면에 샤리스는 두 살 정도 나이가 많은 푸른 머리카락의 소녀였다.

어딘지 모르게 소년 같은 늠름함을 자아내는 소녀는, 녹트를 보고 난처한 듯이 웃었다.

“너 대단하네. 나보다 훨씬 예의 바른걸?”

“과찬의 말씀이십니다. 아가씨께 무례를 범하지 않았다는 것이니 다행이로군요.”

“……”

진지한 표정으로 대답하는 녹트를 보며 샤리스는 한숨을

푹 내쉬었다.

녹트는 어른스럽고 딱딱한 자신을 보고 그녀가 어이없어 한다는 사실을 눈치채지 못했다.

"내가 시키는 건 뭐든지 들어주겠다고?"

"제가 할 수 있는 일이라면, 그렇습니다."

"그럼 『아가씨』가 아니라 샤리스라고 불러줘. 가뜩이나 엄격한 집안인데, 나보다 어린 애가 그렇게 격식 차리면 숨 막혀 죽을 걸?"

샤리스는 그렇게 말하며 해맑게 웃었다.

그 뒤에는 그녀의 손에 붙잡혀서, 놀러와 있던 티르파가 있는 곳으로 끌려갔다.

그리고 세 사람이 함께 있을 때는 서로 허물없는 친구로 지내자는 약속을 나누었다.

세 명은 성격도 입장도 달랐지만, 신기하게도 마음이 잘 맞아서 어렸을 때부터 쭉 친구로 지냈다.

녹트는 성격상 주인이 어떤 인간이든 상관없이 성실하게 모셨겠지만, 그랬다면 이런 기분은 느껴보지 못했으리라.

아마도, 태어나서 처음으로 사귄 친구는 그녀들일 것이다.

†

'원래대로라면 저는 주인인 샤리스가 도망칠 수 있도록 목숨을 걸어야 합니다. 설령 주인이 그것을 거부하더라도, 반대

하는 것이 당연합니다.'

그리고 지금, 녹트는 숨을 죽인 채 이 결전에 참가하기 전에 나눈 이야기를 떠올렸다.

『앞으로 무슨 일이 일어날진 알 수 없지만, 만약 피할 수 없는 위기가 닥친다면 우리 셋이 함께 죽자고 약속해주지 않겠어?』

아이리에게도 말하지 않은 세 사람만의 밀담.

그것은 녹트를 생각한 샤리스의 배려였다.

처참하게 패배하여 누군가가 포로가 될 수밖에 없는 상황에 처한다면, 녹트는 샤리스가 도망칠 수 있도록 자신을 희생하는 길을 선택하리라.

하지만 그것은 싫다고, 리더 격 소녀는 단호하게 말했다.

전장에 서는 기사로서 그것이 잘못 된 행위라는 것은 자각하고 있었다.

목적을 달성하기 위해서는, 때로는 동료를 버리겠다는 비정한 마음을 품고 돌진해야만 하는 법이다.

그것이 직업 사관의 방식인 동시에, 부사령관의 딸이라면 똑똑히 알고 있는 사실일 터다.

『우리 셋은 지금까지 쭉 연계 전술을 연마해왔어. 싸우건 도망치건 셋이 함께 있어야 성공 확률이 올라가. 그러니까 아이리는 따로 도망치게 하더라도, 우리는 끝까지 남아야 한다고 생각해.』

그런 확신을 담은 샤리스의 말에 티르파는 쓴웃음을 지었고, 녹트는 기막혀 했다.

『하아……. 샤리스도 참, 명분을 만드는 솜씨가 진짜 끝내준다니까……. 미래의 부사령관 후보로서 그래도 돼?』

자기가 졌다는 것처럼 어깨를 으쓱하지만, 마냥 싫지만은 않은 듯한 티르파의 표정.

마찬가지로 샤리스의 의도를 파악한 녹트는 조용히 눈을 내리깔며 미소 지었다.

세 사람 가운데 단 한 명이라도 버리고 싶지는 않았다.

우발적인 상황이라면 몰라도, 자신의 의지로 그런 선택을 하고 싶지는 않았다.

만약에 샤리스가 그럴 생각으로 세 사람의 연계 전술을 연마해온 거라면, 이 정도로 무모한 공사혼동도 없을 것이다.

녹트가 처음 만났을 때부터 그녀는 조금도 변하지 않았다.

리더십 있는 늠름한 언니 같지만, 진지한 점도 있으면서 장난기도 있는 친해지기 쉬운 소녀.

하지만 그런 그녀가 단순한 종자에 불과한 자신을 친구라고 생각해준 덕분에, 녹트는 무척 귀중한 경험을 할 수 있었다.

『Yes. 잘 알겠습니다.』

명령을 완수하겠다는 생각이 아니라, 그저 그 마음에 부응해주고 싶었다.

스스로 무언가를 원하는 경우가 거의 없었던 녹트가, 소중한 친구를 위해서 싸울 수 있게 되었으니까.

'저는 리플렛 가문의 종자이지만, 『기사단』의 일원이지만, 그럼에도 불구하고 제 친구를 구하기 위해 목숨을 걸겠습니

다. 그렇다면—.'

아득하게 수준이 뛰어난 상대일지라도 두렵지 않았다.

말로 위협하며 견제하는 츠바이베르크를 향해서, 비장의 희소 무장을 해방했다.

"—《원월용린(서큘러 에지)》!"

"……음?!"

츠바이베르크의 대각선 뒤쪽에 숨어 있던 녹트는《엑스 드레이크》의 위장을 해제하는 동시에 투척병기를 전개했다.

예전에는 겔다프라는 헤이부르그의 간부가 소유했던 희소 무장.

그것을 회수한 신왕국군이 리샤를 통해 녹트에게 넘겨주었고, 마침내 능숙하게 사용할 수 있을 정도의 실력이 되었다.

《엑스 드레이크》의 레이더에 도움 받아 적을 포착한 여덟 개의 칼날이, 여덟 방향에서 포물선을 그리며《타라스쿠스》를 공격했다.

회전하는 원형 칼날이 에너지를 띠고 눈부시게 빛을 발했다.

그것 자체에 필살의 위력이 있는 것은 아니지만, 모조리 회피하기란 대단히 어려울 터다.

"으음……!"

장벽을 순간적으로 전개해서 튕겨내는 기술— 전진·유전을 츠바이베르크가 습득했을 가능성은 높지만, 여러 방향에서 동시에 날아오는 공격에는 대응하지 못할 터.

녹트가 예상한대로 츠바이베르크는 블레이드를 휘둘러서

원형 칼날의 절반을 튕겨냈다.

"걸렸군요."

나머지 네 개는 《타라스쿠스》의 장갑에 꽂혀서 표면을 갈아내기 시작했다.

표적에 명중한 《서큘러 에지》는 그대로 계속 장갑을 파고들면서 공격하는 특성이 있다.

장갑이 얇으면 그대로 절단할 수 있으며, 강고한 방어력을 자랑한다 하더라도 회전 충격으로 동작을 둔하게 만드는 역할을 충분히 달성할 수 있다.

"움직임이 멈췄군! 그렇다면 내 검을 한 번 더 받아보라고!"

예고하는 듯한 말과 동시에 샤리스가 공중에서 《샷 블레이드》로 참격의 비를 퍼부었다.

종횡무진으로 쏟아져 내리는 예리한 충격파.

츠바이베르크가 장벽을 우산처럼 펼쳐서 그 공격을 막아낸 순간, 모터가 작동하는 요란한 소리가 바로 옆에서 울려 퍼졌다.

"뭐지……?"

노병은 미심쩍은 표정으로 소리가 나는 방향으로 고개를 돌렸지만, 티르파의 《엑스 와이엄》은 저 멀리 떨어져 있었다.

그러나 약 1백 메르 이상 떨어져 있던 그 거리는, 다음 순간 제로로 바뀌었다.

캐터펄트 아츠

"간다! 《용축각주(龍蹴脚走)》……!"

—콰광!

고막을 찢어발기는 듯한 작렬음.

발생한 소리를 앞지르려는 듯한 기세로 티르파가 원거리에서 가속했다.

대기를 꿰뚫고 탄환처럼 돌격한 《엑스 와이엄》은 그대로 해머를 가로로 후려쳤다.

"—커, 어어어억……!"

콰드드득! 명중하는 동시에 《타라스쿠스》의 두꺼운 장갑이 부서졌다.

《엑스 와이엄》의 초가속에서 이어지는 혼신의 타격을 받고, 중장급 《타라스쿠스》가 저 멀리 뒤로 나가떨어졌다.

그대로 황도의 풍경을 투영한 가옥들을 통과해 세 사람의 시야에서 사라졌다.

"허억! 허억……! 하아아아……!"

티르파가 질주한 포장길 위에는 초가속한 바퀴의 자국이 새겨져 있었다.

이것이 트라이어드의 필살 연계 중 하나이자, 리샤를 비롯한 『기사단』의 톱클래스 멤버들에게도 유효한 기술이었다.

"해냈어……! 명중했다구!"

몇 초 후에 티르파가 만감을 담아 해머를 들어 올렸다.

조금씩 쌓아올린 세 사람의 노력이 마침내 결실을 맺은 순간이었다.

우선 다른 두 사람이 적의 이목을 끌고, 잠복한 녹트가 《서큘러 에지》로 공격해서 발목을 붙들어 놓는다.

그리고 머리 위에서 샤리스가 《샷 블레이드》로 충격파의 비를 뿌려서 팔을 봉쇄하고 장벽을 전개하게끔 유도한다.

그렇게 기동력과 대응력을 빼앗겼을 때, 충분히 거리를 벌린 티르파가 원거리에서 단번에 가속하여 해머로 강타한다.

티르파가 리샤에게 받은 《캐터펄트 아츠》는 내장형 희소무장이며, 활주 기능에 초월적인 가속력을 더해준다.

질주하는 거리에 비례해서 폭발적으로 위력이 상승하지만, 그만큼 사용자에게 걸리는 부담과 사용 난이도가 훌쩍 올라간다.

사용자 본인이 초고속으로 돌진하는 도중에 공격을 명중시키기란 극도로 어려운 일이므로, 다른 두 사람이 적을 확실하게 붙들어 놓을 거라고 신뢰하지 못한다면 성공할 수 없다.

따라서 이 일격은 트라이어드만이 해낼 수 있는 파괴력을 숨기고 있는 것이다.

첫 공격인 녹트의 《서큘러 에지》만 명중한다면, 이 연계를 회피하기란 어렵다.

그러므로 어떤 공격인지 드러나지 않은 첫 대치 상황에서는 절대적인 효과를 발휘할 터이나—.

"침착하게 행동해, 티르파! 경계를 게을리 하지 마!"

매끄럽게 연계가 성공한 것에 안도해서 표정이 풀어질 뻔했던 샤리스가 퍼뜩 정신을 차리고 자신을 포함한 모두를 나무랐다.

"그러고 보니, 요루카 아가씨가 잔심(殘心)이라는 개념을 가르쳐줬지."

이곳은『대성역』의 심층부.

무슨 일이 일어나도 이상하지 않은 위험지대다.

눈앞에 닥친 위협을 물리치긴 했지만, 마지막까지 방심할 수는 없었다.

"녹트, 아이리는 무사해?!"

"Yes. 아이리 주위에 환신수나 다른 생체 반응은 없습니다."

녹트가 즉답하면서 사방으로 흩어진 여덟 개의《서큘러 에지》를 회수.

근처에 모인 세 사람은 날아가 버린 츠바이베르크를 쫓기로 했다.

'조급하게 굴지 마……. 타격을 준 건 확실하지만, 아직 쓰러졌는지 아닌지는 알 수 없어.'

샤리스는 심호흡을 한 차례 한 다음, 다시 긴장감을 온몸으로 퍼뜨렸다.

상대는 신장기룡을 사용하는 강자이자, 기룡 종류도 방어가 단단한 육전형이다.

성공적으로 허를 찌르긴 했지만, 여기서 쓰러뜨렸다고 단정하는 것은 경솔한 행동이다.

"녹트, 적의 장갑기룡이 해제된 반응은 아직 없지? 이대로 그의 장갑을 분리해서 구속하자고."

"Yes. 알겠습니다."

녹트는 대답하는 동시에 천천히 츠바이베르크 모습을 추격하기 시작했다.

그러나 3백 메르 정도 앞으로 나아간 지점에서 경악했다.

츠바이베르크는 숨이 끊어지기는커녕 《타라스쿠스》를 장착한 채 우뚝 서 있었다.

"—헉?! 이럴 수가!"

"어떻게 된 것이죠?! 말도 안 됩니다!"

티르파와 녹트가 자기도 모르게 동요를 드러냈다.

환영 가옥이 사라진 잔해 앞에서 츠바이베르크가 태연하게 서 있었다.

두꺼운 장갑이 반파되긴 했지만, 그의 육체에 눈에 띄는 외상은 거의 없었다.

다만, 얼굴을 전부 뒤덮고 있던 투구의 눈가가 살짝 파손돼서 맹금류 같은 안광이 엿보였다.

"설마, 기룡해방(브레이크 퍼지)인가?! 티르파의 해머에 맞은 순간, 스스로 장갑을 분리해서 충격을 분산한—."

"혜안이다, 『기사단』의 기룡사. 훌륭한 연계였다. 하지만 안타깝군. 그 젊은 나이에 이 정도 기술이라니, 계속 단련한다면 실력자의 미래가 열릴 터인데."

츠바이베르크가 체념 섞인 미소를 보이자 트라이어드는 자세를 잡았다.

"칭찬은 고맙지만, 걱정할 필요는 없다고……."

필살의 연계가 불발로 끝나긴 했지만, 그래도 피해는 결코 가볍지 않을 터다.
두꺼웠던 《타라스쿠스》의 장갑도 반쯤 부서졌으니, 더 이상 압도적인 방어력을 보이진 못할 것이다.
지금이라면 샤리스의 《샷 블레이드》나 녹트의 《서큘러 에지》로도 충분히 치명상을 줄 수 있다.
그렇다면—.
사고의 전환을 실시하는 그 짧은 틈을 놓치지 않고 《타라스쿠스》가 뒤로 돌아서 활주했다.
"도망치려는 거냐?! —아니! 아이리를 빼앗을 작정인가?!"
적의 최우선 목표는 처음부터 아이리를 확보하는 것이다.
룩스에게 인질로도 쓸 수 있으며, 『대성역』을 차지하기 위한 비장의 수단이기도 하다.
적의 눈에 띄지 않게끔 근처 건물에 숨어 있지만, 만에 하나라도 붙잡힌다면 모든 게 끝장이었다.
『연계 B로 간다! 티르파, 녹트. 준비는 됐겠지!』
『……오케이.』
『Yes. 준비는 이미 끝났습니다.』
적이 작전을 파악하지 못하도록 가까운 거리임에도 불구하고 용성으로 통신을 나누었다.
이번에는 정반대로, 티르파가 적을 쫓는 돌격에서 시작되는 연계공격에 나서려는 찰나에 말도 안 되는 일이 벌어졌다.
"—헉?!"
티르파가 《타라스쿠스》를 따라잡아 해머를 들어 올린 직후에 주위가 폭발했다.

—콰콰앙!

주위를 뒤덮는 폭염에 티르파의 《엑스 와이엄》이 삼켜진 직후, 그 장갑이 부서져나갔다.

"티르파! ……뭐야 이게……! 무슨 일이 일어난 거냐고?!"

샤리스는 반사적으로 소리를 지르며 소꿉친구를 구출하려고 앞으로 날아갔다.

"녹트는 레이더로 적의 위치를 파악해! 나는 티르파를 확보하러…… 헉?!"

빠르게 지시를 내리던 샤리스의 얼굴이 창백해졌다.

대기에 끈기가 생기더니 《엑스 와이번》의 장갑에 달라붙었다.

아니, 대기만이 아니라 지면도 온통 점착 물질로 점철되어 있었다.

티르파가 걸린 함정.

《타라스쿠스》가 도주할 때 깔아둔 모종의 함정이라는 사실을 깨닫는 게 늦고 말았다.

"샤리스! 그 물질은 레이더도 방해합니다! 접근하지 않아야—."

목소리를 듣고 뒤를 돌아본 샤리스의 눈동자에, 홀연히 자취를 감추었을 터인 츠바이베르크가 녹트를 향해 중형 블레이드를 내려치는 모습이 비쳤다.

"—실로, 유감스럽군."

"윽, 아아악……!"

가로로 후려치는 것이 아니라, 양단하려는 것처럼 세로로 찍어 내린 블레이드를 등에 맞은 《엑스 드레이크》의 장갑이 부서졌다.

《서큘러 에지》를 장착한 어깨를 베어 일격에 전투력을 빼앗겼음을 이해했다.

그와 동시에 샤리스의 장갑에 들러붙은 연막 같은 대기가 격렬하게 폭발했다.

"크, 아……!"

폭염과 충격파의 영향을 받긴 했지만 비행 중이던 샤리스는 가까스로 직격만은 면했다.

그러나 이미 장갑이 해제되어 쓰러진 티르파와 녹트를 본 샤리스의 얼굴에서는 순식간에 핏기가 가셨다.

지금 이 순간, 승산이 완전히 사라졌음을 이해한 것이다.

"무슨 일이, 일어난 거야……?! 도망치면서 뭔가 뿌리기라도 했나?!"

"귀공들에게 경의를 표하는 의미로 가르쳐주지. 내 《타라스쿠스》의 신장은 《이면초열(裏面焦熱)(백 파이어)》, 이동하는 동시에 가연성 연막을 살포해서 적의 모든 추격을 봉쇄하고 폭파하는 능력이다."

"그런, 거였나……!"

《엑스 드레이크》의 레이더에 걸리지 않으며, 추격마저 봉쇄하는 동시에 반격하는, 이른바 카운터 계열 신장.

폭발력 자체는 의외로 낮은 모양이지만, 그 신장을 알지 못했던 트라이어드는 완전히 의표를 찔리고 말았다.

"적 앞에서 도망치는 것은 수치스러운 짓이나, 목적이 있는 후퇴는 그렇지 않지. 너도 아이리 아카디아를 지키기 위해서 사력을 다하는 게 좋을 것이다. 그것이 네게 마지막으로 주어진 소임이니까."

"……."

굳이 말하지 않아도 아는 사실이었다.

세 사람의 연계가 불가능해진 지금, 여기서 샤리스가 츠바이베르크에게 덤빈다 해도 승산은 없다.

기룡 간의 성능 차이만이 아니라, 기룡사로서의 기량도 격이 달랐다.

적이 하늘을 날지 못한다는 점을 이용해서 회피와 도주에 전념한다면 아직 길은 남아 있었다.

하지만 그 방법을 선택한다면 티르파와 녹트가 남게 되어, 확실하게 목숨을 잃게 되리라.

굳이 살려둘 이유가 없으니까.

"무얼 망설이지. 기룡사로서 그 정도로 실력을 갈고 닦았으면서, 임무에 목숨을 바칠 각오조차 하지 않았다는 것이냐?"

나쁜 상상을 그려내려는 것처럼 츠바이베르크가 블레이드를 들어 올렸다.

그 모습을 본 순간 샤리스는 튕겨나가듯이 날아올랐다.

"—그만둬어어어어어!"

"어리석은 선택이로군. 내가 사람을 잘못 보았나."

부우웅! 하고 기묘한 소리가 나면서 《타라스쿠스》 주위에 무수한 빛의 창들이 떠올랐다.

"—전진·유전."

명중하려는 찰나, 《타라스쿠스》 앞에 장벽이 신속하게 전개되며 샤리스의 블레이드를 흘려 넘겼다.

그 기세에 휘둘려서 중심을 잃은 어깨에 적의 블레이드가 매섭게 꽂혔다.

《엑스 와이번》의 환창기핵(포스 코어)을 강타당해서 즉시 장갑이 해제되었다.

"크, 악……!"

황도 시가지에 쓰러진 샤리스를 츠바이베르크가 냉철한 시선으로 내려다보았다.

"결국 계집애의 소꿉장난이었나. 귀공 같은 반푼이를 따르는 두 사람도 무능하군."

"……입 닥쳐! 네놈이 뭘 안다는 거냐?! 제아무리 강하다 해도, 자신의 이익을 위해서 태연하게 타인을 속이는 인간이! 그런 어리석은 비겁자에게 충성하는 남자가! 제대로 된 기사인 양 입을 놀리지 마라!"

그것은 샤리스의 신념에서 나온 반론이었다.

전황에 따라서 목표를 우선시하지 않은 것.

동료를 버리지 못한 것은 자신이 어설프고 미숙한 탓임을 자각하고 있었다.

그러나 그런 샤리스의 마음을 알아준 두 소꿉친구를 모욕하는 것은 용서할 수 없었다.

그 감정에 떠밀려서 튀어나온 말을 듣고 츠바이베르크는 두 눈을 매섭게 부릅떴다.

"이 유치한 계집년이, 감히 나의 주인을 모욕하느냐?"

"—흡?!"

그 표독스러운 살의를 받은 샤리스의 표정이 파랗게 질렸다.

명색이 『기사단』의 일원으로 전투에 참여한 이상 나름대로 각오는 되어 있다.

—콰득!

"크—! ……아아아아악……!"

《타라스쿠스》의 장갑 다리가 샤리스의 오른팔을 대충 짓밟았다.

겨우 그것만으로도 맨몸인 팔은 쉽게 부러져버렸다.

격통 때문에 비명을 지르면서 꼼짝도 할 수 없었다.

기공각검으로 기습을 노리자는 생각조차 머릿속에서 사라지고 말았다.

그 모습을 본 티르파와 녹트가 기공각검을 뽑으려고 손을 대자, 두 사람의 오른팔도 발로 차서 부러뜨렸다.

"아, 아아악……!"

"……큭!"

티르파의 눈가에서 눈물이 흘러내리고, 늘 무표정한 녹트도 고통 때문에 인상이 일그러졌다.

단칼에 죽이지 않는 이유는 숨어 있는 아이리를 꾀어내기 위해서라고 생각했지만, 아무래도 그게 아닌 것 같았다.

"네년들처럼 바르기만 하고 능력 없는 것들은 세상에서 두 번째로 짜증이 난다. 비장미와 정의감에 취해서, 자기만족을 이루고자 불필요한 희생을 늘리지. 그래도 거기서 끝난다면 어린애의 헛소리로 치부할 수 있지만, 감히 내 주인을 모욕하다니 도가 지나쳤군."

격앙한 이 남자는 세 사람을 최대한 괴롭힌 후에 죽이자고 마음먹었다.

강자가 뿜어내는 압도적인 살의에 세 사람은 몸을 떨었다.

설사 장난감 꼴로 죽음을 맞이한다 해도 이제는 피할 길이 없었지만, 그래도 이대로 비명을 계속 지르는 건 좋지 않았다.

특히 녹트가 계속 폭행당하다 보면 숨어 있는 아이리가 스스로 튀어나올지도 모른다.

그렇게 생각한 샤리스는 멀쩡한 왼손으로 기공각검 자루를 움켜쥐었다.

'나는…… 사실은 각오 같은 건 되어 있지 않았을지도 모르겠어. 이 남자 말마따나, 그저 세상물정 모르는 계집애일지도 몰라. 하지만, 그럴지라도—.'

티르파와 녹트. 소꿉친구 두 사람에게 시선을 보내자, 절망에 물들어 있던 두 사람의 눈에 빛이 서렸다.

아이리가 생존할 확률을 높이려면, 이젠 스스로 목숨을 끊을 수밖에 없다.

아직 그럴 수 있을 때 시도해야만 한다.

"녹트, 티르파, 미안하다. 나는 형편없는 리더였어……."

쉬어버린 목소리가 샤리스의 입술에서 새어나왔다.

그러자 격통에 시달리던 두 친우가 아주 잠시 웃어준 것처럼 보였다.

"—당장 멈추세요! 저는 여기 있습니다! 당신에게 협력할 테니 그만하세요!"

트라이어드가 자해하기로 결심한 찰나, 조금 떨어진 위치에서— 건물이 투영된 잔해 뒤쪽에서 아이리가 소리쳤다.

"참으로 아름다운 희생정신이지만, 조금 늦었군. 이 세 명의 목숨은 내가 거둬가겠다. 그 후에 귀하를 인질로 붙잡을 것이다."

"……네, 이놈."

츠바이베르크의 냉철한 안광을 보고 샤리스는 확신했다.

아이리의 몸 바친 각오조차 짓밟고, 이 자리에서 세 사람을 죽일 작정이라는 것을.

더없이 절망스러운 궁지. —그때, 불현듯 어떤 발소리가 큰길에 울려 퍼졌다.

츠바이베르크의 배후에, 어느새 기척도 없이 나타난 작은 그림자가 서 있었다.

Episode 4 필연적인 이분자(異分子)

『기사단』 멤버 덕분에 미스시스의 습격에서 벗어난 룩스는 싱글렌과 함께 심층부 탐색을 계속했다.

최우선 목표는 리스테르카를 찾고 저지하는 것이지만, 적도 철저히 조심스럽게 행동하고 있는지 아직 흔적조차 파악하지 못했다.

그러는 동안에 장엄한 장식으로 꾸며진 탑에 도착했다.

천사를 모방한 석상이 쭉 서 있는 탑 내부에 자동인형이 서 있었다.

몸에 딱 맞는 장의처럼 생긴 옷과 머리에서 튀어나온 뿔.

이 존재도 조금 전에 만난 통괄자 아샤리아의 분신인 게 분명하리라.

"오시기를 기다리고 있었습니다, 자격자님. 두 번째 시련은 조금 전 경험한 것보다 더욱 심한 부하가 걸리게 됩니다. 준비를 마치신 후에 저를 건드려주세요."

조금 전에 본 아샤리아와 다르지 않은 말투로 설명했다.

『대성역』의 중추에 진입하기 위한 두 번째 시련.

이 과정을 모두 마치면 본체인 아샤리아가 출현하는 모양이지만…….

“리스테르카보다 먼저 중추에 도착할 수 있겠습니까? 지금은 시련을 치르기보다는, 리스테르카부터 찾는 게 맞지 않을까요?”

룩스가 그렇게 진언했지만 싱글렌은 코웃음을 쳤다.

“그렇지. 그러니까 어서 그 놈들이 있는 곳으로 날 데려가라. 내가 반드시 막아줄 테니까.”

“…….”

“현재 후길 혼자서 리스테르카를 호위하고 있다. 그렇다면 레이더로 넓은 범위를 경계하고 있겠지. 미스시스가 돌아올 때까지는 되도록이면 교전을 피하려고 할 거다. 이유는 네가 이미 체험해보지 않았나?”

“……이 『시련』을 치르는 동안에는, 완전히 무방비해지기 때문입니까?”

룩스가 묻자 싱글렌은 대답 대신에 오만한 미소를 엷게 머금었다.

아무래도 정답인 듯했다.

후길이 제아무리 실력이 뛰어나다 해도 여러 적을 상대로 무력한 주인을 감싸기란 쉽지 않은 일이다.

그러니 세 가지 시련을 마치기 전까지는 룩스 일행과 맞닥뜨리는 상황을 철저하게 피할 거라고 싱글렌은 예측했다.

“게다가 네가 두 개의 시련을 마치면, 그때부터는 놈들도 더 이상 너를 내버려둘 수 없을 거다. 여기까지 와서 추월당할 바에야, 가차 없이 처리하려고 들 게 뻔하지."

"—알겠습니다. 그럼, 계속해서 호위를 부탁드리겠습니다."

각오를 다진 룩스는 장갑을 해제하고 아샤리아 곁으로 다가갔다.

심호흡을 하고 그녀에게 손을 내밀었다.

"그럼 이제부터 당신에게 두 번째 시련, 『세례』를 통한 강화를 개시하겠습니다. 그동안 당신의 기억에 새겨진 마음의 상처를 마주하세요."

하지만 다음 순간 튀어나온 말을 듣고 룩스는 헛숨을 삼켰다.

"『세례』?! 지금 뭐라고—."

룩스가 무심코 되물은 순간, 아샤리아의 손끝이 일곱 빛깔로 빛났다.

"크, 아아아악?!"

손바닥을 통해서 엘릭시르가 주입되는 동시에 기묘한 사념이 머릿속에 흘러들어왔다.

격통이 엄습하면서 정신이 가라앉고 주위의 시야가 아스라이 녹아내렸다.

"……자, 기억과 함께 자신이 걸어온 발자취를 되짚어봐라. 네가 괴로움에 발버둥치는 모습을 지켜봐주마."

싱글렌의 오만한 웃음소리에 배웅 받으며, 룩스의 의식은 이내 먼 곳으로 떠났다.

그리고 또다시 기묘한 광경을 보았다.

†

5년 전 혁명의 날—.

아카디아의 제도에서 일어난 최종결전.

수많은 기룡사들을 쓰러뜨리고, 드디어 왕성에 돌입한 룩스는 옥좌 앞에서 아버지인 황제와 대치하고 있었다.

그 기억의 처음부터 룩스는 강렬한 위화감을 느꼈다.

분명 룩스가 옥좌에 도착했을 때 황제는 이미 숨이 끊어진 상태였고, 측근과 근위병들도 전부 다 피바다에 잠겨 있었을 터다.

그리고 그 앞에 있던 후길은 만신창이가 된 룩스를 비웃으며 최약이라고 힐난했다.

그러나 이 단계에서는 황제도, 측근도, 근위병도 아직 상처 하나 없었다.

강렬한 적의를 드러내고 있긴 하지만, 서로 그 어떤 외상도 입지 않았다.

《바하무트》를 착용한 룩스 자신도 살갗에 생채기 하나조차 남아 있지 않았다.

'꿈을 꾸는 걸까? 현실이 이러기를 원했다고, 그렇게 다시 시작하기를 바라고 있다는 뜻일까?'

스스로 생각해도 한심했기 때문에 쓴웃음을 짓고 말았다.

그런 생각을 하는 룩스 앞에 펼쳐진 상황은 멋대로 움직였다.

"어리석은 것. 네놈의 혁명이 성공할 거라고 생각했느냐?

기룡사로서 뛰어난 실력을 기른 점은 칭찬해주겠다만, 써먹는 방법이 잘못되었구나. 감히 제국 앞에서 이를 드러내다니."

"……투항하세요, 아바마마. 그리고 아티스마타 백작과 백성들의 심판을 받으세요. 제가 아들로서 함께 하겠습니다."

모멸 어린 시선으로 바라보는 황제 앞에서, 룩스는 초연하고 진지한 표정으로 대답했다.

이미 각오한 바였다.

혁명을 방해한다면, 그 어떤 수단을 동원해서라도 뚫고 나가겠다고 각오했다.

"하하하하. 아무 것도 깨닫지 못했느냐. 너는 열등하다. 기룡사의 재능이 조금 있긴 하지만, 결국 황족 중에서도 형편없는 막내에 불과하지."

"……뭐?"

"우리 아카디아 제국이 무슨 수로 이렇게 번영할 수 있었다고 생각하느냐? 우리의 지배력은 왜 뒤집히지 않았을까? 그 힘을 깨닫지 못한 것이, 네놈의 패인이다!"

황제가 껄껄 웃으면서 손가락을 튕기자, 기둥 뒤쪽에서 기룡사 한 명이 모습을 드러냈다.

룩스는 무슨 일이 있어도 동요하지 않겠다고 다짐했지만, 그의 얼굴에서 순식간에 핏기가 사라졌다.

지병 때문에 집에 누워 있어야 하는 아이리가 있었다.

장갑 팔에 온몸을 구속당한 채, 의식을 잃은 여동생이.

"아이리?!"

"—움직이지 마라. 손 하나라도 까딱하면 못난 내 딸— 네 놈 여동생의 목숨은 그 순간 날아갈 테니까."

황제가 말한 대로 근위 기룡사는 블레이드를 아이리의 목에 가져다 댔다.

겨우 그것만으로도 꿈속의 룩스는 가위에 눌리는 것처럼 움직일 수 없게 됐다.

'……왜지? 대체 어째서?!'

현실의 룩스는 그 광경에 더욱 당황했다.

혁명의 날 이틀 전부터 아이리를 만나지 않았을 뿐더러, 시녀가 돌봐주고 있을 터였다.

룩스가 혁명의 주동자라는 사실을 알지 못했다면 미리 아이리를 납치하지 못했을 터다.

한 달 전에 항쟁을 일으키기 시작한 뒤로 룩스도 계속 경계했지만, 의심 받을 여지는 없었을 텐데.

"그리고 좋은 소식도 들어왔지. 짐에게 반기를 든 아티스마타 백작이 방금 전에 목숨을 잃었다. 그 놈은 건투한 편이지만, 그 ××가 나빴지. 거기에서 허점을 찾고 마지막으로 네놈에게 다다랐다."

어째서일까.

꿈속일 텐데, 어느 한 부분만 명확하게 들리지 않았다.

룩스가 바라는 대로 매끄럽게 흘러가는 꿈이 아니라 악몽인 것일까?

하지만 정확히 무엇이든지 간에, 이 세계에서는 룩스가 전혀 모르는 사이에 승패가 나뉘었다.

이 자리에 모인 근위 기룡사는 문젯거리가 아니었지만, 아이리가 인질로 잡혔으니 이미 끝이나 마찬가지였다.

설령 여동생을 희생하고 나라를 구한다 해도, 그 이후에 룩스에게는 아무 것도 남지 않는다.

살아남은 피르히를 위해서 자신과 아이리를 희생할 것인가.

—아니, 룩스는 이 자리에서 아이리가 죽게 내버려둘 수 없었다.

"장갑을 해제하고 투항해라. 반항한다면 지금 이 자리에서 네 동생의 목을 칠 것이야! 무릎을 꿇지 못할까! 어리석은 것!"

황제의 불호령이 떨어지자 룩스는 《바하무트》의 기공각검에 손을 뻗었다.

그 찰나 알현실에 누군가의 목소리가 내려왔다.

"크크큭. 뭘 모르는군. 우연히 아티스마타 백작의 ××가, 구제국의 측근인 남자와 연결되어 있었을 줄이야— 황제의 악운이라고 해야 할까."

"—네놈은!"

"후길, 형님……?!"

룩스와 똑같은 《바하무트》를 착용한 후길이, 높은 천장 근처에서 알현실에 있는 사람들을 내려다보았다.

이미 《폭식(리로드 온 파이어)》을 기동한 상태인지 후길은 눈에 비치지도 않는 속도로 앞으로 날아가 아이리를 인질로 잡고 있던 근위 기룡사를 소리도 없이 베어 죽였다.

"—아니?!"

그 광경을 본 주위의 중신들이 동요했다.

반사적으로 블레이드를 들고 후길에게 돌격한 기룡사 몇 명이 순식간에 반격당해 죽어나갔다.

"말도, 안 돼……!"

공포 탓에 얼굴에 경련이 일어난 황제가 떨리는 목소리로 외쳤다.

"—왜지?! 대체 왜 네가 우리에게 무기를 겨누느냐?! **우리의 선조를 구한, 우리 혈족의 영웅이라고 불리던 네가!**"

"……?!"

그 말을 들은 룩스의 의식에 강한 의문이 생겨났다.

'후길이 아카디아 제국의 선조를 구했다고? 후길은 황제의 장남이 아니었단 말인가?'

아니, 애초에 구제국의 선조를 구했다는 게 무슨 뜻일까?

"호오. 네 녀석이 어떻게 그걸 알고 있지? 내 입으로 말한 적은 없을 텐데."

"과거의 문헌을 조사해보았다. 아카디아 황족에게만 전해지는 기록에, 네 이름과 존재가 기록되어 있더군. 일찍이 『배신자 일족』이라 불리며, 오랜 세월 학대받아온 우리를 **혁명의 승리로 이끌어준 인물이 후길, 너였다고—.**"

'—뭐?! 대체 무슨 소릴 하는 거야?!'

황제의 말을 들은 룩스의 온몸을 더욱 기묘한 전율의 휘감았다.

'애초에 이 상황이 되기 한참 전에, 후길이 우리의 선조인 『배신자 일족』을 구했다고?'

그렇다면, 아카디아 황국을 멸망시킨 존재 또한—.

의식뿐인 존재로서 이 광경을 지켜보는 룩스는 당연하게도 아무 말도 꺼낼 수 없었다.

후길은 눈썹 하나 까딱하지 않고, 싸늘하게 웃으면서 대답했다.

"역시 무슨 일이든 예상치 못한 사고가 일어나기 마련이군. 그 ××를 이용해서 아티스마타 백작을 토벌할 줄이야. 운명의 왜곡을 오판했다. 살짝 수정해둘 필요가 있겠어— 나와라, 나의 개변기룡 《우로보로스》."

후길이 기공각검을 높이 들어 올리는 동시에 성 내부가 격심하게 뒤흔들렸다.

"큭……!"

무슨 일이 일어난 것인지는 알 수 없지만, 우선 아이리를 안전한 곳으로 옮겨야만 한다.

룩스는 아이리를 품에 안고 왕성 밖으로 날아가 피신할 만한 장소를 찾으려고 했다.

꿈속의 룩스가 알현실에서 날아올라 빠져나간 순간.

왕성 부근에 모여 있던 잔존 기룡사들이 한꺼번에 후길에게 돌진하는 모습이 눈에 들어왔다.

"놈을 죽여라! 이 왕성에서 살려서 내보내지 마!"

캄캄한 밤의 왕성에서 울려 퍼지는 황제의 노호.

그러나 룩스는 확실하게 보았다.

오랜 세월 영화를 자랑해온 아카디아 제국의 장엄한 왕성.

그것을 웃돌 정도로 거대한, 지금까지 본 적 없는 신장기룡의 그림자를.

주위에 모인 수백 기의 잔존 기룡들이 일제히 포격을 개시했다.

그대로 성조차 전화에 삼켜져서 보이지 않게 되었다.

†

"—윽, 크아아아아악!"

가슴이 으스러지는 듯한 통증을 느끼고 룩스는 각성했다.

심층부— 안내를 맡은 자동인형 아샤리아의 분신이 눈앞에서 지켜보는 중이었고, 그 옆에는 싱글렌이 서 있었다.

일단 호위로서 룩스 곁에 있는 것일 텐데, 전혀 지키는 것처럼 보이지 않는 것은 어째서일까.

"정신없는 남자로군. 지금까지 태평하게 잠들어 있다가 느닷없이 비명을 지르다니."

"……."

정말 이해할 수 없는 남자였다.

『세례』를 받고 괴로워하는 룩스를 배려하는 것은 고사하고, 입을 열자마자 대뜸 비아냥거리는 말을 하다니.

불평 한마디라도 하고 싶었지만, 이 남자와 입씨름 해봐야 의미 없는 짓이기 때문에 그만두었다.

그 대신 아샤리아의 분신이 나긋한 목소리로 말했다.

"수고하셨습니다. 당신에 대한 『세례』가 무사히 완료되었습니다. 이로써 중추의 제어 권한을 입수하기 위한 준비가 끝났습니다. 『대성역』의 기능을 사용하면, 평범한 인간은 버틸 수 없을 정도의 부하가 걸리게 됩니다."

"준비? 지금 이게 그런 목적이었다고?"

『세례』를 통해서 육체와 정신을 강화하고, 중추를 제어할 수 있는 상태로 만든다.

그렇다면 다른 사람들도 두 번째 시련에서 이런 과정을 거친다는 이야기일까?

원래 『세례』를 받아서 내성이 있는 에이릴이라면 몰라도, 아이리가 걱정되었다.

이제는 옛날과 다르게 병약하지는 않지만, 과연 이 고통을 참아낼 수 있을까?

"으, 큭……! 하아, 하아……."

다른 사람 걱정은 나중에 하기로 했다.

지금 룩스는 대단히 쇠약해진 상태라 기룡을 조작하기는커녕 제대로 서 있을 수도 없었다.

"나약한 놈은 잠시 움직이지 않는 게 좋을 거다. 여기서 받는 『세례』는 온몸의 신경 대부분을 건드리지. 아마 다른 녀석들도 비슷한 상태일 거다."

"……그걸 어떻게, 알고 있지?!"

싱글렌이 극히 자연스럽게 꺼낸 말을 듣고 룩스는 득달같이 반응했다.

이 시련이 어떤 과정으로 진행되는지는 『창조주』인 에이릴조차 모르는 정보였건만.

"너는 참으로 염치라는 게 없군. 그게 알고 싶다면 내 군문 밑으로 들어오라고 세 번이나 말했을 터인데, 그런 기억력으로 잡무를 수행할 수 있는 거냐?"

"말 돌리지 마! 이 결전에 세계 연합의 일원으로 참가한 이상, 누구 밑에 붙느냐는 중요하지 않아! 공략에 관련된 정보를 알리지 않는 건 협약 위반이라고!"

"크크크, 그리고 여전히 어리석군. 너라는 남자는."

룩스가 숨을 씨근거리면서 얼굴을 들이밀었지만 『푸른 폭군』은 눈 하나 깜빡하지 않았다.

"현재까지 이 『대성역』에 도달한 자는, 역사상 존재하지 않는다. 아니…… 인식되지 않았다고 해야 할까. 그렇다면 내가 하는 말은 단순한 허언이 될 텐데, 무슨 수로 그게 옳다고 증명할 수 있을까?"

"——."

맞는 말이었다.

싱글렌이 알고 있을 리가 없었다.

늘 하는 헛소리거나, 추론을 마치 이미 알고 있었다는 것처럼 큰소리친 것에 불과할 터다.

그런데, 어째서 그의 말을 진실이라고 생각하게 되는 것일까.

“친절하게 가르쳐 줄까? 그건 네가 알고 있기 때문이다. 내 말이 진실임을, 마음 깊은 곳에서 이해하고 있기 때문이지.”

“……그럴, 리가.”

“그래서 너를 내 밑으로 들이려고 하는 거다. 너는 천칭을 기울게 하는 자, 운명의 특이점으로 선택된 채 남아 있지. 역사의 변혁, 지배 체제가 변화할 때는 반드시 중심인물이 존재한다. 시대의 뒤틀림이나 추세를, 사람이라는 그릇으로 대체해서 모조리 떠넘기지. 따라서—.”

싱글렌이 계속해서 말하려는 순간, 주위에서 비명이 들려왔다.

룩스가 탑의 창문을 통해서 밖을 보았더니 민중들이 주위를 뛰어다니고 있었다.

“이건, 환각? 아니, 아카디아 황국에서 일어난 광경인가?”

“그렇습니다.”

룩스의 질문에 아샤리아의 분신이 즉답했다.

“아카디아 황국의 성숙기에 엘릭시르라는 이름의 비약이 제조되었고, 그것을 몸에 적응시키는 수술— 『세례』라는 기술이 확립되었습니다. 사용 방법과 투여량이 잘못되면 죽거나 심각한 후유증이 남습니다만, 적합하다면 일반인을 아득히 뛰어넘는 능력을 얻을 수 있지요.”

그러고 보니 에이릴도 그런 이야기를 했다.

왕후귀족들에게만 엘릭시르를 투여하여 태어날 때부터 우수한 인간— 지배자의 핏줄을 만들었다고.

"극히 한정된 사람들과 그들을 지탱하는 수많은 하층민. 세계를 지배하던 아카디아 황국 내에서도 신분은 차츰 두 개로 나뉘어갔습니다. 그리고—."

『……으, 꺄아아악?!』

『그만, 이러지 마……?!』

재현된 광경에서 발생한 비명을 듣고 룩스는 창밖으로 몸을 내밀었다.

환신수 여러 마리가 무기를 든 사람들을 습격해서 잡아먹고 있었다.

"저것도 진짜가 아니라, 과거의 기록영상이야? 그럼 설마, 환신수라는 존재는—."

"바로 그렇다. 황족들이 반역자, 죄인, 외적에게 대항할 수단으로 만들어낸 것이지. 그리고 유적을 지킬 파수꾼으로서 라그나뢰크도 창조했다."

"……."

환신수가 사람들을 우적우적 잡아먹는 그 참혹한 광경 앞에서 룩스는 자기도 모르게 시선을 피했다.

그리고 환신수는 어디론가 날아가 버렸다.

"……응? 저 환신수들이 황국 어디로 가려는 거지? 유적으로 돌아가는 건가?"

분명 재현을 마치면 영상과 함께 종료될 거라고 생각했는데, 의외로 아직 남은 내용이 있는 모양이었다.

룩스가 순간적으로 아샤리아 쪽을 보자, 그녀는 조용히 고개를 끄덕이며 말했다.

"귀환하는 겁니다. 이 『대성역』 내부의 환신수 생성 플랜트로. 유적에서 발생하여 내부로 돌아가죠. 그런 시스템입니다."

자동인형의 입체영상이 해준 대답을 듣고 확신이 생겼다.

목적을 달성하면 돌아간다— 겨우 그게 다다.

하지만 룩스는 무언가가 마음에 걸렸다.

"묘하다고 생각하나? 유적 방위라는 관점으로 보자면 환신수는 분명 필요하다. 하지만 이곳은 아카디아 황국의 수도. 아무리 완벽하게 제어할 수 있다지만, 기룡사가 아니라 굳이 환신수를 쓸 필요가 있는 것일까, 라고."

싱글렌이 말한 대로였다.

장갑기룡을 관리하던 것도, 일부 인원을 제외한다면 아마 대부분이 왕후귀족들일 것이다.

즉 그것을 동원해서 숙청할 수 있는데, 왜 굳이 환신수를 썼을까?

잔학한 본보기를 위해서일까. 수고를 덜기 위해서였을까. 아니면—.

룩스가 움직이지 못하는 사이에도 영상은 계속 바뀌었다.

왕성 뒤에 존재하는 지하 묘지— 카타콤으로.

"아직도 영상 기록이 안 끝났어? 앞으로 얼마나 더 이어지지?"

"일단 영상 기록 재생은 끝났습니다. 장소는 황도의 카타콤. 그 광경을 투영한 장소가 마지막 시련장입니다."

"……싱글렌 경. 제 몸은 이제 괜찮습니다. 다음에는 그곳으로 이동하죠."

"크크크, 뭐냐 잡부. 우리의 사명을 포기하고, 아카디아 황국의 역사를 좇겠다는 거냐?"

"당신과 헛소리를 주고받을 시간 없어. 아니, 마지막 시련장에 아샤리아 본체가 있다면, 틀림없이 리스테르카도 거기로 올 거야."

그곳에서 중추에 진입할 수 있다면, 기다리다 보면 후길을 공격할 수 있게 된다.

"뭐, 정답으로 간주해주마. 가자, 잡부."

싱글렌은《리바이어선》을 조종해서 왕성 뒤를 향해 활주했다.

룩스도 심호흡을 하고 마음을 가라앉힌 후, 체력을 아끼기 위해서《와이번》을 장착하고 그 뒤를 쫓아갔다.

『세례』가 몸에 끼친 영향은 그리 대단치 않았다.

오히려 몸을 뒤덮은 기룡이 예전보다 신체와 잘 결합한 듯한 기분이 들었다.

싱글렌 뒤를 쫓아가면서 룩스는 생각했다.

과연 미스시스를 상대하는 리샤 일행은 무사할까?

에이릴은 시련을 어디까지 진행했을까?

그리고— 아이리와 트라이어드는…….

"……큭!"

흔들리는 감정을 의지로 억누르고 룩스는 날았다.

그러는 동시에 환각으로 목격한 5년 전의 광경에 대해서, 알 수 없는 불안감을 느꼈다.

†

룩스가 두 번째 시련인 『세례』를 받기 몇 분 전.

중앙 투기장에서는 미스시스와 리샤 일행의 사투가 이어지고 있었다.

『열쇠 관리자』 미스시스는 『반기룡사』라는 이명을 가진 실력자.

《아지 다하카》의 신장 《천 가지 마술》에 각자의 능력과 에너지를 빼앗기면 그 즉시 전멸 위기가 닥친다.

그래서 우선 원거리 공격이 중심인 리샤 및 크루루시퍼가 선봉 역할을 맡고 있었다.

반면에 미스시스는 할버드를 든 채 미동조차 하지 않으며 조용히 주위를 응시했다.

신장기룡 사용자 다섯 명과 대치하고 있는 상황인데도 그 어떤 초조함과 빈틈을 드러내지 않았다.

폐도에 비친 아카디아 황국의 광경.

그 하늘에 실체가 있는 천사형 환신수가 날아든 순간 리샤는 기공각검을 뽑아들었다.

"먹어라! 《공정요새(레기온)》!"

《티아마트》의 특수 무장인 화살촉 형태의 투척 병기 열 기가 우렁찬 소리를 내며 미스시스를 향해 날아갔다.

동시에 크루루시퍼가 《파프니르》와 함께 공중으로 솟구쳐서 《프리징 캐논》으로 견제사격을 가했다.

다섯 명이 미스시스와 교전을 시작한 이후로 몇 번이나 반복된 공방.

그러나 현재로선 우세하다고 하기 힘들었다.

"전혀 초조해하지 않는군. 정말 기계 같은 여자야."

리샤 일행이 노리는 것은 미스시스가 누군가 한 명을 처치하기 위해서 전력을 다하는 순간이다.

주군인 리스테르카의 곁을 떠난 그녀의 상황을 거꾸로 이용, 승부를 서두르게 해서 단조로운 공격을 퍼붓게끔 유도했다.

하지만 미스시스의 강철 가면은 조금도 흔들리지 않았다.

그 수정 같은 눈동자로 모두의 움직임을 태연하게 관찰할 정도였다.

"—훌륭하군요. 이렇게 관찰했는데도 틈이 전혀 보이지 않는다니."

아무도 듣지 못할 만큼 작은 목소리로 미스시스가 독백했다.

『열쇠 관리자』는 유적과 장갑기룡을 개발하고, 그 피에 맞춰서 적정 수치를 설정했다.

다시 말해 장갑기룡에 대한 모든 지식을 알며, 그것을 이어받은 일족이다.

그중에서도 미스시스는 『창조주』의 측근으로 자라 어렸을 적부터 교육을 받았다.

기룡 적성을 강화하는 『세례』를 받고, 추가로 나노 머신을 직접 투여했다.

온갖 조건 하에서 전투훈련을 받는 등, 그 모든 것을 견뎌

내며 학습했다.

모든 장갑기룡의 성능과 능력도 전부 파악했다.

처음에는 몇백 명이나 있었던 동족의 정예들이 하나하나 탈락하는 가운데, 미스시스는 의지력으로 버티면서 쉬지 않고 재능을 갈고닦았다.

"제가 지닌 힘은 전부 물려받은 것. 『창조주』가 받아들여주었기에 우리 종족은 번영할 수 있었습니다. 그러니 패배는 허용되지 않습니다."

"—비슷하군요. 당신과 저는."

언제부터 그 독백을 듣고 있었는지, 공중에 떠 있던 세리스가 말을 걸었다.

"제 혼잣말이 들렸습니까? 패배자의 동정 따위는 필요 없습니다만."

"자신의 숙명을 짊어지고 준수하며, 노력을 아끼지 않고 완벽함을 추구하고 있죠. 예전에 그랬던 저보다, 당신은 훨씬 뛰어난 존재입니다."

"방심을 유발하려 해도 소용없습니다. 제 마음은 흔들리지 않아요. 그런 『세례』를 받았으니까."

미스시스는 정신의 안정 및 사고능력조차 훈련을 통해서 제어하고 있었다.

누구보다 빠르게 최선의 대답을 끊임없이 찾아내는 기계, 『열쇠 관리자』의 화신으로서 이곳에 있다.

"그리고 당신들과 같은 취급을 받다니 유감스럽군요. 훔쳐

간 힘을 제 것으로 삼아서 강해졌다고 착각하는 인간 따위와 같은 선에 놓지 마세요."

"핫! 잘난 척 하지 말라고, 냉혈 메이드! 그 오만함 때문에 길을 잘못 들어서, 어쩔 수 없이 잠들어야 했던 주제에!"

장갑기룡도 개발하는 리샤가 두 사람의 대화에 끼어들었다.

《티아마트》가 다시 《레기온》을 조종해서 견제한 순간 미스시스가 움직였다.

"——?!"

《아지 다하카》가 할버드를 힘껏 붙잡은 채 중심을 낮추고 활주했다.

동작 자체는 특별할 게 없었지만, 동작이 시작하는 과정을 전혀 확인할 수 없었다.

단순히 활주 속도가 빠를 뿐만 아니라, 움직임 자체가 극히 매끄러웠다.

에너지 분배를 몇 퍼센트 단위까지 조정하여 기룡의 무게중심을 완벽하게 제어해야만 선보일 수 있는 곡예.

하지만 그럼에도 불구하고 리샤에게는 대응할 여유가 있었다.

"어림없다! 네 간격은 이미 다 파악했다고!"

"네, 단기간 만에 대책을 꽤 세운 모양이더군요. 하지만 그래봐야 임시변통에 불과합니다."

나지막하게 중얼거리는 미스시스의 동공이 확대되었다.

리샤가 공중에서 후방으로 물러나며 재차 《레기온》을 발사한 순간, 미스시스는 그 자리에서 빙그르 회전했다.

"——?!"

사방을 둘러싼 나머지 네 사람은 그 이해할 수 없는 동작을 보고 눈을 크게 떴다.

"……저건, 설마."

가장 먼저 알아차린 사람은 발차기나 던지기 등 변칙적인 조작이 주특기인 피르히였다.

본인을 기준으로 말하자면, 피르히는 딱히 이상한 행동을 하는 게 아니었다.

마기알카에게 배운 체술을 기룡 조작에 응용해서 실용적인 행동을 취했을 뿐이다.

미스시스 또한 기발한 동작으로 허를 찌르려는 게 아니라, 수천 번을 반복해온 선택지 가운데 하나를 골라서 실행했을 뿐이었다.

리샤가 발사한 《레기온》 한 기를 그대로 할버드로 받아쳤다.

"뭐야?!"

"저런 짓이, 가능한 거야?!"

정밀한 조작이 특기인 크루루시퍼도 동요를 숨기지 못하고 소리쳤다.

튕겨내서 피하거나 받아내서 에너지를 흡수하는 정도를 예상했는데, 할버드로 받아친 《레기온》은 그대로 몇 배의 속도로 날아가 리샤를 공격했다.

반사적으로 장벽을 강화해서 방어한 찰나, 《아지 다하카》가 리샤를 향해 도약했다.

"—기룡포효(하울링 로어)!"

그러나 리샤 또한 일류 기룡사.

예상치 못한 역공을 방어하는 동시에 최대한 빠른 속도로 회피 행동에 들어갔다.

《천 가지 마술》에 에너지와 신장을 빼앗기는 상황을 피하려면 신장의 사정거리 밖으로 벗어날 수밖에 없다.

하지만 미스시스는 충격파를 뒤집어쓰고 기세가 줄어든 와중에도 왼손에 쥔 용미강선(와이어 테일)을 휘둘렀다.

"—설마?"

처음에 휘둘러 올린 할버드는 리샤를 도우려 하는 요루카를 노리고 투척했으며, 시야를 차단하기 위한 함정이었다.

《티아마트》의 장갑 팔에 와이어 테일이 얽히는 순간 미스시스가 신장을 발현했다.

"—《천 가지 마술(아베스타)》."

"크?! 으아아아앗……!"

고통스러워하는 신음을 흘리며 리샤가 신장을 기동했다.

《티아마트》의 신장을 빼앗기기 직전.

그 힘으로 《아지 다하카》의 중력을 모조리 빼앗아서 공중으로 띄웠다.

"……?! 중력으로 짓누르는 게 아니라, 빼앗아서 공중으로 띄우다니—?"

미스시스가 약간 당황한 모습을 보였을 때, 좌우와 뒤쪽에서 공격이 날아왔다.

《티폰》이 쏘아낸 와이어 끝부분과 크루루시퍼의 저격.

그리고 세리스의 랜스에서 방출된 뇌격.

무방비한 상태를 오히려 활용하기 위해서, 리샤는 남은 힘을 중력 부하가 아니라 미스시스를 공중에 묶어두는 데 쏟아부었다.

"과연, 좋은 판단이군요. 그녀의 즉흥적인 발상에 반응한 당신들도 훌륭해요. —하지만."

《아지 다하카》의 주위에 전개된 3중 장벽이, 그 모든 공격의 위력을 대폭 감소시켰다.

아주 잠깐 경직한 다음 밑에서 기회를 노리던 요루카의 검을 채찍 자루로 방어하는 동시에 내던진 뒤, 할버드를 주워서 신속하게 후퇴했다.

"조금 피해를 입긴 했지만, 일단 한 명 격파했군요."

"크, 윽……!"

몇 초 만에 에너지를 모조리 흡수당한 《티아마트》가 해제되어 리샤는 그 자리에 멈춰 섰다. 다시 기룡을 사용할 수 있게 될 때까지 실질적으로 행동불능 상태가 되었다.

하지만 미스시스는 여전히 주위를 최대한 경계하고 있었다.

무방비한 리샤를 생각 없이 노리는 어리석은 짓은 하지 않으리라.

"정말 놀라워……. 『반기룡사』라는 이명은 장식이 아니었나 보네."

크루루시퍼는 전율을 느끼며 식은땀과 함께 감탄을 흘렸다.

예전에 같은 기룡을 다루던 발제리드를 상대해본 경험이 있기 때문에, 미스시스가 기룡사로서 얼마나 뛰어난 실력자인지 잘 알 수 있었다.

그녀가 휘두르는 할버드의 공격 범위는 저번에 상대해본 경험이 있는 세리스와 피르히가 파악했다.

공격이 닿지 않게 거리를 유지했음에도 불구하고, 그 대책을 간파하고 사정거리가 긴 와이어 테일로 무기를 바꾸었다.

그녀는 신들린 듯한 특수한 기술 덕분에 강한 것이 아니었다.

그저 모든 기룡의 능력을 알고, 특성을 기억하고, 어마어마한 훈련을 추구했을 뿐이다.

"솔직히 말하자면, 성가신 상대를 배제하니 마음이 좀 편하네요."

"처음부터 공주님 먼저 처리할 생각이었다는 거구나."

그러나 모든 기룡에 대한 지식을 알고 있다 해도, 대폭 개조된 기룡에 대응하기는 어렵다.

그래서 미스시스는 다섯 명 가운데 리샤를 최대의 위협으로 인정하고, 가장 먼저 전력을 쏟아 부은 것이다.

"하아, 하아…… 얕보지 말라고, 이 무표정한 냉혈 메이드! 내가 이 정도로 물러날 줄 알았다면 큰 오산이다!"

싸울 수는 없어도 지휘는 가능하다고 말하고 싶은 것인지, 걸어서 후퇴하면서도 기공각검을 겨누며 리샤가 외쳤다.

확실히 전장을 부감하며 조언하는 것은 큰 힘이 될 것이다.

그만한 리스크를 무릅썼는데도 겨우 병아리 눈물만큼 승률이 올라갔을 뿐이지만, 《티아마트》의 중력 제어 신장만 빼앗긴 것은 불행 중 다행이었다.

《파프니르》의 미래 예지, 《티폰》의 신장 무효화, 《린드부름》의 순간이동, 《야토노카미》의 강제 조작.

중력 제어도 강력하지만, 만약 다른 신장을 빼앗겼다면 승산은 더욱 낮아졌을 것이다.

"그 사기에는 경의를 표합니다만, 안타깝군요. 제가 《천성(스프레셔)》을 차지한 이상, 이제는 전황을 뒤집을 수는 없을 겁니다."

싸늘한 눈초리의 미스시스를 보며 나머지 네 사람은 숨을 죽였다.

곧바로 크루루시퍼가 용성을 통해 요루카에게 말을 걸었다.

『그녀의 의식 파장은 다 파악했어? 이렇게 된 이상, 당신의 검술에 의지할 수밖에 없겠는데.』

장갑기룡 조작 부문에서는 역시 미스시스를 능가하는 사람이 없다.

하지만 키리히메 요루카가 사용하는 절기— 각격은 의식의 파장을 읽어내서 무의식의 간극을 노리는 필살의 검이다.

장갑기룡의 성능 및 조작 기술과는 무관계하므로, 미스시스에게도 효과가 있을 터였다.

『물론 파악했답니다. 하지만— 한 번 각격이 명중하는 정도로 어떻게 될 거라고 생각하진 않사와요. 참격이 닿는 정도로는, 저 3중 장벽을 뚫고 치명상을 줄 수가 없으니까요.』

『——.』

요루카의 대답을 듣고 크루루시퍼는 어떻게 해야 할지 망설였다.

《아지 다하카》의 비정상적인 방어력을 돌파하려면 접근해서 전력으로 일격을 먹일 필요가 있다.

예전에 발제리드를 쓰러뜨렸을 때처럼, 삼대 오의 강제초과(리코일 버스트)를 노릴 수밖에 없다.

"한눈을 팔며 잡담하다니, 꽤 여유롭나 보네요."

크루루시퍼가 미스시스에게로 의식을 되돌린 찰나, 다시 준비 과정을 드러내지 않는 동작으로 조금 전보다 더욱 빠른 속도로 《아지 다하카》가 활주했다.

표적이 된 크루루시퍼는 뒤로 날아올라 도망쳤지만, 미스시스는 그녀를 바짝 추격했다.

"공격해라, 크루루시퍼! 도망쳐도 계속 쫓아올 거라고! —그런데, 어째서 조금 전보다 더 빨라진 거지?! 날 상대할 때는 봐주기라도 한 거냐?!"

육전형 신장기룡은 방어장갑이나 무장을 유지하기 위해서 상당히 무겁다.

하지만 《천성》을 사용해서 자신의 중력을 지운다 해도, 이동속도가 무조건 빨라질 거라고 할 수는 없다.

오히려 장갑 다리의 바퀴가 떠오른 탓에 속도가 더 떨어질 수도 있다.

지면을 달려서 이동하는 육전형 기룡의 특성상, 마찰력 저하는 기동력조차 빼앗을 수 있다.

그러나 미스시스가 《천성》을 사용하는 방식은 수준이 달랐다.

육전형 장갑기룡의 특성에 맞춰서 응용할 수 있는 사용법을 이미 체득하고 있었다.

"장갑 다리의 설치면에는 중력을 그대로 유지하고, 상반신만 가볍게 만들어서 가속한 겁니까?!"

세리스가 아연히 중얼거렸지만, 크루루시퍼가 《지배자의 신역(디바인 게이트)》의 범위 밖으로 빠져나간 탓에 바로 도와주지 못했다.

"크루루시퍼! 쏴서 적을 튕겨내라! 상대의 무게가 가벼워졌다면—."

"그래, 알고 있어!"

리샤의 외침을 듣고 크루루시퍼는 《재화의 예지(와이즈 블러드)》를 발동했다.

몇 초 후의 미래를 예지해서 미스시스의 공격을 예측.

일단 저격으로 상대와 거리를 벌릴 수 있겠다고 확인한 다음 실행했다.

"그럼, 각오하시길."

미스시스는 등에 닿을 정도로 뒤로 한껏 휘둘러 올린 할버드를 세로로 내리쳤다.

강렬한 에너지를 머금은 필살의 일격은 《파프니르》의 《용린(오토) 장순(실드)》으로 막아냈다.

일곱 장의 방패가 자동으로 방어했지만, 미스시스가 《천 가지 마술》을 사용하면 이 특수 무장이 오래 버티지 못하리라는 사실을 크루루시퍼도 발제리드와 싸워본 덕에 알고 있었다.

따라서 그 찰나의 순간을 놓치지 않았다.

“—《동식투사(프리징 캐논)》!”

타앙! 《아지 다하카》의 어깨에 닿을 법한 위치를 조준해서 크루루시퍼가 저격총의 방아쇠를 당겼다.

정밀하고 신속하게.

포구에서 빠져나온 동결탄은 충격을 가하는 동시에 어깨 장갑의 자유를 빼앗았다.

맞히는 것 자체를 중시했기 때문에 행동불능에 빠뜨리진 못했지만, 방어와 공격을 동시에 성공시켰다.

중량급 육전형 기룡 《아지 다하카》가 그 일격 때문에 뒤로 튕겨나갔다.

빼앗은 신장 《천성》의 효과로 중력이 약해졌다는 것은, 그만큼 다른 힘에 영향 받기 쉬워진다는 뜻이다.

리샤가 조금 전에 지적한 것은 그 사실이었다.

“멋진 솜씨로군요. 동족으로서 자랑스러울 정도예요.”

“그렇게 생각해? 이 정도로 평가받으면 곤란한데. 우리 둘 다, 말이야.”

크루루시퍼는 식은땀을 흘리면서 강한 척 미소 지었다.

에너지를 흡수당한 특수 무장 《오토 실드》가 해제돼서 무방비한 상태가 되었다.

이제 《파프니르》 본체에 닿으면 신장을 강탈당할 것이다.

그래도 이번 공방에서는 승리했다.

미스시스의 낙하지점에는 이미 피르히와 세리스가 자세를

잡고 착지하는 순간을 노리고 있었다.

각자 전력을 담은 필살의 기술로 《아지 다하카》의 3중 장벽을 박살 낼 작정이었다.

크루루시퍼가 상황을 파악하고 잠시 방심한 그 찰나에.

지상에 서 있는 리샤가 외치는 소리가 들려왔다.

"멍하니 있지 마, 크루루시퍼! 적이 노리는 건 아직 너라고!"

"……읏?!"

《아지 다하카》의 양쪽 어깨에서 뻗어 나온 포구—《쌍두의 턱(데빌즈 글로우)》이 번쩍이더니, 충격 에너지의 격류가 방출되었다.

자동방어 무장 《오토 실드》를 빼앗긴 탓에 크루루시퍼는 즉각 회피기동에 들어가려 했지만—.

"읏……?! 왜 이러지?! 추진 조작에, 갑자기 변화가—?"

《파프니르》의 기체 중심에 생긴 위화감.

비행하기 위한 궤도 계산이 아예 불가능했다.

그 상황에 대응하려고 당황한 찰나, 크루루시퍼는 포격에 삼켜졌다.

어마어마한 충격을 받고 그대로 지상으로 추락했다.

"윽…… 아아악……!"

"크루루시퍼?!"

추락한 《파프니르》는 후속으로 날아온 《천성》에 눌려 대지에 처박히게 되었고, 모든 장갑이 요란한 금속성 비명을 질렀다.

온몸이 부서지는 듯한 격통을 견디며, 크루루시퍼는 미스시스의 기술을 이해했다.

《티아마트》에서 빼앗은 중력 제어 신장을 구사하여 《파프니르》에 걸리는 중력을 장갑 부위마다 엉망으로 조작한 것이다.

비행형 기룡의 무게 중심을 무너뜨려 심리적인 동요를 유발하고, 어깨에서 포격을 날려서 명중하는 동시에 이번에는 몇 배나 되는 중력 부하를 걸어 《파프니르》를 대지에 처박았다.

미스시스가 한 행동은, 말로 설명하자면 그것뿐이다.

하지만 신장기룡 여러 기를 한꺼번에 상대하며, 그렇게 섬세하게 중력을 조작하는 동시에 공격에 나설 거라곤 크루루시퍼도 생각하지 못했다.

"—큭?! 아아악!"

그리고 몇 배로 강해진 중력은 장갑의 내구 한계를 뛰어넘었다.

아슬아슬한 순간에 《천성》의 효과가 끊어졌지만, 《파프니르》의 장갑은 이미 해제된 뒤였다.

《데빌즈 글로우》의 포격 반동을 이용해서 낙하궤도를 변경하고 착지한 미스시스는 세리스와 피르히에게 공격당했지만, 전부 종이 한 장 차이로 피하면서 거리를 벌렸다.

이로써 이 자리에서 싸울 수 있는 사람은 앞으로 셋.

세리스, 피르히, 요루카밖에 남지 않았다.

"크루루시퍼! 정신 차려!"

어떻게든 신체의 자유를 되찾은 리샤가 숨을 헐떡거리며 크루루시퍼를 안아 일으켰다.

다행히 뼈는 부러지지 않았지만, 온몸 여러 곳이 압력 때문에 타박상을 입었다.

"괜찮아…… 라고 말하고 싶지만, 역시 너보다는 중상이네. 골절된 데는 없지만, 온몸에 멍이 생겨서 룩스 군에겐 보여줄 수 없겠어."

크루루시퍼는 괜찮은 척 말했지만, 그녀의 호흡은 당장에라도 멎을 것처럼 약했다.

"이 바보야! 우리가 무얼 위해 협정을 맺었다고 생각하는 거냐! 만약 그렇게 된다고 해도, 시간 정도는 주마! 마지막에 룩스를 사로잡을 사람은 내가 되겠지만 말이다!"

"조금도 양보할 생각 없는 주제에, 의리는 넘친다니깐……. 네 그런 점은, 싫어하지 않아."

쓴웃음을 지으며 대답한 크루루시퍼는 조용히 눈을 감고 의식을 잃었다.

리샤는 자신의 급우를 품에 안은 채 전장으로 시선을 되돌렸다.

"—이제 남은 사람은 세 명. 더욱 절망적인 상황이 되었군요."

자세를 다시 가다듬은 미스시스가 안색 하나 바꾸지 않고 선고했다.

하지만 두 명의 전력을 잃었음에도 불구하고 세리스, 피르히, 요루카의 얼굴에 동요하는 기색은 없었다.

"제 모국에서는 인간은 궁지에 몰려야 비로소 힘을 발휘할 수 있다고 하여요. 그리고 방금 전 공방에서, 사실은 당신도 상처를 아예 안 입은 건 아니잖아요?"

"……."

요루카의 요사한 미소를 미스시스는 침묵으로 응대했다.

《아지 다하카》의 왼쪽 어깨가 얼어붙었다. 다행히 관절은 멀쩡했지만, 장벽 발생 장치가 일부 봉인되었다.

고작 하나 뿐인 작은 상처.

하지만 실력이 백중세를 이루는 상황이라면, 그것이 치명상이 될 수 있다는 사실을 그녀도 알고 있었다.

미스시스는 철이 들었을 때부터 기룡사를 상대하는 전투에서는 불패를 자랑했다.

그래서 승리를 확신하는 듯한 으름장과는 다르게, 실제로는 방심할 수 없는 상황이라는 것을 알고 있었다.

《아지 다하카》의 유일하다고 할 수 있는 약점은 비행 능력의 부재가 아니라, 한 번 물리적으로 파괴된 장갑은 에너지를 흡수해도 자력으로 수복되지 않는다는 점이다.

한편, 리샤 일행에게는 그것이 유일한 활로였다.

그 점을 노린 크루루시퍼는 신장을 빼앗기지 않고 패배하는 것에 성공했다.

"그녀는 자신의 역할을 충분히 완수해주었습니다. 이제는 우리가 부응해줄 차례예요."

《린드부름》과 함께 랜스를 들고 자세를 잡은 세리스가 올곧은 눈빛으로 미스시스를 보았다.

주력인 두 사람이 쓰러졌는데도 그녀들에게 절망한 기색은 없었다.

극한의 사투가 재개되었다.

†

“아……?”

투둑, 투둑. 선혈이 시가지의 돌바닥에 방울져 떨어진다.

아이리가 친구를 구하기 위해 자기 발로 나가서 호소했음에도 불구하고, 거들떠보지도 않은 츠바이베르크가 트라이어드를 죽이려는 찰나.

갑작스럽게 나타난 한 소녀가 그 상황을 더욱 혼란스럽게 만들었다.

“네, 녀은……?!”

피를 흘린 사람은 아이리도, 트라이어드도 아닌, 지금 막 블레이드를 내리그으려던 츠바이베르크였다.

피와 살로 된 맨몸의 인간이 손날을 세워서, 배후에서 《타라스쿠스》의 장갑 째로 가슴을 꿰뚫었다.

“……무슨 일이, 일어난 거지. 이건—.”

“모르겠, 어. 그치만, 어떻게 이런…….”

“당신은, 헤이즈 뷔 아카디아…….”

샤리스, 티르파, 녹트 세 사람이 바닥에 엎드린 채 중얼거렸다.

다들 팔 하나가 부러져서 꼼짝도 못할 정도로 아픈 와중에도 눈앞에 펼쳐진 기이한 광경에 의식을 빼앗겼다.

"큭, 네년, 은……!"

"뭐야, 늙다리 몸종. 내 얼굴을 벌써 잊어버렸어? 노망이라니 참 불쌍한걸."

장의 위에 순백색 로브를 두른 소녀는 의심의 여지가 없는 헤이즈다.

하지만 그 육신은 이미 세례로 강화 받아야만 활동할 수 있으며, 그마저도 다 꺼져가는 불꽃이었을 터다.

무엇보다도, 지금 그녀는 기룡조차 착용하고 있지 않았다.

맨몸 맨손으로 신장기룡 《타라스쿠스》의 장갑을 꿰뚫었다.

"이게 무슨……! 왜 네년이 여기에 있지?! ……어째서 이런 일이 가능한 거냐?!"

노병은 앞으로 고꾸라지는 것처럼 걸어서 몸에 박힌 팔을 뽑아낸 후, 뒤로 돌면서 블레이드를 휘둘렀다.

그러나 헤이즈는 그것마저 맨손으로 가뿐히 붙잡더니, 그대로 힘을 줘서 칼날을 으스러뜨렸다.

"아니……?!"

"크크크크크. 알겠다, 그렇게 된 거였군. 네 주인은 정작 중요한 건 아무 것도 안 가르쳐주었나 보네. 불쌍한 남자 같으니."

"대답해라! 네년은 대체 뭐냐?!"

칼날이 부서져가고 있는데도 츠바이베르크는 블레이드에 힘을 담아 밀어붙였다.

그런데 자그마한 소녀일 터인 헤이즈는 꿈쩍도 하지 않았다.

여유로 가득한 미소가 순식간에 흉악하게 일그러졌다.

“대답하라고?! 『푸른 폭군』의 도구에 불과한 버러지가 감히……! 네 주제를 알아라!”

비어 있는 왼쪽 주먹이 바람 가르는 소리를 내며《타라스쿠스》의 어깨에 박혔다.

장벽을 뚫고 장갑을 파괴해서 환창기핵까지 도려내자, 장갑이 해제되어 뒤로 나가떨어졌다.

“큭, 커헉……?!”

츠바이베르크의 몸뚱이는 그것만으로 갈가리 찢겨나가 무참한 고깃덩어리가 되었다.

황국의 시가지를 투영한 돌바닥 위에 선혈의 흔적이 남았다.

“……이게 『성식』 본체의 힘인가, 하하핫! 끝내주는걸. 신은 이 나를 선택했어! 나야말로 황국의 후계자라고! 가짜 왕자도, 언니들도 아니야! 이 나야말로……!”

목청껏 소리 지르는 헤이즈의 눈동자가 일곱 빛깔로 형형하게 빛났다.

언뜻 보기에 헤이즈는 전보다 정신이 안정된 것 같았지만, 그 얼굴에는 인간이 아닌 존재의 열기가 가득했다.

환신수— 아니, 흡사 신의 화신처럼.

“자, 이제 확인은 끝났군. 지금 내겐 장갑기룡조차 필요 없어. 이제 네놈들 같은 날파리는 어찌 되든 상관없지만, 그 가짜 왕자를 괴롭힐 겸 밟아두는 것도 나쁘진 않겠지.”

“—흑?!”

사악한 빛으로 물든 홍채가 자신을 바라보자 아이리는 흠

칫 몸을 떨었다.

츠바이베르크의 위협에서 벗어나나 싶었더니, 그것보다 훨씬 더 끔찍한 위협이 출현했다.

그리고 어쩐지 주위 상황이 이상했다.

아카디아 황국의 경치를 투영한 고성터에 천사형 환신수가 날아다니며 주위에 있는 사람들을 잡아먹고 있었다.

그 식사가 끝나는 동시에 왕성 방향으로 날아가버렸다.

아이리도 자동인형의 첫 번째 시련을 끝마쳤지만, 이건 무슨 뜻인 걸까?

갑자기 헤이즈의 눈이 번쩍 빛나더니 주위를 날아다니는 환신수 한 마리에 고정됐다.

"하하하. 그래, 내가 손 댈 것까지도 없겠군. 시간이 아까워. 너희는 거기서 환신수 밥이나 되라고. 머잖아 이 폐도는 지옥으로 변할 거다. 하지만 뭐, 언니가 이 사실을 알고 있었다면 정말 대단한 악당인걸. 아니, 옳은 행동이야. 『창조주』의 후예에게 어울리는 사명이라고."

"……."

아이리는 그게 무슨 말인지 물어보고 싶었지만, 지금 헤이즈를 자극할 수는 없었다.

변덕쟁이 신의 주사위가 어디로 구르느냐에 따라 자신들의 운명이 결정될 테니까.

"하지만 나는 당신에게 안 넘겨줄 거라고, 언니. 물론 우리를 배신한 에이릴 년에게도 말이지. 이 세계를 이끌어갈 사람은 나야. 네년들에게도 지옥을 선사해줄 테니까, 그때까지 벌벌 떨고나 계셔."

사악한 미소를 남기고 헤이즈는 그 자리에서 떠났다.

아니 존재가 자체가 빛처럼 번쩍이면서 사라져버렸다.

그 뒤에는 아무 것도 남아 있지 않았다.

그저 츠바이베르크의 주검만이 지금까지 벌어진 일이 현실임을 입증해주었다.

"지금 그건, 공간전이……? 라그나뢰크 중에서 하나, 데우스 엑스 마키나의—."

룩스가 싸우는 모습을 본 적 있는 아이리는 그 이해할 수 없는 공통점을 깨달았다.

아무리 엘릭시르에 강화되었다지만, 그렇다고 과연 신장 같은 강력한 이능까지 얻을 수 있을까?

아니, 『창조주』 일당의 능력은 어디까지나 『세례』를 통한 육체 강화와 유적의 힘을 일부 이용하는 것에 불과하다.

요컨대 조금 전 헤이즈는— 환마인(녹터널)이나 종언신수(라그나뢰크)와는 또 종류가 다른—.

"관두죠……. 생각해봐야 뾰족한 수가 있는 것도 아니니까. 그보다도 여러분, 정말 고맙습니다. 무사해서, 다행이에요."

아이리가 깊게 한숨을 흘리고 울먹거리면서 말했다.

"하하…… 공주님을 지켜야 할 기사로선 볼썽사납지만 말이야."

"살아남은 것만으로 고마워해야지~."

"Yes. 일단 아이리를 무사히 지켜냈으니, 룩스 씨를 볼 낯이 있겠군요."

샤리스, 티르파, 녹트 세 명이 고통스러운 기색을 드러내면서도 살짝 미소 지었다.

욕심 같아서는 방금 일어난 일을 알려주러 가고 싶었지만, 그럴 여력이 없다는 건 알고 있다.

지금은 잠시 몸을 숨기고 룩스가 무사하길 빌 수밖에 없었다.

리샤 일행이 미스시스를 쓰러뜨리고, 룩스 일행이 리스테르카를 저지하고, 마기알카 일행이 그 틈을 타 『대성역』 중추에 도착한다는 작전.

여전히 그것이 성공하기를 바라고 있지만, 두 가지 이상사태가 일어났다.

이 절박한 상황에서 아이리를 노리라고 츠바이베르크에게 명령한 싱글렌. 그리고 이질적인 존재로 뒤바뀐 헤이즈. 『성식』도 언제 갑자기 나타나도 이상하지 않은 상황이었지만—.

"설마, 조금 전의 그 헤이즈는……!"

"아이리, 무슨 문제라도 있나요?"

"—아무 것도 아니에요. 저쪽에 두고 온 짐에서 치료 도구를 가져올게요."

정체 모를 불안을 억누르며 아이리는 달렸다.

그때, 츠바이베르크를 찾으러 온 것인지 《드레이크》를 착용한 롤로트의 모습이 저 멀리서 보였다.

소녀들의 싸움은 일단 끝을 맞이했다.

†

"—또 같은 전법입니까? 흥이 좀 식는군요."

아카디아 황국— 황도 중앙 투기장.

화려한 번영을 자랑하던 시절의 풍경을 투영한 싸움의 무대에서 미스시스 VS『기사단』의 치열한 전투가 이어지고 있다.

의식을 잃은 크루루시퍼를 부축한 리샤는 심각한 표정으로 전장을 노려보았다.

2백 메르 정도 떨어진 위치에서 《아지 다하카》를 조종하는 미스시스를 세리스, 피르히, 요루카 세 사람이 둘러싸고 지속적으로 견제하고 있다.

흡사 미리 맞춰보기라도 한 것처럼 한 사람이 하나씩, 총 세 종류 공격을 전개하고 있었다.

비행형 《린드부름》은 상공에서 거리를 유지한 채 랜스를 이용한 뇌섬 공격.

아무리 《아지 다하카》가 강하다 해도 전격만큼은 방어할 수 없기 때문에, 어쩔 수 없이 회피해야만 했다.

육전형 《티폰》은 지상에서 주위의 각종 잔해를 장갑 팔로 붙잡아 투척했다.

혹은 거대한 잔해에 용교박쇄(파일 앵커)를 박아서 끌어당긴 후에 즉석에서 플레일처럼 만들어서 후려쳤다.

요루카는 《야토노카미》의 도약 기능을 활용해서 공중을 박차며 미스시스를 공격했다.

세 방향, 세 개의 고도에서 다른 공격이 날아오며 상대의 틈을 노리지만, 미스시스는 조금도 동요하지 않고 계속 대응했다.

"무슨, 이런 여자가……. 저 냉혈 메이드 같으니!"

아무리 원거리, 중거리 공격이 중심이라고 해도 크루루시퍼가 어깨 장갑까지 파괴했건만 전혀 약해진 모습을 보여주지 않았다.

『완전결합(풀 커넥트)』을 계속 사용하고 있을 텐데, 체력이 소모된 모습조차 보이지 않았다.

"—끝이 없네요. 이렇게 계속 주인님을 기다리시게 할 수는 없는데 말이어요."

요루카는 옅게 웃으면서 중얼거리더니, 중거리에서의 견제를 그만 두고 미스시스에게 육박했다.

그 모습을 본 리샤는 즉시 소리쳤다.

"무슨 짓이냐, 음란녀! 녀석의 신장 범위에 들어가지 마!"

"닿지 않을 거라고 생각했나요? —《천성(스프레셔)》!"

겨우 한 걸음, 지금까지 쭉 유지하던 거리에서 미스시스의 간격으로 진입한 찰나 《야토노카미》에 강렬한 중력 부하가 걸렸다.

기룡의 네 다리가 삐걱삐걱 비명을 지르고, 딛고 있는 돌바닥이 부서지면서 밑으로 가라앉았다.

미스시스의 노림수는 신장 강탈이 아니라 《천성》으로 공격을 봉인하는 것.

세리스와 피르히의 공격이 끝난 직후, 방해받지 않을 타이밍에 공세에 나섰다.

“그 신장만 빼앗으면, 승리는 제 것입니다.”

요루카가 즉시 카타나 형태의 블레이드로 반격하려 했지만 중력 부하 때문에 움직임이 둔했다.

미스시스는 그것을 종이 한 장 차이로 피하고, 할버드를 휘둘러서 장갑에 일격을 가했다.

장벽이 뚫리고 어두운 색 장갑이 동체에서 뜯겨져 나갔다.

하지만 그와 동시에 《야토노카미》가 휘두른 블레이드 끝부분이 《아지 다하카》의 오른쪽 장갑 다리에 꽂혔다.

“──?!”

장갑기룡의 장벽은 본체 앞을 중심으로 전개된다.

따라서 《아지 다하카》라고 해도 손발의 말단 부분은 방어가 약하다.

그리고─.

“어째서 신장을 빼앗을 수 없는 것이죠? 《금주부호(스펠 코드)》의 명령이, 오히려 제 쪽으로─.”

미스시스가 미간을 찌푸리며 요루카의 책략을 확인했다.

“미리 명령을 내려두었으니까요. 발밑에 깔아둔 《거미줄》을 통해서, 신장의 사용을 취소하라는 명령을─.”

겨우 몇 초의 접촉으로도, 《금주부호》보다 《천 가지 마술》에 의한 신장 탈취 효과가 먼저 발생한다.

그러나 미스시스가 요루카의 틈을 노리고 다가왔을 때, 미리 지면에 깔아둔 특수 무장인 강선을 통해서 《금주부호》가 발동된 것이다.

명령은 적의 움직임을 조종하는 것이 아니라, 신장 사용을 방해하는 것에 집중.

그리고 요루카는 자신의 장갑을 내주는 동시에 아지 다하카의 장갑 다리를 파손했다.

“처음부터, 저를 약화시키는 게 목적이었다는 겁니까?”

“어차피 이런 몸으로는 전혀 만족스럽게 싸울 수 없었는걸요.”

드물게도 해맑게 미소 지으면서 요루카는 선뜻 대답해주었다.

싱글렌에게 입은 상처가 완치되지 않았고, 마르카팔 왕국에 오기 위해 강행군을 한 데다, 일곱 라그나뢰크를 상대로 싸운 탓에 지금 요루카는 원래 실력의 절반조차 발휘할 수 없었다.

그렇다면 이대로 교착 상태를 유지하다가 힘이 다하기 전에, 자신을 희생하고 뒷일을 동료에게 맡기기로 한 것이다.

“버리는 카드가 되겠다는 건가요? 『제국의 흉인』이라는 별명으로까지 불리던 기룡사가, 어지간히 어리석은 짓을 하는군요.”

일단 거리를 벌린 미스시스는 간단하게 기체 상태를 확인했다.

왼쪽 어깨의 장벽 발생 장치와 오른쪽 장갑 다리의 파손.

완벽하게 움직일 수는 없어도, 여전히 70퍼센트의 힘을 낼 수 있다.

“그럴지도 모르겠네요.”

장갑이 해제된 요루카는 의외로 선뜻 후퇴했다.

그대로 천천히 리샤 곁으로 걸어가서 미스시스 쪽을 돌아봤다.

"하지만 나쁘지 않은 기분이어요. 직접 힘을 휘두르지 않고도, 주인님의 적을 배제할 수 있다는 건."

"팔다리 하나가 날아갔다면 모르겠지만, 고작 이런 피해 정도로 남은 그녀들이 저를 쓰러뜨릴 수 있을 거라고 생각하나요?"

미스시스가 냉정함을 유지하고 있는 세리스와 피르히 쪽으로 시선을 보내자, 요루카는 피식 소리를 내며 살짝 웃었다.

"당신은 예전의 저와 똑같군요."

"……?"

요루카가 갑자기 꺼낸 말을 듣고 미스시스는 살짝 눈살을 찌푸렸다.

"자신의 사명을 맹신하고, 절대적인 자신감과 함께 벼려낸 한 자루의 신검(神劍). 그 강철 같은 의지는 무엇이 앞을 가로막더라도 꺾이지 않겠지요. 하지만 그 이상으로 강한 마음에는 패배하는 법이랍니다."

"무슨 소리를 하나 싶었더니 헛소리였군요. 겨우 그런 정도로 꺾였다면, 그저 당신의 미숙함이 증명되었을 뿐입니다."

미스시스는 다시 자세를 가다듬고 할버드 쥐는 법을 바꿔서 앞으로 기운 자세를 취했다.

그 모습을 본 리샤는 위험을 감지하고 재빨리 소리쳤다.

"세리스! 피르히! 조심해라! 녀석이 공세에 나설 거다!"

요루카의 《금주부호》라는 위험요소가 사라지고, 겨우 두

명 밖에 남지 않게 되자 미스시스는 전투 스타일을 바꿨다.

긴 할버드 자루를 짧게 잡고 민첩하게 다루는 동작에서, 강한 위력을 발휘할 수 있는 큰 동작으로.

드디어 처음으로 직접 공세에 나서 상대를 처리할 자세였다.

그렇게 리샤가 알아차린 다음 순간, 눈으로 좇을 수 없는 속도로 《아지 다하카》가 가속했다.

세리스는 랜스 끝에서 전격을 발사하고 후퇴했지만 미스시스는 그것을 맞아주면서 할버드를 옆으로 힘껏 후려쳤다.

"……으, 윽!"

반사적으로 들어 올린 장갑 팔의 위로 흉부를 가격당한 세리스의 얼굴이 고통으로 일그러졌다.

장벽이 순식간에 파괴될 정도의 위력.

하지만 미스시스의 《아지 다하카》 또한 처음으로 치명적인 틈을 드러냈다.

그것을 본 리샤는 온몸을 부르르 떨면서 소리쳤다.

"지금이다, 천연 아가씨! 메이드를 처리해!"

세리스의 뇌섬에 가격당한 장갑기룡은 일시적으로 움직임이 마비되고 출력이 내려간다.

게다가 미스시스는 『완전결합』을 통해 기룡과 부분적으로 융합되어 있기 때문에, 더 큰 대미지를 받게 된다.

그런 상황이라면 《천 가지 마술》을 발동할 수 없다.

따라서 천재일우의 기회였다.

그것을 놓치지 않고 피르히는 《파일 앵커》를 사출해서 《아지 다하카》를 휘감았다.

"걷어찰 테니까, 조심해."

네 개의 장갑 다리에 와이어를 휘감아서 할버드를 봉쇄하는 동시에 돌려차기 자세에 들어갔다.

와이어를 감고 끌어당겨서 걷어차 날린 후, 세리스가 마무리 일격을 가하는 연계다.

"에잇."

《파일 앵커》가 엄청난 속도로 《아지 다하카》를 끌어당기고, 혼신의 돌려차기가 카운터로 꽂히기 직전.

그 순간, 전격을 맞고 마비되었을 터인 미스시스가 싸늘한 눈빛으로 피르히를 보았다.

"무슨 짓을 해도 소용없어! 신장을 재기동할 여유는 없을 거다!"

그 모습을 본 리샤는 피르히를 말로 격려해주었다.

신장의 기동은 다른 동작에 비해 많은 집중력과 기룡 에너지가 필요하기 때문이다.

설령 《아지 다하카》의 조작이 간발의 차이로 늦지 않는다 해도 이젠 막을 수 없다.

《티폰》이 선보인 혼신의 발차기가 명중했을 때 《아지 다하카》의 장갑이 터져나갔다.

강고한 3중 장벽이 부서지고 장갑 전면부가 박살나 흩어졌다.

하지만 그와 동시에 피르히도 반발하는 것처럼 뒤로 튕겨나갔다.

“……이런?!”

그 순간 리샤는 똑똑히 보았다.

《아지 다하카》의 장갑에서 방출된 자남색 충격파가 피르히의 장갑을 정통으로 가격하는 광경을.

하울링 로어가 아니다.

미스시스에게는 그것을 쓸 여유조차 없었을 터다.

“아마도, 그녀들이 얘기한 《기어나오는 부정(리플렉터)》인가 보네요.”

요루카가 안색 하나 바꾸지 않고 중얼거리자 리샤는 숨을 삼키고 상황을 살펴보았다.

저번 전투에서 경험해본 세리스가 알려준 《아지 다하카》의 특수 무장.

공격을 받은 직후에 카운터로 주위에 충격파를 해방하는 내부 기구.

《파프니르》의 《오토 실드》처럼 자동으로 발동되는 타입이기 때문에, 전격의 영향에서 벗어나는 빠듯한 타이밍에도 발동이 가능했을 것이다.

“하지만 그래봐야 자동 반격인데, 어떻게 저 정도의 위력이 나오는 거지?! 《티폰》도 육전형 신장기룡이라고! 방어력은—.”

“네, 그렇죠. 그래서 힘을 빼고 있던 게 아니겠어요? 다른 곳에 에너지를 쓰지 않고, 특수 무장에 집중하기 위해서.”

“큭……?! 예측했단 말인가?! 방금 전에 펼쳐진 공방을.”

요루카의 설명을 듣고 한 박자 늦게 리샤가 이해했다.

원래 《리플렉터》의 위력은 그럭저럭 강한 축이지만, 어디까지나 추격타를 막아낼 정도의 위력이다.

그러나 처음부터 다른 동작을 포기하고, 오직 이것만을 위해서 에너지를 집중했다면 이야기가 달라진다.

"조금 전 저와 크루루시퍼 씨가 공격했을 때도 반격은 썩 강하지 않았는데, 그것도 포석이었군요."

"도망쳐! 천연 아가씨—!"

상황을 파악한 리샤가 반사적으로 소리쳤다.

하지만 피르히도 바로 도망치는 것은 불가능했다.

《아지 다하카》의 팔다리를 《파일 앵커》로 묶고 있는 탓에, 서로 튕겨나가도 도중에 사슬에 방해받아 멈추게 되었다.

와이어가 끝까지 늘어나서 움직임이 멈춘 직후, 피르히는 《천 가지 마술》을 피하기 위해서 와이어를 풀었다. 그 잠깐의 틈을 놓치지 않고 《아지 다하카》가 돌격했다.

"——."

자세가 무너진 피르히는, 그럼에도 반응해서 반격하려고 주먹을 내질렀다.

하지만 한 걸음 부족했다.

내지른 정권을 몸을 숙여서 피한 미스시스는 할버드를 휘둘러 《티폰》의 어깨에 일격을 가했다.

"……아, 으."

금속이 찌그러지는 소리.

충격으로 《티폰》의 장갑이 해제되었고, 피르히는 뒤로 튕겨나갔다.

“피르히!”

리샤가 저도 모르게 소리쳤지만, 맨몸인 피르히는 바닥에 손을 짚고 빙글 돌아서 발부터 착지했다.

“……괜찮아. 《티폰》은 잠시 쓸 수 없지만, 나는 괜찮아.”

본인이 공격을 정통으로 맞은 게 아니라, 어디까지나 관성 때문에 날아갔을 뿐인 듯했다.

그리고 피르히 본인의 신체 능력과 기술 덕분에 심한 부상은 피한 것 같았다.

피르히가 무사한 것을 확인한 리샤는 안도하며 가슴을 쓸어내렸다.

하지만 어깨의 환창기핵을 강타당한 탓에 《티폰》의 장갑은 자동으로 해제되어 한쪽 무릎을 꿇고 말았다.

그리고 그녀의 전투 불능보다도 두려운 일이 터지고 말았다.

“상황이 좋지 않네요. 1초 동안 《아지 다하카》와 완전히 접촉하고 말았사와요.”

요루카가 태연한 어조로 자연스럽게 위험성을 중얼거렸다.

지금까지 정신을 집중해서 신장을 빼앗기는 것만큼은 피해 왔지만, 이로써 《티아마트》의 《천성(스프레셔)》에 이어 《티폰》의 《무정한 과실(미싱 페이트)》까지 빼앗기고 말았다.

이제 남은 사람은 세리스 혼자뿐이지만, 그녀도 여전히 만전의 상태라고 할 수는 없었다.

각종 무장은 아직 건재했으나, 조금 전에 미스시스의 할버드에 가격당했다.

"이길 수 있을까? 신장을 두 개나 빼앗은 저 냉혈 메이드를. 이대로라면—."

리샤가 고뇌하며 인상을 찌푸렸을 때, 누군가가 그녀의 어깨를 살짝 두드렸다.

뒤쪽에 눕혀두었던 크루루시퍼가 어느새 깨어나, 이마에 땀을 흘리면서도 몸을 일으켰다.

"……믿자, 그녀를."

"크루루시퍼?! 됐으니까 누워 있어! 그 몸으로 기룡을 사용하는 건—."

"알아. 몸도 못 가누는 상태로 무리할 생각은 없어. 그냥, 지켜보고 싶어서 그래."

어차피 다음 공방으로 승패가 결정된다.

세리스가 미스시스를 쓰러뜨리지 못한다면, 그 순간 모두의 운명은 끝을 맞이한다.

"그렇지요. 놓치면 손해랍니다."

동의하는 것처럼 요루카가 고개를 끄덕이더니, 평소처럼 미소를 머금은 채 이어서 말했다.

"지금까지 차곡차곡 쌓아온 끝에 쟁취하는, 우리의 승리를—."

그녀의 시선은 조용히 랜스를 들고 있는 세리스를 향하고 있었다.

"각오는 되셨습니까? 이젠 만에 하나라도 승리할 가능성마저 사라지긴 했습니다만."

미스시스는 차가운 표정으로 말하고서 할버드를 높이 들었다.

피르히를 상대하며 《아지 다하카》는 심하게 소모되었지만, 신장을 무효화하는 신장 《무정한 과실》을 손에 넣은 것은 큰 이득이었다.

그리고 세리스의 《린드부름》도 멀쩡하진 않았다.

체력적인 면까지 포함한다면, 아직까지는 미스시스가 훨씬 유리했다.

그런데도 홀로 남은 세리스의 표정에는 어떤 망설임도 없었다.

“아뇨, 드디어 승기가 눈에 보이는군요. 모두가 목숨을 걸고 준비해준 덕분에 찾아낼 수 있었습니다.”

“무언가 착각하고 계신 듯하군요. 《아지 다하카》의 기능이 다소 약화되긴 했지만, 그렇다고 저를 이길 수 있다고 생각하다니—.”

미스시스가 세리스의 말을 일소에 부친 직후, 《아지 다하카》가 다시 활주했다.

세리스가 반원 궤도로 회피하면서 뇌섬으로 공격했지만, 가로로 비틀어서 휘두른 할버드가 장갑 일부를 파괴했다.

“……크?!”

“다시 《천 가지 마술》로 당신의 기룡에서 에너지를 빼앗았습니다. 이제 체력적으로도 제가 유리하군요.”

하지만 세리스는 말이 없었다.

그저 조용히 호흡을 고르고 미스시스를 응시했다.

“패배를 인정할 마음은 없으신 것 같군요. 그 정신력만큼은 칭찬해드리겠습니다.”

미스시스가 다시 간격을 좁히려는 순간, 세리스가 《린드부름》의 신장을 기동했다.

디바인 게이트
《지배자의 신역》.

세리스를 중심으로 반경 수십 메르에 빛의 영역을 생성하고, 그 범위 안에서 순간이동을 가능케 하는 능력.

공격과 수비 그 모든 상황에서 압도적인 우위를 점할 수 있게 해주는 그 힘은, 《아지 다하카》가 발동한 검은 파동 앞에서 지워졌다.

"《무정한 과실》…… 《티폰》에서 빼앗은 신장을 바로 발동한 건가?!"

그 신장은 원 사용자인 피르히에게도 부담이 커서 체력과 정신력이 대폭 소모된다.

환신수의 힘을 빌려야 겨우 사용할 수 있을 정도의 신장이지만, 『완전결합』을 사용하고 전투 중에 지속적으로 에너지를 빼앗아온 미스시스에겐 크게 어려운 일도 아니었다.

"―하앗!"

신장이 무효화 되는 상황도 예측했는지, 세리스는 그 즉시 대거를 꺼내서 투척했다.

미스시스가 할버드로 튕겨낸 틈을 놓치지 않고 즉시 찌르기를 감행했지만―.

"방금 파동을 맞고 《린드부름》의 출력도 떨어졌지요? 속도로 저를 이길 수 있다고 생각했나요?"

좌앙! 할버드로 랜스를 쳐내자, 세리스와 《린드부름》이 한꺼번에 휘청거렸다.

하지만 곧바로 자세를 추슬러서 후속 공격을 피했다.

“아직도 견디다니. 장난감 신세로 죽고 싶으신가 보군요.”

미스시스는 더욱 육박하면서 할버드로 연격을 퍼부었다.

찔러 올린 다음 《천성》으로 중력을 배가하여 내려찍기. 상대가 몸을 비틀어서 회피하자 방향을 틀어서 가로로 후려치기.

장벽은 간단히 부서졌고, 보고 있는 사이에 《린드부름》의 장갑이 조금씩 떨어져 나갔다.

그럼에도 불구하고 세리스의 표정에서는 여전히 절망이 느껴지지 않았다.

접촉하는 면적을 최소한으로 줄이고, 랜스의 길이를 활용한 중거리에서 공격을 주고받았다.

특대 랜스을 교묘하게 휘둘러서 《아지 다하카》의 어깨를 노린 순간, 주위에 빛의 영역이 전개되었다.

“설마, 끝내 빼앗긴 거냐?! 《린드부름》의 신장까지!”

그것을 본 리샤가 전율하며 소리쳤다.

세리스는 예상하고 있었는지 즉각 후방으로 날아올라 고성이 무너지며 생긴 잔해의 산으로 이동했다.

등 쪽에 벽을 두면 순간이동으로도 뒤를 노릴 수 없기 때문에 어느 정도 대응할 수 있기 때문이다.

―그러나 그 찰나. 세리스가 도망친 방향 일대를 《천성》의 무지막지한 중력이 짓눌렀다.

콰드드드득! 시가지를 투영하던 발밑의 잔해가 부서지면서

《린드부름》의 장갑 다리가 파묻혔다.

"체크메이트로군요. 이 시대의 강자들이여, 안녕히 가십시오."

승리를 확신한 미스시스가 전력을 다해서 할버드를 내뻗은 찰나, 세리스가 중얼거렸다.

"—기룡포효(하울링 로어)!"

"윽……?!"

장갑기룡의 머리에 모인 에너지가 충격파의 소용돌이로 변해서 해방되었다.

중력 때문에 움직임이 봉인되어도, 신장을 사용할 수 없어도, 기룡의 기본 기능이라면 아무 문제없이 발동할 수 있다.

의표를 찔린 미스시스는 기세가 줄어드는 와중에도 자신의 장벽을 방패삼아 강제로 밀고 나갔다.

미스시스가 혼신의 찌르기를 억지로 비집어 넣는 동시에, 세리스가 카운터로 뻗은 랜스가 《아지 다하카》의 장갑에 박혔다.

"당했다?! 아니, 무승부인가?!"

리샤가 소리치는 동시에 세리스의 랜스가 뇌광을 방출했다.

"이런 상황에서 2중으로 잔재주를 부리다니, 제법이로군요."

미스시스가 쓴웃음을 지으면서 할버드를 회수하고 중력을 해제해서 거리를 벌렸다.

《뇌광천창(라이트닝 랜스)》이 방출하는 뇌격의 섬광으로 서로 교차하기 직전에 미스시스의 시야를 차단해서, 찌르기가 정통으로 꽂히는 것을 가까스로 피했다.

절체절명의 궁지를 세리스는 단 두 가지 전술로 빠져나왔다.

"하지만 그 저항에 무슨 의미가 있을까요? 공방을 되풀이할 때마다 《천 가지 마술》로 인해 당신의 기룡은 에너지를 빼앗깁니다. 일대 일 상황인 이상, 제게 필살의 기술을 성공시키지 못하면 이길 수 없어요."

"그렇죠. —그럼, 맞혀볼까요."

세리스는 미스시스의 포커페이스를 똑바로 응시하면서 중단 자세로 랜스를 들었다.

그리고 파손된 장갑 일부를 해제했다.

"브레이크 퍼지—. 최소한의 구동 프레임과 장갑만 남겨두는, 세리스의 특공 형태인가……."

그 스타일을 아는 리샤는 상황을 지켜보며 식은땀을 흘렸다.

원래는 기초 기술인 브레이크 퍼지를 자신만의 오리지널 기술로 끌어올린 것은 세리스 본인이다.

장갑을 극한까지 분리해서 경량화를 꾀하고, 에너지가 사용되는 부품을 줄여서 공격력을 늘린다.

힘과 속도를 얻는 대신에 방어력이 대폭 내려간다.

신장기룡의 공격을 제대로 맞으면 즉사를 피할 수 없을 정도로.

장갑기룡의 특성과 성능을 모조리 꿰고 있는 미스시스라면 세리스의 특공 형태에도 대응할 수 있으리라.

미스시스는 이제까지와 마찬가지로 변화 없는 표정으로 천천히 거리를 좁히기 시작했다.

이미 《천 가지 마술》로 빼앗은 신장의 능력은 포화 상태에 이르렀다.

《린드부름》에서 에너지를 흡수하려고 해도, 장갑이 얇아진 만큼 더 가까이 붙지 않으면 빼앗을 수 없다.

필살의 간격에서 벌어지게 될 공방의 대미.

종결을 눈앞에 둔 미스시스가 조용히 입을 열었다.

빈틈을 만들기 위한 속임수나 동요를 유발하려는 정신공격이 아니라, 그녀가 가면으로 숨기고 있던 자신의 내면에서 자연스럽게 솟아나온 말이었다.

"훌륭해요. 그 경지까지 벼려낸 전투기술과 체력, 그리고 정신력에는 진심으로 탄복했습니다. 하지만 저를 이길 수는 없어요. 저는 1천 년 전부터 『창조주』를 모시는 사명을 짊어진 『열쇠 관리자』. 저야말로 황녀님의 근위 기사이니까."

자신의 신념을 언급한 이유는, 자기 암시를 통한 강화를 위해서였다.

《아지 다하카》도 꽤 파손되긴 했지만, 아직은 충분히 원하는 대로 움직여주었다.

—쓰러뜨릴 수 있다. 기필코 쓰러뜨리겠다.

강철의 각오를 담아서 미스시스는 자신의 적수를 응시했다.

처음으로 여기까지 자신에게 덤벼든, 존경할 가치가 있는 소녀 기룡사를.

"정말로, 그렇게 생각하시나요?"

똑똑하게 대답한 세리스는 대거 세 자루를 공중에 투척한 직후 앞으로 날았다.

무장을 일부 해제한 덕분에 지금까지보다 몇 배나 빠른 가속도를 실현.

그 기세를 실어서 하단 찌르기를 시도했다.

"대체 무슨 생각입니까—? 《지배자의 신역(디바인 게이트)》!"

그러자 미스시스는 빼앗은 《린드부름》의 신장을 기동, 세리스의 뒤쪽으로 순식간에 이동했다.

무방비한 등을 노리고 혼신을 다해서 공격하려는 찰나, 눈앞에 대거가 떨어졌다.

"큭……! 제가 뒤로 이동할 거라고 예측하고서……?!"

아주 잠시 대거에 한눈을 판 미스시스의 손이 멈추었다.

그 사이에 뒤로 돌아선 세리스가 랜스를 휘둘렀다.

한 번, 두 번, 세 번.

크루루시퍼의 저격으로 장벽 발생 장치가 파손된 어깨, 요루카의 블레이드에 파손된 장갑 다리, 장갑 팔의 관절부분 등 약점 부위를 연달아 찔렀다.

미스시스는 폭풍우처럼 쉬지 않고 쏟아지는 맹공에 조바심을 느꼈지만, 그럼에도 결코 밀리지는 않았다.

『완전결합』은 부분적으로 장갑기룡과 일체화하여 자신의 육체와 똑같은 감각으로 조종할 수 있게 해주는 기술이다.

기룡과 한 몸이 된 데다가 《린드부름》의 성능까지 완전히 파악하고 있는 미스시스에게 사각이란 없었다.

"여러 모로 궁리하신 것 같습니다만, 근접전으로 저를 이길 수 있을 거라고 생각—."

모든 찌르기를 방어하고 후퇴하던 미스시스의 표정에 경악이 스쳤다.

그 직후, 《아지 다하카》의 사지를 뒤덮은 장갑이 산산이 부서졌다.

"……크?! 명중했던, 겁니까? 어째서—. 저는 확실하게 피했을 텐, 데……."

세리스의 신속한 랜스 연격은 미스시스의 방어를 뚫고 확실하게 장갑을 부쉈다.

이로써 《아지 다하카》의 강고한 장벽도 얇아졌다.

"무슨 일이 일어난 거지……? 어떻게 세리스의 공격이 명중한 거야?"

거리를 두고 지켜보던 리샤도 당황스럽기는 마찬가지였다.

마찬가지로 멍한 표정으로 그 광경을 바라보고 있는 크루루시퍼와 피르히를 대신해서 요루카가 조용히 해설해주었다.

"간단한 요령이어요. 그녀는 상대의 호흡을 읽었을 뿐이랍니다. 주인님께서 상대의 공격 예비동작을 간파하시는 것처럼— 그녀도 상대의 방어를 간파하고 랜스로 찌른 것이어요."

"……?!"

—호흡.

그것은 전력으로 공방을 주고받는 동안 반드시 표면으로 드러나는 몸에 밴 버릇이다.

미스시스의 동작 타이밍과 강도 등을 미리 읽어내고, 그것을 바탕으로 대략적인 행동을 예측해서 대응했다는 것인가.

그 설명을 들은 미스시스가 믿을 수 없다는 표정으로 중얼거린다.

"말도 안 됩니다. 상대방이 호흡을 파악하지 못하게 하기 위한 동작이라면 각고의 노력 끝에 습득한지 오래인데. 모든 기룡의 정보를 입수할 수 있는 제가 당신에게 밀리다니요—."

"아뇨, 그건 당신의 착각입니다. 기룡 또한 사람이 조종하는 것. 어쩔 수 없이 습관이나 성격이 섞이게 되지요. 그리고—."

세리스는 초연한 시선으로 미스시스를 똑바로 바라보며 말했다.

그렇다.

미스시스 급의 사용자라면 기룡이 작동하는 모습을 통해서 상대방이 파악할 수 있는 행동이나 습관을 최대한 드러나지 않게 교정했을 것이다.

그러나 그것은 어디까지나 미스시스 혼자서 이해한 것이었다.

강적과 연속으로 싸우느라 피로가 쌓인 몸은 아무래도 평소와 똑같이 움직여주지 않았다.

자신을 뛰어넘기는커녕 필적하는 기룡사조차 지금 이 순간까지 한 번도 나타나지 않았으니까.

그래서 세리스는 인간을 상대로 한 수읽기 능력에서 우위를 차지하고 있었다.

"당신은 『반기룡사』이지만, 기룡의 구동은 완벽하게 예측할 수 있어도 사람의 습관까지는 기억할 수 없는 법입니다. 『완전결합』 상태가 돼서 자신의 육체와 동조하면 동조할수록— 저로선 더욱 파악하기 쉬워지지요."

"……."

기룡과 부분융합을 하면 많은 이점을 얻을 수 있지만, 동시에 양날의 검이기도 하다.

한없이 신속하고 정밀한 조작— 그리고 감각의 공유는 신체 정보를 장갑기룡에 더욱 많이 전달하게 된다.

그래도 미스시스는 자신의 습관을 숨기고 있다고 생각해왔다.

지금 여기서 동급의 강자를 만날 때까지 깨닫지 못했다.

"그럴 리가…… 없습니다. 제가 기룡사에게, 패배, 하다니—!"

미스시스는 세리스의 말을 부정하는 것처럼 《천 가지 마술》을 발동했다.

이번에는 빼앗은 능력을 사용하지 않고 에너지 강탈에만 전력을 다할 생각이었다.

《린드부름》의 에너지를 모조리 흡수해서, 설령 근접전에서 패배하더라도 장갑 자체를 해제시키겠다는 작전이다.

"세리스!"

맹렬하게 돌진하는 《아지 다하카》를 본 리샤가 절박하게 소리쳤다.

반면에 세리스는 랜스를 뒤로 힘껏 끌어당겼다.

미스시스와 격돌을 앞둔 짧은 순간, 세리스의 뇌리에 룩스와 함께 보낸 광경이 되살아났다.

훈련 강도가 너무나 센 탓에 매일 혼자 훈련하던 자신과 종종 어울려준 소년의 모습과 추억.

"미스시스 V 엑스퍼. 종합적으로는 당신이 훨씬 뛰어났습니다."

잠깐 사이에 다양한 상념이 세리스의 마음속을 떠돌았다.

자신의 사명을 완수하고 가문에 충의를 다하고자 재능을 연마하고 긍지로 삼아온 최강의 『반기룡사』.

동등한 조건이라면— 아니, 설령 컨디션이 완벽한 다섯 명이 덤빈다 해도 사실 승산은 없었을 것이다.

하지만 그녀들에게는 여섯 번째 존재가 있었다.

—아니. 그 존재는 훨씬 많고, 더욱 크다.

룩스와 만나서, 싸우고.

조금씩 학원 사람들과 가까워지게 되었고, 많은 것을 배울 수 있었다.

정의와 자기희생에 홀린 자기 자신이라는 멍에에서 벗어나 성장할 수 있었다.

그렇기 때문에 지금 세리스에게는 미스시스의 약점이 보였다.

'룩스, 당신을 만난 건 제 삶의 행운이에요. 감사합니다. 그러니까, 꼭 다시 만나요. 그때는 반드시 제 마음을—.'

"——."

미스시스는 단 일격으로 동체를 절단하기 위해서 기룡의 어깨와 팔꿈치 관절의 가동 영역 한계까지 할버드를 한껏 들어 올렸다.

동시에 최대 출력으로 《천 가지 마술》을 기동.

명중하면 대상을 파괴하는 동시에 기룡이 가진 에너지를 송두리째 빼앗아가리라.

그런 그녀에게 호응하는 것처럼 앞으로 돌진하는 세리스에게 회피 수단은 없다.

하지만 그 찰나. 미스시스는 뜻밖의 광경을 보고 눈을 부릅떴다.

"……부분, 전개?"

조율—.

기공각검을 사용해서 장갑기룡의 시스템에 개입했다.

그러나 세리스가 사용한 것은 싱글렌의 전진 같은 특수 기술이 아니었다.

랜스와 등 날개, 어깨 장갑을 제외하고 모든 것을 해제해서 더욱 위태로운 특공 형태로 형상이 변화되었다.

《린드부름》에 남은 에너지가 적다면, 일부분에 더욱 집중해서 위력을 높이면 될 뿐이다.

한계까지 가속한 세리스의 몸은 섬광의 화살이 되어 미스시스를 꿰뚫었다.

"미스시스. 당신은 타고난 기룡사입니다만, 그렇기에 사람을 상대하는 법에 익숙해지지 못했군요. —예전의 저처럼요. 다른 누군가와 얽히는 것을, 너무나도 두려워했죠."

"……큭?!"

찰나조차 되지 않을 만큼 짧은 공방.

그 사이에 미스시스는 들릴 리가 없는 말을 들은 듯한 착각에 사로잡혔다.

정신이 들고 보니 할버드를 휘두른 《아지 다하카》의 장갑 팔은 부서지고, 랜스가 장갑에 깊이 박혀 있었다.

"아—."

고압 전류가 미스시스의 전신을 관통하며 융합된 기룡을 통해서 신경을 불태웠다.

동시에 할버드에 얻어맞은 세리스도 충격의 여파를 받고 나가떨어졌다.

"이런……?! 세리스!"

리샤가 피로한 몸을 이끌고 그쪽으로 뛰어갔다.

극한까지 장갑을 해제한 상태로 적의 공격에 맞았다.

장의조차 충격 때문에 반쯤 찢겨나갈 정도였으니, 아마도 살아 있지 못할 것이다.

크루루시퍼가 그렇게 생각하고 비통한 표정으로 고개를 숙였지만, 피르히와 요루카는 태연했다.

"괜찮아. 살아 있어."

"네, 오른팔이 부러진 모양이라, 당분간 전투는 불가능하겠지만요."

"뭐……?"

크루루시퍼는 두 사람의 말을 듣고 고개를 들어서 앞을 보았다. 리샤에게 안겨서 일어나, 고통으로 허덕이면서도 미소 짓고 있는 세리스의 모습이 보였다.

"어떻게? 그렇게 강한 공격을 정통으로 맞았는데."

"어머나? 당신답지 않은 소리로군요. 하긴 원거리 저격 전문가이니까, 근접 무기의 이점을 잘 모르는 것은 어쩔 수 없겠네요."

요루카의 대답을 듣고 크루루시퍼는 고개를 갸웃했지만, 몇 초 후에 의문이 풀렸다.

"설마, 그래서 마지막에 스스로 튀어나갔다는 거야?"

공격이 최대의 위력을 발휘하는 지점은 시작점이 아니라 도착점이다.

활주하는 기세가 전달된 장갑 팔의 관절, 내리꽂히는 할버드의 끝부분에 그 파괴력이 집약된다.

그러므로 그보다 한참 앞쪽, 기술이 시작되는 지점까지 거리를 좁히면 《아지 다하카》의 공격력도 반감된다.

룩스가 장벽아검(스케일 블레이드)으로 구사하는 카운터 기술 극격.

그것을 세리스는 랜스로 응용했다고 할 수 있었다.

자기 자신을 더욱 가속해서 적을 친다는 무지막지한 방법으로.

"할버드의 날이 가격한 위치는 《린드부름》의 등 날개, 그리고 자루가 어깨를 부순 정도여요. 충격 때문에 타격을 입긴 했지만, 죽을 정도는 아니로군요."

요루카가 그렇게 말하자 크루루시퍼는 안도의 한숨을 흘렸다.

그리고 미스시스는 나가떨어진 지점에서 장갑이 해제된 채 힘없이 누워 있었다.

『완전결합』 상태였기 때문에 창에서 방출된 전격을 뒤집어

쓰고 온몸이 그을렸다.

아무리 체력이 남아 있다 해도, 당분간은 근육이 마비된 탓에 만족스럽게 움직일 수 없으리라.

떨리는 손으로 가슴께에 손을 뻗고 있지만, 더 이상 전투는 불가능하다.

"그건 그렇고 너도 꽤 우리랑 허물없이 지내게 되었구나. 세리스 선배가 그렇게 걱정되었니?"

크루루시퍼는 드물게도 안심한 표정을 지은 요루카에게 장난스럽게 물어보았다.

"물론이어요. 그녀는 주인님의 후계자를 낳을 모태로서 우수하니까요. 여기서 잃게 되면 제 체면이 깎이지 않겠어요?"

"그래……."

동료 의식이 싹텄다고 생각했더니, 평소랑 다를 게 없는 요루카의 반응을 보고 크루루시퍼는 질려버렸다.

그렇지만 이 싸움에서 승리한 것은 의미가 크다.

적이 가진 최대 전력일 터인 미스시스를 격파하였으니, 세계연합 진영은 승리에 부쩍 가까워졌다고 생각해도 될 것이다.

이제 남아 있는 문제는 리스테르카와 후길, 그리고 『성식』뿐이다.

"가자, 얼른 치료해야 해."

"그래. 그리고 미스시스도 치료하고 구속해야지. 그녀도 포로로…… 앗?!"

피르히의 말에 맞장구 친 크루루시퍼가 앞으로 시선을 돌렸을 때.

미스시스가 떨리는 손을 움직여서 뿔피리를 입가에 대는 모습이 보였다.

즉시 요루카가 달려 나갔지만 너무 멀었다.

—이이이이이이잇. 뿔피리 소리가 주위에 울려 퍼지자 천사형 환신수 한 마리가 미스시스를 낚아채갔다.

그녀의 사지가 축 늘어져 있는 모습을 보건대, 그것으로 한계에 도달했으리라.

투기장 뒤에 숨겨둔 환신수를 지금까지 내버려 둔 이유는, 만에 하나 불리한 사태가 일어났을 때 도주하기 위해서였던 것이다.

"—도망쳐버렸네요. 우리도 장갑기룡을 착용하지 않은 상태이니까, 공격해올 가능성도 있었습니다만."

"우리 중에는 맨몸으로도 환신수를 상대할 수 있을 것 같은 사람이 여러 명 있으니까. 현명한 판단이라고 봐."

놓친 것은 아깝긴 하지만 미스시스도 당분간 제대로 싸울 수 없을 것이니, 이 상황에서 분하게 생각해봤자 소용없다.

지금은 모두가 무사히 생존한 기쁨을 나눌 때였다.

"정신을 잃긴 했지만 세리스는 무사하다. 다들 좀 쉬자고. 그리고 요루카, 만약 《야토노카미》를 쓸 수 있을 정도로 회복되면 주위를 탐색해줄 수 있겠느냐? 이 기회에 룩스의 여동생 일행과 합류해서 세리스를 맡기고 싶군."

"그게 좋겠네요. 솔직히 이대로 잠들고 싶은 심정입니다만,

아직『대성역』을 손에 넣은 것은 아니니까요."

함께 싸운 전우인 다섯 명의 소녀들은 원을 그리는 것처럼 드러누워 하늘을 올려다보았다.

모두가 힘을 합쳐 쟁취한 승리를 곱씹으면서, 한 소녀이 무사하기를 속으로 기도했다.

†

"하아, 하아……! 미스시스의 귀환이 늦네요. 설마 그럴까 싶지만, 당해버린 건 아니겠죠?"

한편, 아카디아 황도의 남쪽 지구.

폐도에 투영된 시가지의 성문 앞에서 리스테르카는 숨을 헐떡이고 있었다.

『창조주』의 제1 황녀이자 신탁의 무녀인 리스테르카는『대성역』을 차지하기 위한 시련 내용을 미리 알고 있었다.

총 7개소에 출현하는 자동인형 아샤리아의 분신과 접촉해서 세 가지 시련을 치르는 것.

첫 번째 시련은 자격자의 정신에 부하를 가해서 저항력을 겉으로 드러내는 의식이다.

이것을 견뎌내면 엘릭시르의 투여로 인한 정신이상을 예방하는 효과를 얻을 수 있다.

두 번째 시련은 엘릭시르의 직접 투여.

정신과 육체 양쪽을 강화함으로써, 중추에서 시스템을 제

© 2017 Ayumu Kasuga

어하기 위한 능력을 얻는다.

현재 리스테르카도 무사히 두 번째 시련을 마치고 이렇게 쉬는 중이었다.

굳이 인기척이 없는 성문 쪽으로 향한 이유는 적과 마주치는 상황을 피하기 위해서다.

아샤리아의 분신이 어디에 있는지 그 법칙을 눈치챈다면, 다른 무리들이 중요 거점을 찾아낼 거라고 예측했다.

따라서 이곳의 지리를 아는 리스테르카는 그 허점을 찔러 후길과 함께 이곳에 도착했다.

"그녀는『열쇠 관리자』중에서도 전설적인 걸물입니다. 그 누구도 그녀에게는 못 미칠 것입니다."

후길은 엷은 미소를 머금은 채 리스테르카에게 대답했다.

순백의 황녀는 크게 한숨을 토해내고, 기대는 것처럼 후길의 가슴에 뒷머리를 묻었다.

"경멸하고 있나요? 겁쟁이 황녀라고. 신탁의 무녀, 아카디아 황국의 현 황녀임에도 불구하고, **여러 면에서** 인순고식[#1]하게 행동하는 모습을."

"……."

지금까지 리스테르카는 수치심을 버리면서까지 최선을 다해 왔다.

유적을 공략하기 위해서 세계 연합의 협력을 받은 후에 배신하였고, 삼녀인 헤이즈의 목숨을 도구처럼 쓰고 버렸으며,

---

#1 인순고식 因循姑息. 낡은 관습이나 폐단을 벗어나지 못하고 당장의 편안함만을 취함.

차녀 에이릴마저 함정에 밀어 넣었다.

절대적인 지배자임을 주장하면서, 수단을 가리지 않는 모략으로 우위를 차지하였다.

그렇게까지 했음에도 불구하고 얼마 전 전투 때 크게 밀리는 바람에, 지금은 가까스로 버티는 상황이었다.

후길을 호위로 두고 미스시스를 자객으로서 보낸 것도, 세계 연합의 실력을 내심 두려워하기 때문이었다.

그나마 정보 부문에서는 아직 우위를 유지하고 있지만, 그것도 운이나 우연 하나로 쉽게 뒤집어질 정도에 불과하다.

그것을 똑똑히 이해하고 있기 때문에, 그녀는 매달리는 것처럼 후길에게 기댔다.

"후길. 저는 잘 하고 있나요? 신성 아카디아 황국의 후예로서, 모두의 희망을 등에 짊어진 자로서, 충분히 사명을 완수하고 있는 걸까요?"

소녀는 가만히 눈을 감고는, 자신의 마음을 다시금 확인해 보았다.

뇌리에 떠오른 것은 조금 전 두 번째 시련에서 되살아난 과거의 기억.

그리고 지금, 황국에서 일어났던 부정적인 역사를 덧그리는 것처럼 다시 비극을 떠올렸다.

리스테르카 일행이 잠들기 전, 알 수 없는 경로로 장갑기룡을 손에 넣은 반역자 『배신자 일족』은 곳곳에서 봉기하여 차츰 그 세력을 불려나갔다.

황도에 거주 중인 부유층의 저택이 닥치는 대로 습격당하고, 끝내는 왕후귀족들까지 학살당한 그 광경이 어린 자신의 눈에 짙게 새겨져 있었다.

『열쇠 관리자』와 함께 장갑기룡과 엘릭시르를 개발― 독점하여 완벽한 지배체제를 구축했을 텐데, 어째서.

후길의 가슴에서 머리를 떼고, 주위를 바라보면서 리스테르카는 중얼거렸다.

"왜 그런 반역이 일어나버린 걸까요. 일설에 따르면, 당시에 『배신자 일족』에 힘을 더해준 수수께끼의 선동자가 있었다고 하던데요."

"……."

"『하얀 영웅』. 오랜 옛날의 전승을 따라서, 당시 그 자는 그렇게 불렸다고 해요. 평화롭게 살던 우리를 멸망시킨 자가 구세주라고 불리다니, 참 아이러니한 이야기죠. 정말로―."

거기까지 말하고서 리스테르카는 한숨을 길게 쉬었다.

그리고 자신의 몸을 감싸면서 파르르 떨었다.

또 하나의 기억은, 그 이후로 천 년 가까이 지났을 때.

고성능 휴면 포드에서 깨어났을 때의 사건이다.

『방주』에 잠들어 있던 리스테르카를 구제국의 조사부대가 우연히 발견했고, 잠에서 막 깨어난 동포와 종자들을 몰살시켰다.

천 년 전의 『배신자 일족』이 이 시대에서도 자신들을 죽이러 몰려왔다고 생각하며 절망했을 때, 후길이 리스테르카를 구해주었다.

그 자리에 있던 아카디아 제국의 군세를 모조리 죽여 버리는 방법으로.

구원받은 후, 중상을 입은 리스테르카는 치료할 겸 다시 잠들게 되었고, 비교적 무사했던 에이릴과 헤이즈는 각자 미스시스와 함께 외부 세계 조사에 시간을 투자했다.

결국 이 세계에 만연한 지배자들과 아카디아 제국에 원한을 품은 헤이즈는 먼저 뛰쳐나가 암약하게 되었으며, 리스테르카의 지시를 어기고 날뛰기 시작했다.

그 뒤에 리스테르카가 다시 눈을 떴고, 지금 이 상황에 이르게 되었다.

"……슬슬 움직일 수 있겠어요. 마지막 시련을 치르러 가요."

고개를 든 리스테르카가 그렇게 말하면서 미소 지었다.

마지막 세 번째 시련은— 자신의 능력과 대치하는 것.

그 다음에 자동인형 본체와 계약을 나눌 때 『성식』이 나타난다는 기록이 남아 있었다.

그 모든 과정을 수행했을 때, 『대성역』을 손에 넣을 길이 열린다고 한다.

어째서 세계를 멸망시킬 『성식』이 이런 역할을 맡고 있는 것인지, 리스테르카는 내심 의아하게 생각했다.

사람의 마음을 읽고, 의태를 통해서 다른 사람으로 외양을 바꿀 수 있는 특성은 원래부터 이것을 위한 것이 아니었을까? 아니, 어쩌면—.

생각해봐야 소용없는 짓이다.

남은 수수께끼의 해명은 『대성역』 중추에 도착한 뒤에 해도 된다.

"믿고 있어요, 후길. 만약 『성식』이 습격한다면, 당신에게 맡길게요. 그 이외의 시련이라면 제가 어떻게든 할 테니까."

"네. 모든 것은 황녀 전하의 뜻대로 될 것입니다."

"정말, 이럴 때만이라도 딱딱하게 굴지 말아요. 모처럼 단 둘이 있는데……. 열심히 고생 중인 미스시스에겐 미안하지만요."

불만스럽게 볼을 부풀리고 있지만, 리스테르카의 말투는 상냥하다.

"괜찮아요. 어떤 시련이 기다리고 있어도, 당신이 곁에 있어준다면 극복해낼 거니까."

신뢰의 말을 속삭이며, 리스테르카는 자신의 근위기사의 손에 깍지를 꼈다.

최후의 싸움은 바로 코앞까지 다가왔다.

†

그 무렵, 마르카팔 왕국 왕성.

차갑고 어두운 석조 회랑에 두 남자가 서서 대화하고 있다.

한 사람은 지적인 인상을 풍기는 젊은 남자— 신왕국 여왕 라피의 측근, 나르프 재상.

그 맞은편에 있는 사람은 이목구비의 윤곽이 뚜렷한 장년의 남자, 디스트 라르그리스.

구제국 시절부터 사대 귀족이라 불리는 대영주 가운데 한 명이며, 그 당당한 모습에서는 역전의 관록이 배어나오고 있다.

기실 이번에 신왕국 원정군을 총괄하고 있는 것은 경험이 풍부한 이 남자이지만, 표면상으로 나르프 재상이 지휘를 맡고 있다.

"그때는 수고를 끼쳤지요. 제게 연합군의 전권을 넘겨줘서 감사합니다. 이런 무리한 요구를 하게 돼서 죄송합니다."

"그건 신경 쓰지 말게. 귀공의 입장을 생각하면 당연한 요구이니까."

나르프 재상이 머리를 숙이자, 디스트는 위엄이 느껴지는 표정으로 고개를 저었다.

"사대 귀족인 내가 대표로 지휘권을 갖게 되면, 신왕국의 현 체제가 의심받게 되겠지. 여왕 폐하를 위한 당연한 배려라네."

신왕국과 사대 귀족의 관계는 타국에도 널리 알려져 있다.

구제국이 붕괴한 후, 대영주인 사대 귀족의 지배력이 강해졌다는 사실도.

라피 여왕이 아니라 디스트가 지휘를 맡는다면, 여왕으로서 구심력이 없다는 것을 뻔히 보여주는 거나 다름없기 때문이다.

따라서 측근인 나르프 재상이 지휘를 넘겨받아서 면목을 유지하는 형태가 되었다.

"여왕 폐하께서는 좀 괜찮으신가?"

"네, 건네드린 약에는 강한 진정 효과가 있습니다. 연일 이어진 회의로 지치셨기 때문에, 오늘은 방에서 쉬고 계십니다.”

마르카팔 왕국의 왕도.

왕성까지 무사히 철수한 각국 왕족들은 후대 받으며 휴식을 취했다.

연합의 정예 부대는 괴멸하였고, 최대한 끌어모은 주력은 거의 붕괴했다.

이제 『대성역』 획득은 전적으로 『칠용기성』에게 맡길 수밖에 없는 상황이었지만, 그렇다 해도 할 일은 산처럼 많았다.

현실적이라고 해야 할까— 아니면 절조가 없다고 해야 할까. 세계의 운명이 걸린 상황에서도, 지배자들은 늘 그 다음 일을 생각해야만 한다.

세계를 구하고 『대성역』을 차지했을 때를 가정한 회의가 지금도 여전히 계속 열리고 있었다.

“『대성역』의 기술을 손에 넣었을 경우에 분배 방법, 그리고 향후 몇 년 간 동맹관계 설립— 타당한 주제이긴 하지. 이만한 손해가 발생했으니까. 기껏 키워낸 기룡사와 장갑기룡도 많이 잃고 말았지. 『용비적』 같은 외적의 위협이나 유적에서 출몰하는 환신수를 대상으로 한 국방 쪽도 큰 불안을 안고 있는 처지야.”

디스트의 감상에 나르프도 고개를 끄덕이며 동의했다.

“게다가 리스테르카가 보낸 섀도가 펼친 일련의 선동 때문에, 신왕국 일부 지역에서는 불만의 목소리가 점점 커지고 있습니다. 옛날부터 명맥을 유지하고 있는 파벌에서는, 현재 라피 여왕의 능력으로는 위기에 대처할 수 없다고 하더군요."

"멋대로 떠들어 대는군. 그렇게 구제국의 지배체제에 불만을 토로했던 주제에."

"맞습니다. 하지만 백성이란 원래 멋대로 행동하며, 정치가란 욕심이 많은 족속 아니겠습니까. 이번 일로 결과적으로 신왕국은 막대한 전력을 잃었고, 사대 귀족의 힘을 빌리게 되었습니다. 게다가 여왕의 추태가 온 나라에 퍼지고 있죠."

나르프가 약간 침통한 표정으로 말하자, 디스트는 허공에 시선을 고정한 채 한마디 했다.

"하지만 이번에는 어쩔 수 없는 상황이라네. 다른 누군가가 왕이었다 해도, 최선을 다했다 해도 한계였겠지."

"진실은 그렇죠. 하지만 손해를 입은 자들은 다른 누군가가 책임지길 바랍니다. 만약 세계 붕괴를 막았지만 『대성역』에서 충분한 보수를 얻지 못하고 수많은 사람들, 백성들이 재산을 잃게 된다면—."

결과적으로 라피는 국내의 반대파들로부터 여왕의 자질을 의심받게 될 것이다.

적어도 구제국파 집정관들은 이 기회에 다시 권력을 차지하려고 간을 볼 것이다.

그렇게 되면 머지않아 신왕국 내부에 새로운 분열의 불씨가 피어날 가능성도 있다.

"하지만 구제국이 붕괴한 뒤로 겨우 5년밖에 안 되었죠. 그런 내란을 초래하는 건 현명하지 않습니다. 이번에 입은 상처를 치료하기 위해서도, 백성과 집정관이 납득할 수 있는 형태로 정리해야 하겠죠."

"그게 나한테 상담하고 싶은 이야기인가, 재상."

"……부하에게 사람을 물리라고 해두었습니다. 여기서 한 이야기가 새어나갈 일은 없을 겁니다."

나르프 재상은 목소리 톤을 한층 낮추며 긴장된 표정을 지었다.

다른 사람이 들으면 위험한 밀담이 지금 시작되려 하고 있었다.

디스트 라르그리스도 나르프의 의사를 예측해보았다.

그래서 입을 다물고 다음에 이어질 말을 기다렸다.

"디스트 경. 당신을 필두로 하는 사대 귀족이 저를 도와주셨으면 합니다. 영걸 아티스마타 백작의 위광이 사라지기 전에, 저를 새로운 국왕으로 천거해주십시오.

"……."

젊은 재상의 말을 듣고 나르프는 입을 다물었다.

세계의 운명을 건 싸움의 이면에서, 위정자들의 음모가 꿈틀거리기 시작했다.

†

"이것으로 두 번째 시련이라는 것도 끝난 겐가? 몸은 좀 어떠신가, 황녀 전하."

"기분이 좀 별로긴 한데, 괜찮아요. 몇 분만 쉬면 움직일 수 있을 겁니다."

한편, 연합군 제2 부대.

『창조주』 에이릴을 필두로 삼은 6인 부대— 그라이퍼, 메르, 소피스, 로자, 마기알카는 순조롭게 두 번째 시련— 『세례』를 마쳤다.

드디어 세 번째 시련밖에 남지 않았다.

"이렇게까지 아무 일 없이 순조롭게 풀리니까, 오히려 안 좋은 예감이 드는걸. —뭔가 문제가 일어날 것 같네."

"제일 어린 녀석이 불안감을 부채질하면 쓰냐. 여전히 비뚤어진 꼬맹이로구만."

불안한 눈초리로 하늘을 바라보는 메르 옆에서 그라이퍼가 싫다는 것처럼 인상을 썼다.

둘 다 지금은 신장기룡을 착용하고 있지 않았다.

적의 모습이 확인되지 않을 때는 항상 두 명 정도 체력을 아낀다는 작전 때문이다.

"말해두겠는데, 아무 근거도 없이 하는 소리 아니다? 아까부터 이 시가지의 광경을 쭉 보았는데 상상이 되더라니까."

"그게 무슨 소린데—?"

메르의 중얼거림에 로자가 미소를 머금은 채 고개를 갸웃했다.

"이 투영된 광경이 아카디아 황국의 역사라면, 왜 그걸 보여주려고 하는 걸까……."

에이릴이 독백처럼 질문에 대답했다.

"그보다도 저기. 룩스 일행이 보였어. 마침 왕성 뒤로 향한 모양이야."

소피스가 중얼거리며 멀리 있는 왕성을 바라보았다.

건물 그늘에 가려져서 보이진 않았지만, 천사형 환신수가 안으로 우르르 들어가고 있었다.

"『창조주』여, 뭔가 짐작 가는 건 없는가? 저 장소에 가본 기억은?"

"―저긴 왕묘(王墓)가 있는 곳인데, 우리조차 가본 기억은 거의 없어요. 뭔가 있을 것 같진 않은데……."

"그런데 자동인형은 중요한 거점에 있다며? 그럼 저곳에서 세 번째 시련을 받을 가능성이 있는 거 아니냐?"

에이릴이 고민하는 모습을 보이자 그라이퍼는 가벼운 말투로 의견을 제시했다.

"으음. 일리 있는 말이네만, 지금으로선 갈 필요가 없다네. 아슬아슬한 위치까지 접근해서 대기하도록 함세."

"……? 무슨 소리야?"

마기알카의 지시에 메르가 고개를 갸우뚱했다.

"곧 알게 될 걸세. 저 녀석의 움직임을 확인해야만 하거든……. 그리고― 네놈만 술책을 부린 게 아니다, 속물이여."

마기알카가 의미심장하게 중얼거린 후 《엑스 드레이크》로 왕묘 가까이 다가가자 레이더에 반응이 잡혔다.

"나오는 게 좋을 걸세, 『창조주』 일당. 이제 와서 숨어봐야 무의미하다는 걸 알잖나?"

"……?!"

그 한마디에 에이릴을 포함한 『칠용기성』 모두가 긴장했다.

잠시 망설인 후, 성벽 그늘에서 리스테르카가 모습을 드러냈다.

"작전을 몇 개 세워보았는데, 생각보다 더 안 풀리네요. 어서 『대성역』의 힘 덕을 보고 싶군요. 이런 일이 없도록."

"그건 피차 마찬가지 아니겠는가. 우리가 싸울 예정은 없었네만— 뭐, 필요한 준비는 얼추 해두었지."

마기알카가 왕성 뒤를 슬쩍 쳐다보자, 선명한 녹색으로 채색된 왕묘 입구에 아샤리아가 다시 출현했다.

그 직후 멀리 보이던 룩스와 싱글렌의 모습이 사라졌다.

"세 번째 시련은 『성식』의 부활이 필요한 모양이니 말일세. 예정대로라면 출현할 때까지 시간이 좀 걸릴 테지? 그래서 중추와 연결된 제어실로 가는 길을 일부러 룩스 일행에게 양보한 것이고."

"……네. 뭐, 그렇게 됐네요. 저도 당신처럼 아슬아슬한 타이밍에 공격하려고 했는데, 막 부활한 『성식』은 아직 이쪽에 오지 않았군요. 미스시스의 귀환을 기다릴 여유도 없을 것 같고. 그러니— 좀 이르긴 하지만, 자웅을 겨뤄보도록 할까요."

리스테르카가 차분히 말한 직후, 《바하무트》를 착용한 후길이 앞으로 나섰다.

"언니……."

에이릴을 비롯한 『칠용기성』이 긴장하면서 자세를 잡고 대치한 그때, 주변 공간이 일그러지더니 그 틈에서 소녀가 나타났다.

"—음?! 네놈, 정체가 무어냐?"

가장 먼저 반응한 마기알카가 묻자, 튄 피로 물든 로브 차림의 소녀가 고개를 들었다.

"헤이즈……?!"

낯익은 얼굴을 보고 에이릴과 리스테르카가 당황하자, 소녀는 조용히 후드를 걷고서 히죽 웃었다.

†

"여긴, 대체—?"

깜짝 놀라며 숨을 죽인 룩스 주위에는 처음 보는 공간이 펼쳐져 있었다.

매끄러운 은백색 벽으로 둘러싸인 커다란 방.

그곳에는 유적 내부의 장치와 흡사한 기계 기둥이 몇 중으로 둘러쳐져 있었다.

방 중심에는 자동인형 아샤리아가 서 있었고, 그 옆에는 《리바이어선》을 장착한 싱글렌도 있었다.

지금까지는 그저 폐도 게르니카 위에 과거에 있었던 건물을 투영했을 뿐이었다.

그런데 지금은 실재감이 있었다.

눈속임이 아니라, 이곳은 진짜 건물 내부였다.

"리스테르카도 후길도 없잖아. 설마, 우리가 첫 번째로 중추에 도착한 거야?"

물론, 원래는 제2 부대, 제3 부대, 제4 부대 중 어느 하나가 중추를 차지하면 되므로, 목적을 달성하는 도중일지도 모른다.

하지만 후길을 앞질렀음에도 불구하고, 룩스의 내면에서는 불안감이 급속도로 팽창했다.

"앞서 두 개의 시련을 겪느라 고생하셨습니다. 룩스 아카디아 님. 이제부터 『대성역』의 진정한 능력과 『성식』에 대해서 설명해드리도록 하겠습니다."

자동인형은 부드럽게 웃으면서 온화한 어조로 말했다.

이번에는 나노 머신으로 구성된 분신이 아니라, 본체인 통괄자인 것 같았다.

그것을 확인한 룩스는 조용히 《와이번》의 장갑을 해제하고 《바하무트》로 교체했다.

"호오? 시련 전에 기룡을 불러내다니, 무슨 생각이지?"

"무슨 일이 터질지 모르니까요."

고압적으로 묻는 싱글렌의 말을 피하면서 룩스는 대답했다.

그러는 사이에도 아샤리아는 계속해서 말을 이어나갔다.

"어째서 이곳에 올 때까지 여러 번의 시련을 겪어야 했을까요? 그것은 『대성역』을 차지하는 자는 이 세계를 뒤엎고 다스릴 수 있는 힘을 얻기 때문입니다. 따라서 『대성역』의 본질을 아는 인간은 극히 적어야만 하지요. 그럼, 이제부터 최종 시련을 준비하겠습니다."

—부우웅!

그 직후, 주위의 기계 기둥이 진동하면서 물러났다.

넓은 공간이 생겨난 순간, 룩스는 뒤를 돌아보면서 무기를 휘둘렀다.

—채앵!

금속이 부딪치는 날카로운 소리가 실내에 울려 퍼지고, 눈앞에서 불꽃이 요란하게 흩어진다.

룩스의 대검과 싱글렌의 블레이드가 교차한 채 힘의 균형을 유지하며 떨고 있었다.

"—무슨 짓이냐, 잡부. 여기까지 와서 우리 세계 연합을 배신하려는 거냐?"

오만불손하게 웃으면서 싱글렌이 물었다.

룩스는 눈을 매섭게 뜨면서 바로 앞에 있는 적을 노려보았다.

"시치미 떼지 마라. 감히 아이리 일행에게 상처를 입히다니."

룩스는 더욱 힘을 담아서 블레이드를 밀어냈다.

싱글렌은 칼날을 비스듬히 돌려서 흘려보낸 다음 뒤로 도약해서 거리를 벌렸다.

조금 전에 롤로트가 보내준 『용성』에는 영상 기록과 상황 보고가 포함되어 있었다.

싱글렌이 츠바이베르크에게 지시해서 아이리를 인질로 붙잡으려 했다는 것.

그 상황을 막으려다가 트라이어드가 크게 다쳤다는 것도.

그래서 룩스는 마지막 시련이 시작되기 전에 먼저 손을 쓴 것이다.

"여전히 직설적인 남자로군. 딱히 네 동생을 습격한 게 아니라, 그 녀석들이 저항했기 따끔한 맛을 봤을 뿐이다."

"헛소리는 그것뿐이냐!"

무수한 장치가 작동하고 있는 중추 내부의 제어실.

톱니바퀴가 돌아가고 각종 파이프가 종횡무진 뻗어 있는 공간을 《바하무트》와 함께 날아올랐다.

싱글렌이라는 저력을 알 수 없는 강자를 상대하는 데 확실한 승산은 없었다.

그래도 그런 우는 소리를 하고 있을 때가 아니었다.

중추에 도착한 것까진 좋았지만, 여기서 이 남자를 저지하지 못하면 모든 것이 지배당하게 되리라.

"크크크……. 원래 손을 잡아야 하는 자들끼리 서로를 속이고 함정에 빠뜨리는 거냐. 그야말로 역사를 되짚는 것 같군. 나 때와 하나도 변한 게 없어."

똑바로 돌진하는 룩스를 보면서 싱글렌은 조율을 해방했다.

문자열과 도형이 기록된 무수한 빛의 창들이 《리바이어선》 주위에 떠오르더니 짙푸른 장갑을 아름답게 비추었다.

장갑기룡의 시스템을 응용한 싱글렌의 비기— 전진.

그것을 사용할 자세였지만, 룩스는 거침없이 블레이드를 들어 올렸다.

"분노 때문에 눈이 흐려졌나? —전진·유전."

어깨를 노리고 날아오는 룩스의 참격을 순식간에 장벽을 전개해서 튕겨냈다.

오른쪽에서 왼쪽으로, 명중하는 순간에 역장을 형성.

룩스의 참격이 가진 흐름에 맞춰서 공격을 흘려보내고 받아내는 식으로 한 치의 오차도 없이 장벽이 전개되었다.

그러나 룩스의 참격은 장벽을 살짝 스치기만 했을 뿐, 《리바이어선》의 장갑에 명중했다.

“——.”

싱글렌의 튕기기 타이밍은 완벽했다.

하지만 예전에 《와이번》과 《드레이크》로 싸웠을 때와는 결과가 달랐다.

“어떻게 된 거지? 봐줄 필요 없다고!”

룩스는 웬일로 기염을 토하면서 눈앞의 적을 도발했다.

싱글렌은 눈을 깜박였지만, 이내 여느 때처럼 오만한 웃음을 떠올렸다.

“하하핫. 알겠다. 그런 거였나. 얕은 지혜나마 머리를 굴릴 줄 알잖아. 아무래도 나와 다시 맞붙는 상황을 염두에 두고 있었던 모양이로군.”

“…….”

싱글렌의 폭소에 룩스는 침묵으로 일관했다.

유의미한 수준은 아니지만, 저 싱글렌의 전진을 돌파하고 공격하는 데 성공했다.

그 원리를 알아차리지 못하게끔 평정을 가장했다.

그러나 싱글렌은 그 전술을 한눈에 간파했다.

"《바하무트》의 특수 무장 《공명파동(링커 펄스)》을 사용했군. 상대 오의와 신장을 경계하게 유도하고, 내장된 특수 무장으로 기습을 시도했겠지."

"—큭?!"

정곡이었다.

싱글렌의 『전진·유전』은 장벽의 순간적인 전개로 튕기기를 구사해서 회피와 적의 자세 무너뜨리기를 동시에 꾀하는 기술이지만, 그런 만큼 실수했을 때 큰 빈틈이 드러난다.

속도라면 룩스의 오의 신속제어(퀵 드로우)의 일섬이 빠르지만, 싱글렌은 그 공격에도 완벽하게 대응할 것이다.

그렇다면, 평소에는 상대방이 의식하지 않는 내장형 특수 무장 《공명파동》으로 《바하무트》를 움직여서 참격 타이밍을 살짝 어긋나게 하면 그럭저럭 명중할 거라고 계산했다.

굳이 싱글렌을 도발한 이유는 순수한 실력 차이라고 착각하게끔 해서 원리를 감추기 위해서였지만, 순식간에 간파 당했다.

'정말 놀라워. 역시 이 남자는 장갑기룡 전투 분야에서는 평범한 레벨이 아니야……!'

방어를 뚫는 요령이 드러나긴 했지만, 아직은 룩스가 우위에 있었다.

알아냈다고 해서 모든 공격을 완벽하게 막아낼 수는 없을 테니까.

"—전진·겁화."

룩스가 사고에 의식을 할애한 찰나 《리바이어선》이 고속으로 돌격하여 코앞까지 접근했다.

매서운 궤도를 그리는 블레이드를 《바하무트》는 반사적으로 대검을 들어 받아냈다.

그러나 한 점에 집중된 에너지의 파괴력을 완벽하게 감당하지 못한 특수 무장에 균열이 생겼다.

"크……아앗!"

가까스로 검을 빼서 적의 참격을 흘려 넘겼다.

후방으로 물러난 룩스의 이마에서 땀이 한 줄기 흘러내렸다.

"호오, 방어에도 《공명파동》을 사용해서 접점을 어긋나게 하다니. 내가 우습게 보였나 보군. 그까짓 잔재주가 이 내게 통할 거라고 생각했다니."

"—이유가 뭐야! 어째서 **너희들은** 이런 짓을 하는 거냐고?!"

"뭐?"

룩스는 자기도 모르게 그렇게 외치고 말았다.

싱글렌의 추격을 피하기 위한 헛소리나 견제가 아니었다.

이 남자의 실력과 뛰어난 재능을 누구보다도 인정하기에 튀어나온, 룩스 자신의 마음에서 우러나온 외침이었다.

"5년 전에도 그랬어. 국가에 평화를 가져오기 위해서 계획을 세웠고, 달성이 눈앞에 다가온 찰나에 후길은 배신했다. 우리가 싸우는 이유는, 이 세계를 구하기 위해서가 아니었던 거냐?!"

후길도 혁명을 위해서 룩스에게 다양한 지혜를 전수해주었으며, 장갑기룡의 기초를 가르쳐주었다.

싱글렌도 대표국의 입장은 다를지언정, 『칠용기성』의 일원으로서 여기에 서 있을 터다.

그런데 어째서 이런 짓을 저지른단 말인가?

그 모순적인 행동을 이해할 수 없었다.

"당신은 이미 충분한 실력과 지위를 손에 넣었어! 이 이상 뭘 더 바라는 거지?!"

"훗…… 하하하하!"

쥐어짜내는 듯한 룩스의 노호. 그러나 싱글렌은 실소로 반응했다.

"뭐가 우습지?"

"싸움을 방해하는 방법 치고는 나쁘지 않군. 어떻게 안 웃고 배길 수 있을까. 너는 명색이 왕자가 아니었더냐? 국가의 중추에 몸담았던 자가, 이 이상 뭘 더 바라냐는 말을 꺼내다니?"

"무슨, 뜻이냐?"

싱글렌이 블레이드를 빙글 돌려서 지면에 꽂았다.

그것이 중단 신호라는 것처럼 천천히 이야기를 계속했다.

"좋아. 원래는 이렇게 어리석은 자에게 말할 생각은 없었다만, 네 전투 재능만을 평가해서 특별히 가르쳐주지. 너와 아예 관계없는 내용도 아니니까."

룩스는 경계를 풀지 않고 그 말에 귀를 기울였다.

"내가 태어난 나라, 블래큰드 왕국은 오래전부터 부패에 찌

들어 있었다. 세계 각지에 유적이 출현하고, 장갑기룡이 발굴되기 훨씬 전부터 말이다. 당시에 나는 아직 어렸지만, 마음먹으면 언제든지 바꿀 수 있었다. 나름대로 괜찮은 집에서 태어났고, 능력도 있었으니까. 옛날의 너처럼 말이다."

"……."

"하지만 나는 아무 것도 하지 않았다. 흥미도 없었지. 이 내가 굳이 바꾸어야 할 가치 따위는 찾을 수 없었다. 사실대로 말하자면 그게 다지. 세계를 혐오했다. 권익을 독점하고 흡족해 하는 우둔한 권력자도, 그런 무리들에게 거역하지도 맞서지도 않는 무능하고 나태한 어리석은 민중들도."

"그건, 나중에 장군 자리에 앉았는데도 추방당한 것에 대한 원한이라는 거냐?"

"그렇게 생각하나? 그때는 추방당해준 거라고. 일부러, 말이다."

룩스의 지적을 싱글렌은 피식 웃어넘겼다.

싱글렌은 국내의 반란을 제압하고 환신수를 토벌하고 군을 효율화하였지만, 그가 싸우는 법은 너무나도 잔인했기 때문에 장군이라는 지위에서 추방되었다.

싱글렌의 실력에 두려움을 품은 왕이 그를 권력에서 떼어놓으려고 일부러 홀대했고, 그 점에 불만을 품었다— 룩스는 그런 소문을 들었다.

"뭐, 그때 왕족 놈들을 모조리 베어버리고 군림하는 것도 간단했다. 하지만 그런 권력 다툼에 끼어들고 싶지는 않았지.

어떻게 되든 상관없었다고. 자기들끼리 멋대로 굶게 놔두면 된다고 생각했으니까."

"그럼, 어째서—."

"내가 손을 써서 블래큰드 왕국군을 한 번 쓸어버린 이야기가 궁금한가?"

"——?!"

그건 일종의 소문이다.

환마인의 출현과 재화로 인한 전력의 마모.

왕이 자신의 기사단을 잃고 다시 싱글렌을 불러들이게 된 사건이지만, 그것조차도 이 남자의 모략에 불과했을지도 모른다.

그것이 진실이라고 이 남자는 주장했다.

"간단한 이야기다. 인간의 욕심과 어리석음은 끝이 없지. 잔재주를 부릴 줄 아는 동물만큼 이 세상에서 추악한 건 없다고. 나는 퇴역한 후에는 유적에 관심을 끄고 조용히 살았다. 하지만 끝까지 내 실력을 두려워한 왕족의 측근들이 실적 욕심에 눈이 멀어서 날 죽이려고 했지."

"——?!"

"퇴역한 후 내가 은거하고 있던 변경 지역의 마을에, 도적을 가장한 왕국 병사들이 들이닥쳤다. 맹인이었던 내 누이는 인질이 되기를 거부했다가 살해당했다고. 실컷 고문 받은 뒤에 말이지."

담담하게 말하는 싱글렌의 얼굴에는 미소가 걸려 있었다.

그 표정에서는 인간의 잔악함을 이야기하는 것에 대한 즐거

움마저 느껴졌다.

“설마, 그런 일이…….”

—있을 리 없다. 그렇게 단언할 수는 없었다.

아니, 구제국의 이면을 보아온 룩스는 그 광경을 생생하게 상상할 수 있었다.

자신이 특별한 위치에 있다고 인식하고 타인을 내려다보는 사람은 무서울 정도의 잔학함을 갖게 된다.

제아무리 극악한 짓을 한다 해도 심적 고통을 전혀 느끼지 않는다.

“누이의 죽음에도 나는 슬퍼하지 않았다. 애초에 내게 가족에 대한 애정 따위는 전혀 없었지. 다만, 놈들은 너무 주제넘게 굴었다. 내가 굳이 눈감아줬다는 것도 깨닫지 못하고 한없이 우쭐해져서, 하필이면 이 나의 소유물을 흙발로 짓밟고 손을 댔지.”

싱글렌이 안대로 가리지 않은 칠흑색 눈동자를 번득이며 웃었다.

“나는 내 과실을 깨달았다. 이 세계에는 내 상상을 뛰어넘는 쓰레기들이 태연하게 존재하고 있으며, 그 쓰레기를 소각하지 않으면 악취와 해충이 창궐하고, 내 눈 앞까지 날아온다는 것을.”

“…….”

룩스는 어머니를 잃은 후에 구제국의 개혁을 의식했다.

만약 그때, 피르히나 아이리까지 잃었다면.

복수— 라는 의식은, 싱글렌에게는 없었을 것이다.

"눈에 거슬렸다. 인간이라는 존재의 추악함이, 끝 모를 악의가, 원래 무관심한 나를 방관자로 있게 놔두지 않았다. 녀석들 같은 해충을 쓸어버리기 위해서, 이 내가 직접 칼을 뽑아야만 했지. 그게 전부다. 그 때 나는 후길과 만나서 더욱 큰 힘을 손에 넣었다. 그리고—."

그 대목에서 싱글렌은 바닥에 꽂아둔 블레이드를 다시 뽑았다.

"따라서 협력을 요구하겠다, 룩스 아카디아. 우리 최고의 기룡사들이 새로운 세계의 중심으로서 군림하기 위해."

"——."

"모국의 미래를 걱정한 건 너도 마찬가지일 테지? 어리석은 것들로 인한 부조리함이 없는 세계를 재창조하는 것……. 여기서 『대성역』을 차지한다면, 그 뜻을 실현할 수 있다."

아마도 이것이 마지막 제안일 것이다.

그럼에도 룩스는 고개를 끄덕일 수 없었다.

"당신의 생각이, 전부 잘못 되었다고 단언할 수는 없어."

아니— 룩스 본인도 공감하는 부분이 몇 개나 있었다.

정당한 수단으로 진언해도 구제국은 무시하였고, 배신했다.

소중한 걸 빼앗겼고, 상처를 입었으며, 지금도 여전히 그 흉터가 남아 있다.

룩스는 지금까지 자신을 둘러싸고 있던 운명을 돌이켜보며 문득 생각했다.

처음부터 이 남자처럼 비정한 각오를 가질 수 있었다면 괜찮았을까.

"―하지만 나는, 그렇게 만들어낸 세계가 옳을 거라고 생각할 수 없어. 빼앗긴 당신의 눈에는 보이지 않게 되었을 뿐이라고!"

망설이지 않고 자신의 길을 추구한다.

그것이 하나의 정의라면, 모두가 바라는 해결 방법을 찾는 것 또한 하나의 정의다.

"당신이 그들에게 부조리한 운명을 강요받아 반역한 것처럼, 그렇게 한다면 또다시 새로운 부작용이 반복될 거야."

"그런 상황을 막기 위해서 영원히 뒤집을 수 없는 힘이 필요한 거라고. 이 『대성역』에 숨겨진 진정한 힘 말이지."

조용히 노려보는 싱글렌을 바라보며 룩스는 한 차례 심호흡을 했다.

"뒤집을 수 있어, 싱글렌. 당신이 말한 것처럼 역사는 반복되니까. 이 『대성역』을 만든 『창조주』도 무너지고 말았잖아?"

"그렇다면 몇 번이고 뭉개버려야지. 내 지배를 받아들이지 못하는 무지몽매한 반역자 놈들을 몇 번이고 철저하게, 내 손으로 직접 제거해주겠다."

"―큭?!"

싱글렌 주위에 어느새 물이 모이기 시작했고, 대기가 건조해졌다.

《리바이어선》의 특수 무장, 《수조(밸러스트)》.

지금까지 룩스가 싱글렌과 나눈 대화는 시간벌이 용으로

쓰였다.

하지만 이 방에는 수원 자체가 없는 탓인지, 모인 물의 양은 아직 적었다.

이 정도라면 공방에 자유자재로 사용하지는 못할 것이다.

시간이 지남에 따라 물이 늘어나면 감당할 수 없게 된다.

신장을 이용한 물의 조작과 조율의 전투 기술을 결합한 최강의 스타일.

요루카를 쓰러뜨린 『진 전진』이라고 불리는 기술을 사용할 수 있게 되니까.

"어쩔 수 없군. 조금 양보해주마. 여기서 너를 제압하고, 여동생을 끌고 오면 네 마음도 변하겠지."

"——."

그 한마디를 들은 순간 룩스는 몸을 내던지는 것처럼 폭발적인 기세로 돌진하여 대검으로 싱글렌을 베려고 했다.

하지만 싱글렌도 대형 블레이드를 교묘하게 휘둘러서 방어했다.

"아무 생각 없이 달려들어서 뭘 어쩔 거냐? 신장을 사용하기 전이라면 호각일 거라고 생각했나?"

고압적으로 웃으면서 싱글렌은 검만으로 룩스의 연격을 흘려 넘겼다.

전진을 사용하면 《공명파동》으로 인해 접촉 지점이 어긋날 거라고 생각하기 때문인지 싱글렌은 조율을 사용하지 않았다.

그렇다면 삼대 오의와 신장을 쓸 기회였지만, 역시 상대도 그것만은 경계하고 있으리라.

'—시간이 없어. 공방에 활용하기에 충분한 물이 모이는 순간, 내 패배는 확정될 거야!'

금속 벽으로 둘러싸인 제어실.

싱글렌은 《밸러스트》로 준비하는 모습을 보여줘서 룩스의 공격을 유도하고, 수비에 전념하고 있다.

앞으로 몇 분만 지나면 승리의 흐름은 싱글렌 쪽으로 크게 기울어진다.

원래는 즉격 등의 카운터 기술이 강력한 룩스에게 무모한 공격을 강요하는 전술.

그 도박이 성립한 지금 이 순간이야말로 절호의 기회였다.

"뭐 하는 거냐, 잡부. 네 선택지가 시시각각 없어지는 걸 모르겠나?"

"그렇다면 받아봐라!"

대검을 내려찍는 페인트 도중에 《바하무트》의 기공각검을 잡고 오의를 시도한다.

육체 조작과 정신 조작의 동조— 신속제어의 일섬.

기공각검을 잡는 준비 동작이 필요하기 때문에 이 참격은 이미 읽혔다.

하지만 《바하무트》는 장갑 팔이 붙잡고 있는 대검 자루를 놓더니, 대신에 뽑아든 대거를 화살처럼 투척했다.

"……음?!"

신속제어와 연계한 대거 투척.

허를 찌른 일격이었지만, 위력이 약한 탓에 장벽과 장갑에 튕겨 나갔다.

아주 약간 흠집이 나면서 상대가 멈칫했지만, 그게 다였다.

“그깟 잔재주를 믿고 빠져나갈 생각이냐? 그 행위에 무슨 의미가 있지?”

어이없어하는 시선을 받으며 룩스는 주춤했다.

확실히, 속도만 빠른 공격으로 의표를 찔러봐야 효과는 거의 없다.

최소한 『한계돌파』를 사용할 수 있다면 상대할 만하겠지만, 한탄해봐야 소용없었다.

‘가진 무기로, 최선을 다 할 수밖에 없어!’

싱글렌의 수비는 너무나도 단단하다.

육전형 신장기룡인 《리바이어선》 본체의 장갑과 장벽도.

그리고 그가 구사하는 전진을 이용한 방어 기술도.

하지만 적이 압도적으로 우세하기 때문에 틈도 있었다.

룩스는 마지막 대거를 일부러 보여주려는 것처럼 들어 올리고 싱글렌에게 투척했다.

“놀이는 이제 그만하기로 한 거냐? 내게 따분한 시간을 보내게 한 죄는 무겁다고.”

“나는 싸움을 즐겨본 적 없어! ―《폭식(리로드 온 파이어)》!”

룩스는 시간차로 《폭식》을 발동했다.

앞의 5초 동안 자신의 시간을 감속하고, 뒤의 5초 동안 몇 배로 가속하는 《바하무트》의 신장.

처음에 무방비한 자세를 드러내기 때문에, 상대의 공격 예비 동작을 완벽하게 파악하지 않으면 사용할 수가 없다.

싱글렌의 움직임을 완전히 파악한 것은 아니었다.

그래도 지금 이 기회라면 안전하다고 판단했다.

"참으로 좀스러운 남자로군. 지금까지 발버둥치는 모습을 보인 건 포석이었다는 거냐."

장갑기룡 전투 중에 방어에서 공격으로 전환하는 건 의외로 어렵다.

물론 룩스나 싱글렌 급 사용자에겐 손쉬운 일이지만, 의식의 문제가 있다.

공격을 막다가 반격한다면 의식에 박혀 있기 때문에 쉽지만, 방어에 전념하다가 공격하게 되면 전환 속도가 느려진다.

왜냐하면 공격하겠다는 의지 자체가 준비되어 있지 않으니까.

제아무리 반사 신경이 뛰어나고 전투 기술에 통달한 사람일지라도 사고를 공격으로 전환하고 기룡을 조작하려면 최소한 몇 초는 걸린다.

적의 허를 찔러서 《폭식》을 먼저 꺼내드는, 원래는 말도 안 되는 전술이지만, 성공한다면 뒤의 5초로 승리를 거머쥘 수 있다.

그러나 완전히 의표를 찔렀을 터인 룩스의 기발한 전술 직후, 싱글렌은 용수철 같은 기세로 돌진했다.

"—크?!"

싱글렌의 의식이 경직에서 벗어나 반응할 때까지 겨우 1초도 걸리지 않았다.

장갑 다리의 바퀴가 고속으로 회전하고, 눈 깜짝할 사이에 최고 속도에 도달한다.

블레이드를 들어 올리고, 활주하는 기세를 실어서 룩스를 공격할 때까지 1초.

벌어져 있던 20메르의 거리는 순식간에 사라지고, 초고속 찌르기로 자세에 들어갔다.

'말도 안 돼, 어떻게 이런?!'

《폭식》을 미리 꺼내들 거라고 예상하고 있던 것은 아니다.

그럼에도 불구하고 싱글렌은 즉각 룩스의 의도를 파악하고 반격 준비에 들어갔다.

무시무시한 사고의 순발력과 실행력.

룩스가 그만큼 끊임없이 선공을 퍼부으며 마음대로 움직일 수 없게 제한했는데도.

"그건 몇 배의 압축 강화지? 내 참격을 받아낸 뒤에 얼마나 빠른 속도로 날아가나? 혹여라도 네가 죽지 않게 힘을 조절해야 하거든."

명중하는 찰나, 싱글렌이 웃으면서 조롱조로 말했다.

《폭식》 발동 도중, 시간을 압축하는 앞의 5초 안에 강력한 공격을 받은 경우 몇 배나 되는 속도로 대미지가 침투한다.

제어할 수 없게 된 《바하무트》의 장갑 째로 산산조각 날 가능성조차 있다.

따라서 싱글렌은 배려하는 말을 꺼냈지만, 《리바이어선》의 블레이드는 룩스의 대검에 간단하게 튕겨 나갔다.

"——?!"

에너지를 머금은 칼끝을 비스듬하게 기울여서 교차하는 순간에 흘려 넘겼다.

공격이 막혀서 자세가 무너진 싱글렌은 크게 놀란 표정으로 뒤를 돌아보았다.

제아무리 룩스가 간파의 달인이라 해도 몇 분의 1까지 움직이는 속도가 줄어든 상태로 흘려 넘기기란 불가능할 터다.

심지어 공격 궤도상에 미리 검을 두고 대비한 것이 아니라, 명백하게 움직여서 방어했다. 다시 말해서—.

"처음부터 시간 가속을 위해서 《폭식》을 사용한 게 아니라, 나를 유인했다는 거냐?"

"—하아아아아아아앗!"

룩스에게는 그 질문에 대답할 여유가 없었다.

상대의 허를 찌르기 위해 급하게 《폭식》을 사용했다고 생각하게 한 것이 첫 번째 함정.

그 안에 숨겨진 진짜 함정이 멋지게 싱글렌을 붙잡았다.

이 천재일우의 기회를 놓치면 두 번 다시 승기는 오지 않는다.

전력을 담아 가로로 휘두른 반격의 일섬.

그러나 무방비한 틈을 찔렀다고 생각한 그 일격 앞에 순식간에 장벽이 전개되었다.

"—전진·유전."

"윽……?!"

조율의 응용, 명중 직전에 순간적으로 장벽을 전개해서 상대방의 공격을 흘려 넘기는 고등 기술.

두 번째 함정에 빠졌음에도 불구하고 대응하는 싱글렌의 저력.

심지어 《공명파동》에 의해 명중 지점이 어긋나는 것을 최소한으로 줄이기 위해서 장벽 면적까지 크게 넓혔다.

"역시나. 그렇게 나올 거라고— 예상했어!"

"뭣……?!"

그 직후 《리바이어선》을 착용한 싱글렌의 몸이 떠오르고 자세가 무너졌다.

무방비하게 드러난 몸통을 노린 혼신의 일격을 룩스는 거침없이 적에게 안겨주었다.

"……크, 악!"

검에 에너지를 거의 두르지 않아 물리적으로만 접촉한 일격.

그래도 중량과 속도를 실은 일섬은 상대방에게 충분한 위력을 발휘했다.

"하아, 하아……. 하앗……!"

엄청난 집중력을 발휘한 룩스는 뒤쪽 벽면까지 날아간 싱글렌을 주시하며 힘겹게 숨을 몰아쉬었다.

끝나고 보니 시간은 거의 지나지 않았다.

그 찰나지간에 몇 개의 심도 깊은 전술이 교차했다.

아슬아슬하게 늦지 않았다.

룩스가 《폭식》으로 압축 강화한 것은 《공명파동》의 역장.

물체의 궤도를 다소 건드리는 게 다일 정도로 약한 힘을 몇 배까지 강화한 다음 발동한 것이다.

그것이 바로 룩스가 준비해둔 세 번째 함정.

앞서 발동한 《폭식》으로 시간을 가속할거라는 낌새를 드러내서 싱글렌의 돌격을 유도하는 것이 첫 번째. 룩스의 시간이 감속한 것처럼 보였지만 평소대로 움직이는 것이 두 번째.

그리고 《공명파동》을 몇 배로 강화시켜 상대의 자세를 무너뜨린 후에 날리는 참격.

각종 전략이 뭉쳐 탄생한 매서운 칼날은, 『푸른 폭군』의 강고한 아성을 보기 좋게 무너뜨렸다.

"싱글렌! 네가 졌다! 난 마지막 시련을 치르고 에이릴을 기다리겠어! 너는 여기서 얌전히 있어라!"

룩스가 언성을 높여서 견제하며 자세를 잡았다.

제아무리 싱글렌이라 해도 무방비한 상황에서 대검에 직격당했으니 전투를 속행할 수 없을 것이다.

《리바이어선》의 장갑에 흠집은 그리 많지 않았지만, 장개위라고 해도 블레이드에 직격 당한 본체는—.

"—헉?!"

하지만 그때 요루카가 해준 이야기를 떠올리고 룩스는 《리바이어선》 쪽으로 비행했다.

싱글렌은 신체 절반에 『세례』를 받았으며, 한 번 죽었는데도 되살아났다고.

그 특성이 발휘되기 전에 《리바이어선》을 완전히 파괴해야만 한다.

하지만 눈앞을 가로막는 폭포 같은 물줄기를 보고 기묘한 위화감과 전율을 느꼈다.

"윽…… 이런?!"

"훗, 크크크크……. 하마터면 위험할 뻔했어. 이제야 준비가 끝나다니."

자세히 확인하니 《리바이어선》 주위에는 충분한 양의 물이 가득 차 있었다.

환기구를 통해 대기 중의 수분을 모조리 끌어 모아서 이런 수준까지 늘렸단 말인가.

하지만 싱글렌은 왼팔로 옆구리를 누른 채 입에서 피를 흘리고 있다.

아마 늑골이 몇 개 부러지고 내장까지 다친 것이리라.

이렇게 되면 싱글렌이 만전이 태세에 들어갔다 해도 유리한 것은 룩스 쪽이다.

『두 분께 전달합니다. 중추에 대한 액세스가 일정 시간 실행되지 않았으므로, 앞으로 5분 후에 여러분을 강제로 배출하겠습니다.』

"──?!"

두 사람의 전투를 지켜보고 있던 자동인형 아샤리아가 갑자기 그런 말을 꺼냈다.

일단 『대성역』에 들어오기만 하면 세 번째 시련을 치르는 건 확정이라고 생각했는데, 아무래도 시간제한이 있었던 모양이다.

그렇다면 더욱 싸우고 있을 때가 아니었다.

기껏 리스테르카 일당보다 먼저 중추에 도착했건만, 이대로라면 손을 써보기도 전에 밖으로 쫓겨나고 만다.

지금 당장 무익한 싸움을 멈추고 밖으로 나가야 했다.

그렇게 생각한 룩스는 즉시 화평을 제안하려고 했지만—.

“크크크……. 들었지, 잡부.”

아샤리아의 경고를 들은 싱글렌은 한 눈을 번뜩이며 입을 열었다.

“저 멍청한 인형은 앞으로 5분 안에 결판내기를 바라는 모양이다.”

“…….”

타인을 찍어 누르는 불손한 웃음을 보면서 룩스는 깨달았다.

그는 설득에 응하지 않는다.

왜냐하면, 싱글렌은 자신만의 확고한 신념을 따라 행동하고 있기 때문이다.

그렇다면 룩스도 자신의 대답을 부딪쳐서 승리를 거머쥘 수밖에 없다.

앞으로 5분 안에 싱글렌을 쓰러뜨리고, 아샤리아의 시련을 받아 중추에 접속해야 한다.

『성식』을 막고, 상황을 파악하고, 그리고 가능하다면 가장 먼저 피르히를 치료해주고 싶었다.

그때와 같은 기분은 두 번 다시—.

"크……?!"

문득 소꿉친구 소녀를 떠올린 룩스는 기묘한 위화감과 전율을 느꼈다.

순식간에 5년 전 광경이 뇌리에 떠오르더니 의식을 집어삼켰다.

†

"어이, 대체 뭐가 어떻게 된 건데? 이 상황 말이다."

리스테르카와 후길, 그리고 마기알카가 지휘하는 『칠용기성』의 기 싸움이 계속되는 와중에, 갑자기 튀어나온 헤이즈를 보고 모든 사람들이 말을 잃었다.

이미 죽은 몸이었던 헤이즈가 되살아난 것은 놀라운 일이었다. 하지만 더욱 놀라운 것은 그녀의 안광이 칠흑빛으로 물들었고, 꺼림칙한 기척과 독기가 몸속에서 흘러넘친다는 점이었다.

그런 한편으로 소녀 자신은 그렇게 거칠던 성격이 아예 사라지기라도 한 것처럼 냉정했다.

"방금 뭐라고 한 거니, 헤이즈. 너는 지금—."

"여기서 떠나라고 했는데, 못 들으셨수? 그래도 언니는 한때 가족이었으니 온정을 베풀어주겠지만, 몇 번씩 말해줄 정도로 친절한 건 아니라고."

그 흉악한 성격만큼은 고개를 집어넣었지만, 독기어린 말은 평소와 같았다.

그 반응에 리스테르카는 난처한 듯 눈살을 찌푸렸지만, 곧 우아한 미소를 지으며 말했다.

"헤이즈. 네가 살아 있다는 사실이 놀랍긴 하지만, 무척 기쁘구나. 에이릴이 나를 배신하는 바람에 심하게 상처 입었거든."

여느 때처럼 우아한 태도로 이야기하고, 설득하려는 것처럼 말했다.

비꼼의 대상이 된 에이릴은 입을 다문 채, 상황이 흘러가는 과정을 지켜보고 있었다.

"하지만 그 몸으론 오래 못 버틸 거야. 이젠 안전한 장소에 숨어서 내가 『대성역』을 차지하는 모습을 지켜보려무나."

리스테르카의 말투에는, 더 이상 구원할 길이 없는 헤이즈를 배려해주는 느낌이 섞여 있었다.

하지만 헤이즈는 쌀쌀하게 휘파람을 휘익 불었다.

"—위쪽이라네!"

《엑스 드레이크》를 장착한 마기알카가 소리를 지르자, 상공에서 천사형 환신수가 내려왔다.

그라이퍼와 메르가 즉각 요격하기 위해 움직였지만, 그중 몇 마리가 헤이즈 곁에 내려오더니 그녀와 닿은 순간 연한 빛으로 변해 사라졌다.

마치 헤이즈의 몸속으로 직접 녹아들어가 융합한 것처럼.

"저게 뭐야……?! 뭐가 어떻게 된 거지……?"

"저 환신수는 환각? —아니야. 환신수를 조종해서 흡수하는 존재가 눈앞에 있을 뿐."

로자가 살짝 인상을 찌푸리고, 소피스는 당황하며 중얼거린다.

마지막으로 『창조주』 소녀가 그 현상을 정리했다.

"너는, 『성식』이지?"

눈을 부릅뜨고 앞을 노려보는 에이릴의 질문에, 헤이즈는 고개를 기울이며 미소 지었다.

"역시 남들 눈을 피해서 암약하던 언니답네. 눈썰미가 날카로워. 하지만 조금 다르군. 넌 이제 언니도 뭐도 아니었지. 나는 이미, 인간의 몸을 완전히 초월해버렸으니까."

"……『성식』? 그 모습은 가짜라는 소리니? 진짜 헤이즈가 아니라."

리스테르카가 의혹 어린 시선을 보내자 헤이즈는 소리 높여 웃으면서 즉시 대답했다.

"진짜 맞다고. 그보다 너희는 참 느긋하네. 그 가짜 왕자는 이미 『대성역』 중추 코앞에 있는데 말이지—."

"——?! 역시 룩스 군과 싱글렌이—."

"후길, 『대성역』은 괜찮은 건가요?"

에이릴과 리스테르카가 저마다 불안감을 드러냈지만, 그 모습을 본 헤이즈는 탄식을 흘렸다.

"먼저 중추에 접속하는 거 아니냐고? 무리라고, 이 몽매한 것들아. 왜냐면 그 자격을 쥐고 있는 건, 나밖에 없으니까. 『성식』과 융합한 내가 여기 있는데, 시련을 치를 수 있을 리가 없잖아?"

"……?!"

자기들도 모르게 말문이 막힌 일동 앞에 추가로 천사 몇 마리가 더 내려왔고, 헤이즈는 그것을 흡수했다.

그러자 그 손톱 끝에 일곱 빛깔 액체— 엘릭시르가 약간 맺혔다.

"크크크…… 천사는 환신수가 모은 인간의 생명 에너지를 농축해서 내게 가져다주지. 너희도 깨달았겠지? 환신수가 어째서 창조되었는지."

『성식』과 융합한 헤이즈가 정제해낸 비약 엘릭시르.

그것을 본 에이릴의 표정에 전율이 일어났다.

"그럼 설마, 사람을 먹어치우는 환신수는 엘릭시르를 정제하기 위해서—."

"원료를 모으는 거라고. 오래전 『창조주』는 엘릭시르라는 비약으로 자신들을 더욱 우수한 존재로 승화시키기 위해서, 숙청이라는 형태로 하층민들의 목숨을 긁어모았지."

"——."

계속해서 튀어나온 헤이즈의 이야기에 적대중인 두 진영은 말을 잃었다.

오직 마기알카 혼자만이 눈살을 찌푸리기만 하고 말을 자아냈다.

"극한의 선민사상이로구먼. 일반적인 권력자는 노동력이나 재물을 갈취하지만, 『창조주』의 선조는 목숨마저 빼앗기 시작했다는 게로군. 그것도 동물의 목숨만으로는 충분하지 않았다니."

"역시 대부호 나리는 뭘 좀 알잖아. 엘릭시르는 동물보다 인간, 다른 인종보다 가까운 혈통— 사용자와 가까운 생물을 원료로 삼으면 더욱 높은 효과를 발휘하지. 『창조주』가 된 아카디아 일족은 번영했고, 일부 선택받은 계급과 그것을 지탱하는 민중으로 나뉘었다. 녀석들에게서 쥐어짜낸 엘릭시르로 육체를 강화하고, 영원한 수명과 불멸한 힘을 얻으려 한 거라고."

"……대체 어디가 『배신자 일족』이야! 룩스 군 일족을 반역자 취급한 주제에, 원인을 따지자면 전부 우리 『창조주』의 오만이잖아!"

진실을 알게 된 에이릴이 참을 수 없다는 것처럼 소리쳤다.

그러나 사실을 인정하면서도 헤이즈는 그 반응을 비웃음으로 받아쳤다.

"오만? 그러니까 언니는 어긋난 거라고. 훌륭하잖아. 뛰어난 지혜를 처음으로 만들어낸 이가 위정자가 되며, 어중이떠중이를 굴복시키고 빼앗는 것. 이게 뭐가 나쁜데? 우리 황족 덕분에 일족은 구원받았고, 세계의 정점에 서게 됐는데."

"그 결과가 지금의 우리잖아?! 우리는 더 이상 같은 과오를 반복해서는 안 돼. 그러기 위해서라도, 여기서 싸움을 끝내야만—."

에이릴이 반론을 펼치면서 《자하크》가 가진 채찍형 특수 무장을 꽉 쥐었다.

헤이즈는 기죽지 않고 여유롭게 웃으면서 받아쳤다.

"해보시겠다? 『성식』 그 자체로 변화한 날 상대로. 좋다고, 놀아주겠어. 저 가짜 왕자가 중추에서 나오기 전까지 시간도 때울 겸 말이지."

헤이즈가 로브를 벗어던지며 외쳤다.

장의만을 입고 있는 그 육신의 절반은 이미 칠흑빛으로 물들어 있었다.

"……헤이즈?! 너는—."

"덤벼보라고, 언니. 뒤에서 몰래 모략을 꾸미는 것도 질렸지? 가끔은 전장의 공포도 맛보는 게 좋다니까. 거기 모여 있는 놈들도 한꺼번에 말이지!"

"——."

헤이즈가 포효 같은 노성을 지르자 대기가 격심하게 흔들렸다.

그늘에 숨어서 동향을 엿보고 있던 리샤 일행이 그 말을 듣고 모습을 드러냈다.

"들켜버렸나……. 뭐, 딱히 어부지리를 노린 건 아니다만."

"리샤 씨?! 그리고 다른 분들까지……!"

에이릴이 깜짝 놀라 목소리를 높였다.

『기사단』 멤버를 중심으로 편성된 제3 부대.

아이리, 트라이어드와 헤어지고 남은 멤버들이 달려왔다.

다만 세리스는 부상 때문에 여기에 없었지만.

"그 기사단장님은 어디 가셨을까—? 쉽게 전사할 인물은 아닐 거라고 생각하는데."

세리스와 인연이 있는 로자가 물어보자 리샤는 즉시 대답했다.

"걱정할 것 없다. 다른 데서 쉬고 있으니까. 그 냉혈 메이드를 쓰러뜨리느라 좀 과하게 분발했거든."

"미스시스를? 설마, 그녀가 패배할 리 없어요. 현 시대의 기룡사 따위에게—."

리스테르카가 반사적으로 실소를 흘렸다.

"뭐, 보아하니 그녀와 맞붙는 걸 피하고 도망친 거겠죠. 그 세리스라는 룩스의 보좌관만 내버려두고."

"아니— 도망친 건 당신의 시녀야. 박빙의 승리긴 해도, 우리가 이긴 것은 틀림없어. 당신의 종자는, 우리가 쉽게 도망치게 내버려둘 정도로 어설픈 상대가 아니었어."

"……."

참고로 이 자리에는 요루카도 없었다.

그녀도 며칠 전의 치열한 전투 탓에 극도로 피곤했기 때문에, 미스시스와 싸울 때는 제 실력의 반도 내지 못했다.

그래서 고립된 아이리와 트라이어드를 지키기 위해 정신을 잃은 세리스를 데리고 후퇴했다.

그 후에 천사형 환신수가 몇 마리가 따라가긴 했지만, 요루카라면 다섯 사람을 지키면서 빠져나갈 수 있으리라.

리샤, 크루루시퍼, 피르히도 한계가 가까웠지만, 여기까지 와서 긴장을 풀 수는 없었다.

"그런가요……. 뭐, 상관없겠죠. 돌아오면 벌을 줘야겠네요."

리스테르카가 탄식과 함께 중얼거리자 『세례』를 받은 붉은 눈동자가 조용히 빛났다.

『대성역』의 시스템에 간섭하는 그 힘을 사용하자, 그녀의 모습이 흔적도 없이 사라졌다.

“어딜 가려는 거냐?! 중추를 눈앞에 두고 도망치느냐, 제1 황녀!”

“네, 숨을 거예요. 후길도 저를 지켜야 하는 상황에서는 실력을 전부 발휘할 수 없으니까.”

리샤의 도발에 넘어가지 않고 리스테르카는 선뜻 대답했다.

“헤이즈, 네 싸움을 지켜보겠어. 그리고 자아를 잃은 『성식』이 진행할 마지막 계약은 내 곁으로 찾아오겠지. 그 사이에 중추에서 벌어진 싸움도 결판이 날 테고.”

“룩스 군……. 무사해줘.”

리스테르카의 말에 에이릴은 중추 내부의 상황을 다시 확인했다.

중추와 접속하지 않으면, 겨우 10분 정도 후에 내부의 인간은 바깥으로 전송된다.

헤이즈가 『성식』과 융합한 지금이라면 중추와 접속될 우려는 없다.

여러 개의 돌발적인 요소가 겹쳐서 이 기묘한 상황이 일어났지만, 답은 단순했다.

“저 헤이즈에게 들러붙은 『성식』을 쓰러뜨리고 떼어낸 뒤에, 우리는 에이릴과 함께 제어실에 들어간다. 목표는 그거면 되겠구먼.”

“…….”

후길은 조용히 웃음을 머금은 채 뒤로 날아가서 헤이즈와 거리를 벌렸다.

적극적으로 공격할 생각은 없는 듯했다.

“그럼, 『기사단』의 세 명이여. 그대들은 누구와 싸우겠는가? 우리는 어느 쪽도 상관없네만.”

“전력을 반 정도 나눠줄 생각은 없나 보네? 우리는 거의 다친 데도 없는데 말이지.”

가장 어린 메르가 기막힌 투로 중얼거렸지만, 마기알카는 요사한 미소를 더욱 짙게 만들며 대답했다.

“균형을 맞추는 것은 방심이 과한 행동이라네. 어느 쪽이든 먼저 쓰러뜨리면, 그 다음에 가세할 수 있지 않나?”

“어느 쪽이든 상관없어! 얼른 시작하자고!”

리샤가 소리치는 동시에 리스테르카가 사라진 곳으로 움직였다.

그러자 후길이 재빨리 《바하무트》와 함께 대응했다.

《티아마트》가 발사한 열 기의 《레기온》을 후길은 전부 대검으로 어렵잖게 튕겨냈다.

간파 능력을 이용해서 중단으로 든 검의 움직임을 최소화했다.

“쯧, 눈썹 하나 까딱하지 않는군. 그렇다면— 이건 어떠냐!”

주포 《일곱 개의 용머리(세븐스 헤즈)》의 조준을 후길의 머리보다 조금 위쪽에 고정하고 다시 《공정요새(레기온)》를 날렸다.

사이에 끼우는 것처럼 좌우에서 동시에 날아오는 네 기의 《레기온》.

그것이 블레이드에 튕겨나간 순간, 땅을 기어가는 궤도에서 치솟은 추격용 두 기가 후길을 노리고 날아갔다.

룩스와 처음에 싸울 때도 사용한, 포격 궤도상으로 몰아넣는 《레기온》의 연계.

하지만 확실하게 조준했다고 생각한 공격은 후길에게 명중하지 않고 아슬아슬하게 스쳐 지나갔다.

"……큭?! 《공명파동》으로 궤도를 틀었나?! 이 녀석, 룩스 수준으로 《바하무트》를 다루고 있는 건가?"

"어느 쪽이든 상관없다면서, 망설이지도 않고 후길을 노린 것에 특별한 의미가 있는 걸까?"

크루루시퍼가 《프리징 캐논》으로 원호하면서 리샤에게 다가가 농담을 던졌다.

신속하게 조준하고 발사한 동결탄을, 이번에는 대거를 던져서 막아냈다.

"루우랑 같은, 《바하무트》라서?"

피르히도 《티폰》으로 활주하며 후길 뒤쪽으로 돌아 들어갔다.

《폭식》에서 이어지는 카운터 기술인 즉격의 사용을 막기 위해서 《파일 앵커》를 사출하여 무장을 봉쇄할 생각이었다.

"그 이유도 있다!"

리샤는 대답하면서 다시 《레기온》으로 견제를 시도했다.

룩스와 동급 이상의 기량으로 조종하는 《바하무트》는 확실히 성가시지만, 뒤집어 생각하면 리샤 일행은 그 전투 방식을 잘 안다는 뜻도 되었다.

늘 룩스를 위해서 기룡을 정비해준 기술자인 리샤는 더욱 그렇다.

"하지만, 이 녀석과 나는 오래전에 만난 적이 있다! 여러 가지 묻고 싶은 것도 있어! 신왕국의 공주로서! 그리고—."

"룩스 군의 동료로서, 말이지?"

룩스와 후길이 구체적으로 어떤 관계였는지 『기사단』 멤버들은 모른다.

하지만 혁명의 성공을 앞둔 바로 그 순간에 룩스를 배신했다는 것.

황족 및 구제국에 가담한 사람들을 모조리 죽여 버렸다는 이야기만은 들었다.

최대한 피를 흘리지 않고 혁명을 완수하려고 하던 룩스는 그 점이 계속 마음에 걸렸다는 것도.

룩스가 소녀들과 친하게 지내면서도 어딘지 모르게 벽을 세우는 것처럼 느껴진 이유는 필시 후길이라는 마음에 박힌 가시 때문일 것이다.

즉 이 싸움에는 룩스의 숙적으로 거듭난 존재의 의중과 정보를 알아내겠다는 목적이 있으며, 그리고—.

"이 문제가 해결되면, 우리의 연애 노선도 방해받을 일 없겠네."

"……풉?!"

크루루시퍼가 태연하게 꺼낸 말을 듣고 리샤는 자기도 모르게 뿜어버렸다.

"너란 녀석은……. 이런 긴박한 상황에서 농담 같은 건 하지 않을 거라고 생각했더니—."

확실히 리샤도 같은 생각을 하긴 했지만, 경솔하다고 판단해서 굳이 입 밖으로 꺼내지 않았다.

후길을 쓰러뜨리고 미련만 사라진다면, 룩스도 자신의 앞날을 생각하며 고민하지 않을 것이다.

죄인의 목걸이에서 해방되어 결혼을 전제로 사귈 수도 있을 것이다.

하지만 크루루시퍼는 미소를 유지하면서도 진지한 표정으로 기룡을 조종했다.

"어머, 내겐 절실한 문제인걸. 목숨을 걸 가치가 있다구. 세계를 위해서, 라는 명분보다는 훨씬 의욕이 생기잖아?"

"……."

제아무리 리샤라 해도 어이가 없어서 잠깐 멍하니 입을 벌리고 말았다.

하지만 곧바로 빙긋 미소 짓고 강인한 눈동자를 빛내며 고개를 끄덕였다.

"—그렇지. 맞는 말이야."

공주로서의 사명감.

리샤 자신의 정의보다도 이기적이긴 하지만, 확실히 그 무엇보다도 힘이 용솟음쳤다.

"너 때문에 오랫동안 기다려왔다! 그러니 내 화풀이 상대가 되어달라고, 잘나신 황자님!"

리샤는 그렇게 외치는 동시에 《티아마트》의 신장을 기동했다.

지금까지 공중에 떠있는 채로 거의 움직이지 않았던 후길이 그 모습을 보고 바로 옆으로 날아서 물러났다.

"움직였어! 거기구나!"

《파프니르》의 미래 예지를 발동한 크루루시퍼가 즉시 저격했다.

에너지를 화살처럼 응축한 통상탄.

표적은 장갑을 착용한 후길의 허리 부근, 칼집 안에 있는 기공각검이다.

에이릴의 정보에 의하면 저것은 외관이나 성능은 《바하무트》이지만, 원래는 《우로보로스》라는 신장기룡의 일부이자, 《윤회전생(인피니티)》이라는 이름의 특수 무장이라고 한다.

모든 신장기룡으로 형태를 바꿀 수 있다.

그 점만을 보면 무시무시한 성능의 무장이지만, 각 형태에 맞춰서 싸우면 활로는 있다.

그리고 허리의 기공각검은 장벽 뒤에 있어서 노리기 어렵지만, 바늘구멍마저 관통하는 크루루시퍼의 정밀 사격 능력과 미래 예지를 결합하면 충분히 명중시킬 수 있다.

카앙!

그리고 예지한 미래대로 크루루시퍼의 저격은 기공각검을 튕겨 날렸다.

정신 조작의 조종간 역할도 하는 기공각검을 빼앗아서 파괴하거나 얼리면 기룡의 성능이 반감된다.

"피르히! 네 차례야!"

굳이 육성으로 외친 이유는 후길의 이목을 그쪽으로 돌리기 위해서였다.

크루루시퍼 자신도 뜸을 들이지 않고 공중에서 춤추는 기공각검을 조준해서 동결탄을 쏘았다.

그러나 날아가던 기공각검의 궤도가 갑자기 바뀌더니 후길 곁으로 되돌아갔다.

"윽……?!"

기공각검을 맨손으로 잽싸게 낚아채고, 계속해서 대검으로 《파일 앵커》를 쳐낸다.

"읽어낸 미래는 여기까지인가? 쓸데없는 공격은 그만 두지. 나랑 싸워봐야 아무 의미 없으니까."

후길은 여유로운 표정으로 그 한마디만을 했다.

"튕겨나간 기공각검을 《공명파동》으로 끌어당기다니?! 우리의 행동을 예측했다는 거냐?!"

그 과정을 본 리샤는 씁쓸하게 중얼거렸고, 그 뒤를 이어서 크루루시퍼가 말했다.

"그게 끝이 아니겠지. 예측했다면 반격도 쉽게 할 수 있었을 거야. 《파프니르》의 신장을 경계해서, 방어에 전념하며 우리가 소모되기를 기다리려는 걸까?"

그리고 피르히의 공격마저도 최소한의 동작으로 회피했다.

후길의 움직임에는 전혀 살의가 없었다.

아니 적의조차 느껴지지 않았다.

『아니라고, 생각……해.』

과묵한 피르히가 후길을 사이에 두고 반대편에서 용성으로 리샤와 크루루시퍼에게 말했다.

『무슨 뜻이야?』

크루루시퍼가 의아한 표정으로 되물었다.

『우리를 쓰러뜨릴 생각은 없는 것 같아. 오히려, 다치지 않게 배려하고 있어.』

"말도 안 돼! 그런다고 녀석에게 무슨 이득이 있는데?!"

리샤가 자기도 모르게 육성으로 소리치며 그 추론을 부정했다.

하지만 피르히는 끝까지 차분한 태도로 담담하게 말을 이었다.

『내 《파일 앵커》를, 검으로 튕겨냈는데 흠집이 없어. 리샤님도 아마, 그럴 거야.』

"뭐?!"

그 얘기를 듣고 리샤는 반사적으로 주위에 부유 중인 《레기온》 하나를 정신 조작으로 가져왔다.

확실히, 무장에는 흠집이 전혀 없었다.

후길 수준의 실력자가 에너지를 두른 블레이드로 튕겨낸다면, 흠집이 생기는 정도가 아니라 아예 부서져도 이상하지 않건만—.

그러기는커녕 리샤 일행의 장갑기룡이 소모되지 않도록 배려해줄 여유마저 있다는 말인가.

"도발인가? 우리와 자기 사이에는 이만한 실력 차이가 있다고……!"

"가능성이 아예 없다고 할 순 없겠네. 하지만 그렇다면 왜 말로 도발하지 않는 걸까?"

리샤가 분한 모습으로 이를 가는 옆에서 크루루시퍼가 냉정하게 지적했다.

그러나 후길은 방어는 실제로 성가셨다.

그의 진의가 무엇인지는 알 수 없으나 이 정도로 힘의 차이가 역력하다면 마음이 먼저 무너질 것이다.

대단한 기룡사라는 건 진작부터 알았지만, 상상 이상으로 그 실력의 끝이 보이지 않았다.

"그렇다면 전력으로 해볼 수밖에 없겠지!"

공격하지 않고 봐주고 있다는 사실을 알게 되면 싸움 자체에 망설임을 품게 된다.

이쪽의 투지가 사라지기 전에, 투쟁으로 끌어들일 수밖에 없겠다고 리샤는 판단했다.

체력적으로 불리하지만 달리 방법이 없었다.

검대에 찬 세 자루의 기공각검을 구사해서 기룡 위에 추가로 기룡을 씌우는 『초월장갑(오버 유니트)』으로 단숨에 끝낼 생각이었다.

"그러게. 이대로 싸워봐야 상황이 악화될 뿐이라면."

동시에 크루루시퍼도 각오를 다지고 기합을 불어넣으면서 호흡을 가다듬었다.

육체의 일부를 기룡과 융합하는 『완전결합』.

비장의 수단을 쓰겠다는 각오를 다진 두 사람이 각자의 기공각검에 손을 댔을 때, 공중에 떠 있던 후길의 모습이 사라졌다.

"—아니?!"

당연하지만 리샤와 크루루시퍼 둘 다 한순간도 방심하지 않았다.

후길에게서 결코 눈을 떼지 않았고, 기룡은 물론이거니와 손발의 미세한 움직임마저 주의하고 있었다.

그런데 그 모습이 홀연히 사라지다니 말도 안 되는 일이었다.

하지만 정신을 차리고 보니 리샤와 크루루시퍼가 손에 든 기공각검이 바닥에 떨어져 있었다.

"뭐, 지……!"

"지금 이건, 대체 어떻게—?!"

"그만두라고."

"윽……?!"

리샤와 크루루시퍼는 뒤에서 들려온 목소리에 놀라 공중에서 뒤를 돌아보았다.

그곳에서 여전히 《바하무트》를 착용한 후길이 미소 짓고 있었다.

"느낀 대로다. 난 너희와 싸울 생각은 없어. 지금은 『성식』과 결판을 내고, 너희의 소망을 이루도록 해라."

"크……!"

리샤와 크루루시퍼는 저마다 지면 위를 아슬아슬하게 활공해서 자신의 기공각검을 회수하고 칼자루에 꽂아 넣었다.

"우리에게 무슨 짓을 한 거지?! 그게 《우로보로스》의 능력이냐?!"

리샤는 동요하면서도 충분한 전의를 드러내며 물었다.

하지만 후길은 여전히 같은 태도로 흘려 넘겼다.

"여기서 나를 쫓는 것에 의미는 없다. 지금은 『성식』에서 헤이즈의 인격을 분리하여 따르게 하는 것이 최우선 과제일 텐데. 그게 내 어리석은 아우를 위한 길이기도 하지. 내 말이 틀렸나?"

타이르는 듯한 말투.

하지만 크루루시퍼는 후길을 노려보며 반론했다.

"실력은 우리를 뛰어넘지만, 장시간 싸울 수 없는 걸까? 그래서 주의를 자꾸 돌리려 하는 거고."

"실력이라고? 너희와 무언가를 경쟁할 생각은 처음부터 내겐 없었다. 너희가 해야만 하는 일은 이게 아니야. 위험하지 않은 존재에게 고집하느라, 자신들이 승리할 가능성을 뿌리 뽑으려는 거냐?"

"내 질문에 대답해라! 네가 5년 전에, 내게 《티아마트》를 건네준 건 무얼 위해서였지?!"

머뭇거리던 리샤가 갑자기 스스로 떠밀려나간 것처럼 물어봤다.

분명 잊어버렸다는 식으로 흘려넘길 거라고 생각했지만, 뜻밖에도 대답이 돌아왔다.

"그것이야말로, 내가 해야 할 일이었으니까."

등줄기가 오싹 떨리는 듯한 미소.

눈가에 어두운 그늘을 드리우며 후길이 대답했다.

"너는 멸망되어야 하는 구제국의 인물이었지. 하지만 기실 너는 단순한 피해자다. 자신의 의지와 관계없이 부정적인 운명을 짊어져야 했고, 더럽혀지더라도 살아가려던 각오마저 허망하게, 그 길마저 끊어지려고 하고 있었다. 그러니까 힘을 준 것이지."

"……무슨 말을 하는 거냐? 도와준 게 그냥 변덕이었다고?"

"똑같은 말 하게 하지 마. 너희가 나와 싸우는 것에 의미는 없다. 어서 녀석을 막으러 가라. 그리고 대답을 제시해라. 누가『성식』에게 선택받을 것인지, 그 세계의 선택을—."

"……?!"

리샤가 당혹스러움을 느끼면서 무장을 들어 올리자, 그 뒤쪽에서 기이한 소리가 울려 퍼졌다.

이 아카디아 황국에 흩어져 있었던 수많은 천사들이 헤이즈를 향해서 몰려들더니 섬광이 폭발했다.

†

"뭐야?!"

대기를 뒤흔드는 강력한 충격파에 리샤 일행은 밀려 날아갔다.

충격파의 진원지 쪽을 보자, 헤이즈와 대치하고 있던 다섯 명의 『칠용기성』 뒤쪽에 기괴한 형태의 병기가 출현했다.

일반적인 이족보행형이 아니라 짐승 같은 앞다리가 세 개, 뒷다리가 두 개.

가옥 몇 채를 합친 정도의 거대한 존재가 헤이즈 앞에 나타났다.

"뭐야 저게— 신장기룡?"

크루루시퍼가 눈살을 찌푸리며 중얼거린 직후 그 존재의 복부에 새겨져 있던 마법진이 빛을 발하더니, 옆에 있던 『칠용기성』이 사라졌다.

간발의 차이로 반응해서 뒤쪽으로 뛴 에이릴만을 남기고.

"—헉?!"

그 광경을 목격한 리샤 일행은 안색을 바꾸며 당황했다.

동시에 헤이즈가 휙 돌아서서 그쪽을 보며 조소했다.

"크크크, 그렇게 놀라지 말라고. 이 녀석은 조금 특수한 신장기룡이거든. 자율적으로 구동하는 대신에 사용자의 에너지를 외부에서 얻어내지. 그리고 『칠용기성』은 그 동력원이 되었다고. 이 녀석의 뱃속에서 말이다."

헤이즈는 허리에 찬 두 자루의 기공각검에 손을 댄 채 득의의 미소를 지었다.

아무래도 자신의 몸에 장착하는 대신, 정신조작으로 기동 신호를 내리는 듯했다.

"조심해! 저건 《페르니게슈》! 『대성역』을 수호하는 자율형 신장기룡이야! 아마도 지금 헤이즈에게는 중추를 차지할 자격이 있을 거야"

간발의 차이로 피신한 에이릴이 급히 리샤 일행 곁으로 다가가 설명했다.

그라이퍼, 메르, 로자, 소피스, 마기알카 다섯 사람은 《페르니게슈》가 기습적으로 사용한 신장에 사로잡혀 동력원이 되고 말았다.

"《페르니게슈》의 복부에서 나오는 빛에 맞으면 빨려 들어간 내부에서 의식을 잃게 돼. 그리고 흡수한 대상의 체력과 정신력을 동력 삼아서 움직이지. 안에 있는 인간이 쇠약사할 때까지—."

"뭐라고?!"

리샤가 당황한 모습으로 되묻자 에이릴은 조용히 한숨을 쉬었다.

"나도 깜빡했어. 『달』에 숨겨져 있었던 문서를 읽었을 때 알게 됐는데, 헤이즈가 그걸 조종하다니……."

말하는 도중에 에이릴의 마음속에서는 의문이 오갔다.

애초에 저건 대체 무엇일까?

헤이즈 본인은 육신은 이미 죽은 거나 다름없었을 텐데, 세계를 멸망시킬 라그나뢰크 『성식』에게 흡수되었을 뿐인 것일까? 아니면—.

"핫……. 저 가짜 왕자가 제어실에서 쫓겨날 때까지 앞으로 5분이로군. 그때까지 환영 준비를 마쳐야겠어. 네년들의 목을 쫙 깔아놓고 말이지!"

"큭!"

칠흑빛 두 눈을 부릅뜬 헤이즈가 포효와 함께 살기를 방출했다.

기룡조차 착용하지 않은 맨몸으로, 《페르니게슈》와 함께 손에 든 기공각검으로 싸울 작정이다.

"위험하네. 이 상황은—."

『칠용기성』이 구속된 이상 남은 전력이라고는 리샤와 크루루시퍼, 피르히가 끝이다.

그 세 사람도 지금까지 치른 격전 때문에 만신창이다.

"게다가, 지금 룩스 군은 싱글렌 경과 싸우는 중이지?"

크루루시퍼가 불안한 목소리로 중얼거리자 리샤도 고개를 끄덕였다.

룩스는 기룡사를 상대하는 전투에서는 비길 데 없는 승률을 자랑하지만, 그 싱글렌의 역량은 더욱 뛰어나다.

저번에는 요루카를 감싸느라 그렇게 된 것이긴 하지만, 한 번 살해당하기도 했다.

"제어실에서 그 놈과 일대 일 대결이라니……. 앞으로 5분 동안 무사할 수 있을까?"

"—괜찮, 아."

"……응?"

지금까지 말이 없었던 피르히의 나지막한 한마디에 리샤와 크루루시퍼가 동시에 반응했다.

어느새 피르히는 품에서 뿔피리를 꺼내 입에 대고 있었다.

"너…… 설마 그걸 하려는 거냐? 그 몸으로 환신수화를—."

부활한 라그나뢰크 위그드라실이 죽었기 때문에 피르히도 환신수화를 통한 형태 변화가 가능해졌다.

체내에서 자라난 위그드라실의 뿌리를 장갑에 둘러서 《B-blood 티폰》으로 변형하는 금단의 기술.

신체 능력만이 아니라 기룡의 성능과 내구력까지 향상되지만, 신체에 걸리는 부담은 가늠할 수 없을 정도다.

"무모한 짓은 아서! 그 힘은 그렇게 몇 번이나 써도 되는 게 아니란 말이다!"

"맞아……. 네가 당하기라도 하면, 룩스 군은 정말로 재기할 수 없게 될 거야."

리샤와 크루루시퍼가 나란히 말렸지만, 피르히는 평소처럼 진지한 표정으로 고개를 저었다.

"괜찮아. 나, 떠올렸으니까."

"뭐……?"

"내가 5년 전, 리에스 섬에서 죽어가던 때의 기억. 그리고, 『성식』을 불러들였어. 전부 다 기억났어. 분명 이제부터, 그때랑 똑같은 일이 일어날 거야."

"그게 무슨 소리냐? 네가 죽었을 때의 일이라고?"

당황하는 리샤는 안중에도 없이 피르히는 《티폰》의 기공각검을 뽑았다.

여느 때처럼 멍한 무표정이지만, 그 눈동자에는 올곧고 강한 빛이 서려 있었다.

"안 죽어. 나는 루우를 돕기 위해서, 여기까지 왔으니까."

뿔피리의 음색이, 피르히의 입가에서 울려 퍼졌다.

그 직후 피르히의 두 눈이 칠흑빛으로 물들고 동공이 금색으로 빛나기 시작했다.

소녀의 각오를 깨닫고서 리샤와 크루루시퍼도 숨을 죽였다.

"루우는 우리를 남겨두고 죽지 않을 거야. 적어도, 그런 마음가짐으로 싸운 적은 한 번도 없어. 그러니까, 나도 그렇게 할래."

그렇다.

룩스는 자기만이 싱글렌을 막을 수 있음을 이해하고 그 역할을 받아들였다.

그러나 자신을 희생하겠다고 생각하지는 않았다.

어디까지나 리샤와 소녀들 곁으로 돌아가기 위해서 목숨을 걸겠다는 각오였다.

그렇다면—.

"……그러네. 분명 그럴 거야."

그 모습을 본 크루루시퍼도 호응하는 것처럼 기공각검을 뽑았다.

기룡과 육체 일부를 동화하여 연결하는 『완전결합』.

『열쇠 관리자』만이 사용할 수 있는 필살의 형태로 도박에 나서기로 결심했다.

"그렇지. 그럼 한바탕 해보자고. 세리스랑 요루카처럼, 나도 남은 힘을 모조리 쥐어짜겠어!"

리샤 또한 《티아마트》를 장착한 채 《와이번》의 기공각검을 쥐었다.

『완전결합』을 시작한 크루루시퍼 옆에서 독자적 기술인 『초월장갑』을 전개했다.

장갑기룡 위에 자잘하게 분리된 범용기룡을 추가로 장착해서 일부 능력을 대폭 끌어올리는 기술.

먼저 비행형 기룡 《엑스 와이번》을 추가해서 기동력을 크게 강화했다.

"크크크……. 네년들이 얼마나 무력한지 깨달을 준비가 끝났냐? 그럼 슬슬 시작해보자고."

『성식』과 융합한 헤이즈의 칠흑빛 두 눈이 형형하게 빛났다.

엘릭시르의 영향인지 온몸이 검게 물든 인간형 괴물은 포학하게 웃으면서 날아올랐다.

†

'여기는, 대체—?"

룩스는 안개가 낀 것처럼 흐릿한 의식 속에서, 얼마 전 꿈에서 본 아카디아 제국 혁명의 날 뒷부분을 보게 되었다.

아카디아 제국의 풍경이 선명하게 보였다.

왕성 주위에서 불똥이 소용돌이치고, 밤하늘에서는 수많은 기룡사들이 《바하무트》와 검을 주고받았다.

한 번에 열 기의 기룡이 달려들어도, 《폭식》의 시간 가속에서 이어지는 즉격을 맞고 오히려 격추당할 뿐이었다.

그 압도적인 전투를 룩스는 지상에서 올려다보았다.

똑같이 《바하무트》를 장착한 채, 기절한 아이리를 품에 안고 피난장소인 수도원으로 향했다.

'—맞아. 나는 혁명이 이루어진 날에 후길 형님이 싸우는 모습을 봤어……. 그래서 《바하무트》를 예전보다 더 능숙하게 사용하려고, 대회에 나가서 훈련한 거야.'

그렇게 하지 않으면 저 남자를 이길 수 없다고 생각했으니까.

아니, 싸울 무대에조차 올라갈 수 없다고—.

하지만 그렇게 생각한 순간 모순이 생겨났다.

'내가 대체 무슨 생각을……?! 이 광경은 현실이 아니야. 전에 꾼 꿈의 뒷부분이지!'

『세례』를 위한 엘릭시르의 투여.

중추에 도달하기 위한 시련을 치른 탓에 룩스의 의식은 혼탁했다.

정신과 육체에 급격한 부담이 걸린 탓에 해묵은 마음의 상처가 자극을 받고 이런 환각을 보여주는 것이다.

그러나 수도원의 수녀에게 아이리를 맡기고 곧장 왕성 앞으로 돌아가자, 드디어 꿈속의 룩스가 말하기 시작했다.

"대체 어떻게 된 거야, 후길 형님! 무슨 일이 일어난 거냐고?!"

"누이는 두고 온 모양이구나. 그러면 계속 싸워라. 아티스마타 백작이 전사한 탓에 역사가 다소 틀어지긴 했지만 충분히 수정할 수 있어. 네가 다음 왕좌에 앉아라.”

“……?!”

룩스는 눈을 부릅뜨고 불타는 왕성을 바라보았다.

《바하무트》로 몸을 뒤덮은 후길의 등 뒤에는, 하늘에 닿을 정도로 거대한 기룡의 그림자가 있었다.

범의 어둠속에 떠오른 백은의 장갑기룡.

그 등에서는 장엄한 기계 바퀴가 구동하며 주위를 요사한 빛으로 밝히고 있었다.

“나보고 다음 왕이 되라니? 대체 무슨 소릴 하는 거야! 아니, 그보다 저 기룡은—?”

“이것은 세계를 치우침을 바로잡는 천칭이다. 두 개의 균형에 작은 치우침이 생겨나고, 이윽고 한쪽을 지배해서 모조리 빼앗지. 영원히 벗어날 수 없는 인간의 비극적인 업보. 그것을 관리하고 바로잡는 것이 영웅의 사명이다. 네가 찾아내고, 바라고, 선택한 길이다. 일찍이 1천 년보다 더 전에 내가 걸어간 것과 같은 족적을, 너 또한 걷고 있지.”

“1천 년 전……? 그게 무슨 말이야?! 우리의 혁명은 어떻게 된 거지?!”

정체를 알 수 없는 초조함에 사로잡혀서 룩스가 외쳤다.

그러나 후길은 초연한 미소를 머금은 채 타이르듯이 말했다.

“실패했다고. 아티스마타 백작의 ××이 우리의 계획을 유출해버렸지. 어렸을 때부터 냉대 받아온 가여운 ××은, 남자의 감언이설에 넘어가 구제국에 정보를 팔아넘겼다. 아티스마타 백작의 혁명이 성공하기 전에."

"……그럴, 수가."

그로 인해 혁명의 진짜 주동자인 룩스의 이름까지 새어나가고 말았다.

반역자를 전부 처리하기 위해서, 약 보름 전부터 룩스가 마음껏 움직이도록 내버려둔 것이다.

그리고 혁명의 핵심인 아티스마타 백작도 조금 전에 전사하였고, 그 정보는 왕도 전역에 퍼지고 있었다.

혁명은 실패했다.

이 정체되고 오염된 나라를 바로잡고, 아이리와 피르히가 안심하고 살 수 있는 곳으로 만들겠다는 목적은 지금 이 순간 부서졌다.

"걱정하지 말거라, 아우야. 이 실패한 역사는 새로 덧칠할 수 있으니. 지나가버린 시간을 되돌리는 일은 그 누구에게도 불가능하지만, **사람은 모든 것을 잊고 다시 시작할 수 있다.**"

끝을 알 수 없는 확신을 담은 미소와 함께 후길은 그렇게 큰소리 쳤다.

"세계를 관리할 그릇은 오직 너뿐이다. 그를 대신해서 왕의 길을 걷는 거다. 그것이 황자인 네게 주어진 사명이다."

"……무리야! 그게 될 리가 없잖아! 지금까지 아티스마타 백작을 왕위에 앉히려고 모든 조건을 준비해왔는데!"

분명 승리하는 것은 혁명의 필수 사항이지만, 그 이상으로 중요한 것은 과정이다.

특히 구제국처럼 거대하고 오래된 체제를 무너뜨리기 위해서는 아티스마타 백작의 전설을 내세울 필요가 있는 것이다.

원래부터 고명한 대영주이자 양식이 있는 그가 구제국에 이의를 제기하고 반역을 일으켜서 승리를 쟁취하는 일련의 흐름에, 어떻게 설득력을 부여하느냐가 중요했다.

그렇게 해야 비로소 이 체제와 풍조를 근본부터 뒤흔들 수 있는 것이다.

"왕가와 거리를 두고 암약한 내가 혁명을 일으켰다고 주장해봤자, 대체 누가 날 따르겠어! 그런 건—."

백성이, 이 나라가 받아들여줄 리 없다.

그래서는 의미가 없다.

"그렇다면 아우야. 네가 나머지 황족들을 전부 죽여버리면 된다."

"——."

"네가 아티스마타 백작과 공모하여 이 혁명을 일으킨 사실을 알리고, 구제국 황족들의 목을 치는 거다. 필요한 준비는 이미 끝내뒀다. 이제 『대성역』과 공명하기만 하면 네가 『검은 영웅』으로서 혁명을 이룩했다는 사실을 끼워 넣을 수 있지."

"……무슨 소리를, 하는 거야?"

"지금 남아 있는 황족들을 처형하는 모습을 민중들에게 보여줘라. 그 각오와 의지를 증명해라. 그러면 백성들은 너를 새로운 황제로 받아들이겠지. 네가 이 나라를 구할 길은 그것밖에 없다."

"—그건, 말도 안 돼. 불가능하다고!"

"아니, 충분히 가능해. 왜냐하면 이 내가 너를 구해주니까. 아득한 옛날부터, 그렇게 세계의 치우침을 몇 번이나 수정해 왔으니까."

후길이 조용히 기공각검을 뽑아 하늘을 향해 들어올렸다.

"천칭은 이미 움직이기 시작했다. 너희들이 바라는 세계와 봉인된 『창조주』들의 소원이, 『성식』을 통해서 나타나기 시작했지. 구제를 바라는 목소리에 아샤리아가 반응을 보이고 있어."

"……대체 무슨 이야기를 하는 거야? 대체 네 정체는 뭐냐고!"

후길의 독백과도 비슷한 말을 듣고 룩스의 마음속에는 의문이 싹텄다.

이 지경에 이르자 룩스도 이해하게 되었다.

아카디아 제국의 역사에 대한 지식, 기룡에 관련된 지식, 후길이 숨기고 있던 압도적인 능력과 지금까지 본 적 없는 신장기룡.

훨씬 어렸을 때부터 형님이라고 부르며 따랐던 이 남자는, 단순히 아카디아 제국의 이단자가 아닌 이 세계의 이분자였다는 사실을.

어쩌면, 오히려—.

"—영웅이라고, 아우야. 네가 바라는 올바른 길을 걸었으며, 마침내 그 끝에 다다른 최초의 영웅. 그 사명은 처음부터 정해져 있지. **계속해서 구원하는 것이라고.**"

후길은 그저 온화하게 미소 짓고 있었다.

신뢰하는 사람에게만 보여주는, 마음을 허락한 친애의 표정.

하지만— 두려웠다.

이 남자의 정체.

그리고 후길이 하려고 하는 일이 무엇인지 알 수 없다는 사실에, 룩스는— 그저 《바하무트》의 대검을 들어 올릴 뿐이었다.

그 직후, 격심한 통증과 함께 기억이 끊겼다.

†

"—『한계돌파(오버 리미트) · 개시(온)』!"

룩스의 의식이 현재로 돌아오는 동시에 몸이 움직이고 목소리가 나왔다.

『대성역』 내부, 제어실에서 싱글렌과 벌인 일대 일 접전.

《밸러스트》를 사용하여 환기구에서 충분한 물을 확보한 싱글렌은 신장을 발동해서 물줄기를 둘러쳤다.

룩스도 상대가 공세로 전환하는 짧은 틈을 타 기공각검을 뽑고 『한계돌파』를 기동했다.

사용자에게 걸리는 부담, 장갑기룡의 동작으로 인한 자체적인 대미지를 방지하기 위해서 설정된 리미트를 전부 무효화하고, 모든 성능을 끌어올린 상태로 변경하는 해제 코드.

사용할 때마다 기억에서 사라졌던 그 힘은, 과거에 후길이 가르쳐준 것이다.

"호오, 기억을 되찾은 거냐? 아니면 일시적인 건가?"

룩스가 비책을 꺼내들었음에도 불구하고 싱글렌은 동요하지 않았다.

반신에 받은 『세례』의 힘을 쓰지 않고 조율을 기동한 채 룩스를 응시했다.

"……아니. 아직 완전히 기억해낸 건 아냐."

룩스는 형태가 바뀌어가는 《바하무트》를 장착한 채, 변형이 완료될 때까지 시간을 벌 겸 대화에 응했다.

동시에, 잃어버린 과거의 기억에 대해서 생각했다.

인체실험 용도로 납치당한 피르히를 구하기 위해서 리예스섬으로 떠난 날의 전날. 후길은 룩스에게 『한계돌파』의 해제 절차를 가르쳐주었다.

하지만 그날에 일어난 사건은 없던 것이 되었고, 기억도 함께 소실되었다.

그리고 혁명 결행일도 마찬가지로—.

"하지만, 알겠어. 나는 그때 사력을 다해서 후길을 막으려고 했다. 싱글렌 경. 당신이 하려는 지배도, 나는 바라지 않아!"

《바하무트》의 장갑이 날카롭게 각이 지면서 더욱 공격적인 형상으로 바뀌었다. 룩스는 칠흑빛 《낙인검(카오스 브랜드)》을 중단 자세로 들어 올렸다.

이에 호응하는 것처럼 싱글렌도 미소를 지으며, 물에 감싸인 블레이드에 조용히 손을 댔다.

"너는 나를 뛰어넘을 수 없다고. 제아무리 자신을 희생할

수 있다 해도, 손을 더럽힐 각오조차 못하는 반푼이니까. 너의 그 정의와 마음가짐을 누군가에게 이용당하고, 버림받으며, 소중한 것을 잃는 정도가 한계겠지. 나는 이제 두 번 다시 같은 실수를 범하지 않을 거다."

농축된 적의를 드러내는 싱글렌에게 동조하여 《리바이어선》의 장갑이 연한 빛을 띠었다.

"이 세계에 만연한 무능하고 어리석은 놈들을 복종시키고, 신의 자리를 빼앗아주마. 너는 안심하고 내가 창조할 세계를 향수해라."

"그건 네 이상을 다른 누군가에게 이용당하고, 빼앗긴 것에 대한 복수냐?"

"——."

룩스의 반론.

그것을 들은 싱글렌의 표정에서 미소가 사라지고, 눈가에 시커먼 그늘이 떠올랐다.

직후— 검 같은 살기가 발산되는 동시에 칼날로 변한 물줄기가 휘둘러졌다.

"진 전진 겁화— 미즈치."

매섭게 바람을 가르는 소리의 잔향이 룩스의 고막을 뒤흔들었다.

눈으로 좇을 수 없는 속도로 육박하는 물줄기는, 강고한 장갑조차 종잇장처럼 찢어발기는 필살의 칼날이다.

『한계돌파』 상태의 장벽으로도 막아낼 수 없다고 판단한 룩스는 장벽과 《카오스 브랜드》를 동시에 방패로 삼아 참격을 흘려냈다.

“—《폭식(리로드 온 파이어)》!”

에너지를 절단할 수 있는 《카오스 브랜드》의 특성을 활용해서 회피하는 사이에 특수 무장으로 압축 강화를 건다.

물의 칼날을 흘려 넘기면서 전방으로 급가속, 카운터 공격으로 전환하는 자세로 돌진했다.

5초 뒤에 폭발할 공격은 십여 배나 위력이 증가한다.

단순한 검의 일격이, 강제초과를 뛰어넘는 폭발적인 파괴력을 자아낸다.

즉 평범한 일격이라도 맞힌다면 승리 확정된다.

당연히 싱글렌도 그것을 예측하고 반격이나 회피 자세로 넘어갈 터.

‘하지만 『한계돌파』로 인해 내부 무장인 《공명파동》도 강화됐어. 『전진·유전』을 사용하더라도, 타이밍을 어그러뜨려서 공격을 맞힐 수 있어!’

그러나 승리를 확신하고 날아오른 직후, 룩스는 위화감을 깨달았다.

싱글렌의 모습이 희미했다.

제어실 내부에 자욱하게 낀 짙은 안개가, 겨우 몇 메르 앞의 시야조차 차단해서 적의 모습을 지우고 있었다.

“선수를 빼앗겼어…….”

싱글렌의 모습이 보이지 않으면 공격력이 아무리 강하더라도 의미 없다.

그러나 상대 또한 특장형 《드레이크》처럼 레이더가 없으면 룩스를 포착하는 게 불가능할 터다.

룩스가 발동한 《폭식》의 강화가 끝나는 5초 후까지 도망치겠다는 계산일까.

그렇다면 그 틈을 놓치지 않고, 이쪽도 필살의 일격을 먹일 수밖에 없다.

"—뭘 찾고 있지? 막지 않아도 괜찮은 거냐?"

"……윽?!"

싱글렌의 목소리가 들리는 동시에 내리기 시작한 비가 룩스의 뺨에 떨어진다.

그 차가움을 느끼고 체공 중이던 룩스는 전율했다.

"이건? 이 비는, 설마—?!"

압축 강화가 끝나는 5초 뒤까지 싱글렌은 룩스를 피해 다닐 거라고 생각했다.

제어실 내부에 짙은 안개가 가득 찬 이상, 섣불리 움직이면 방해물과 충돌하게 된다.

그러나 요루카가 알려주었다.

싱글렌에게는 암흑 속에서 레이더를 사용하는 《야토노카미》를 상대로 호각 이상의 싸움을 펼칠 수 있는 기술이 있다고.

"진 전진 수월— 아미키리."

싱글렌이 작게 중얼거리는 소리가 짙게 깔린 안개 속에서 들려온다.

원래는 적의 기룡에 휘감은 용미강선을 통해 전달되는 진동으로 구동 예비동작을 감지해서 상대의 움직임을 읽어내는 기술이다. 하지만 《리바이어선》의 신장 《왕권(리닝)》과 조합해서 사용할 경우, 내리는 비의 반사음을 감지해서 상대의 위치와 상황을 탐색할 수 있다.

다시 말해, 스스로 《왕권》으로 만들어낸 안개 속에서 일방적으로 유리한 싸움을 전개할 수 있다.

그것을 회피할 방법은― 지금의 룩스에게는 없었다.

"―큭?!"

배후에서 느껴지는 미약한 살기.

룩스는 반사적으로 뒤를 돌아보면서 《바하무트》의 대검을 휘둘렀다.

조율이 필요한 전진과 신장을 병용하려면 엄청난 집중력이 필요하기 때문에 동시에 다른 전진은 사용할 수 없을 거라고 판단했지만, 그때는 이미 비가 그치고 안개가 걷혔다.

"진 전진 유전― 운가이(雲外)."

생각이 짧았다.

싱글렌은 룩스의 위치를 포착하고 상황을 파악한 짧은 순간에 다른 전진으로 전환해서 공방에 전력을 할애했다.

장벽 대신에 발생한 물줄기의 벽에 검이 튕겨 나가고, 그 틈을 놓치지 않은 싱글렌이 혼신의 찌르기를 선보였다.

"아직, 이다……! 《공명파동(링커 펄스)》!"

순간적으로 발동한 특수 무장이 만들어낸 역장으로 《바하무트》 자체를 움직여서 가까스로 치명상을 피했다.

그러나 그럼에도 불구하고 장벽과 흉부에 가까운 장갑이 갈려나가고 충격의 여파로 늑골에 금이 갔다.

"크으, 윽……!"

"『한계돌파』로 강화하면 그 약해빠진 역장으로도 내 검을 막을 수 있을 거라고 생각한 거냐? 불손하군, 잡부. 이 나를 상대로 두 번이나 같은 수법이 통할 거라고 생각하다니— 그 오만함의 죄는 더없이 무겁다."

"크……?!"

손상된 육체의 방어기제가 통증을 유발하여 룩스 자신의 움직임을 제한했다.

이로써 룩스는 막다른 곳에 몰리게 되었다.

이제부터 몇 초 동안은 어떤 대처도 할 수 없었다.

그러나 싱글렌은 그 사이에 마무리 일격을 준비했다.

"작별할 때가 되었군, **영웅**. 이제부터는 내 패도를 열 초석이 되어라, 진 전진 겁화—미즈치."

'리샤 님, 여러분. 나는—.'

물줄기를 휘감은 죽음의 칼날이 번뜩이고, 살벌한 소리를 내며 육박한다.

룩스는 극한까지 연장된 의식 속에서 동료 소녀들을 생각했다.

"—《폭식(리로드 온 파이어)》."

†

“각오하라고. 신왕국의 날파리 놈들. 그리고 한때 언니였던 배신자여!”

『대성역』을 지키는 자율형 신장기룡 《페르니게슈》와 『성식』과 융합한 헤이즈가 동시에 움직였다.

남은 전력은 에이릴, 리샤, 크루루시퍼, 피르히 네 사람.

『칠용기성』이 《페르니게슈》의 신장에 흡수당한 이상, 서둘러서 파괴하고 구출하지 않으면 불리해진다.

“두 명씩 가자! 나와 천연 아가씨는 저 기계 괴물을 맡으마. 에이릴과 크루루시퍼는 헤이즈를 노려!”

즉시 지휘관 역할을 맡은 리샤가 모두에게 지시를 내렸다.

헤이즈의 뜻대로 움직이는 라그나뢰크와 동료들을 집어삼킨 신장기룡.

양쪽 다 성가시기는 매한가지이지만, 지금 상황에서는 이 조합이 최적이라고 판단했다.

에이릴이 장착한 《자하크》의 신장 《쌍두의 사지(브레인 핵)》는 순수한 기룡인 《페르니게슈》에게는 통하지 않고, 반대로 피르히가 가진 《티폰》의 신장은 오직 기룡에게만 효과가 있다.

따라서 각자의 능력이 유효한 상대를 선택한 것이었다.

“—쿠오오오오오오오오옹!”

다섯 다리의 《페르니게슈》가 몸을 앞으로 기울인 자세에서 맹습하며 날카로운 발톱을 휘둘렀다.

몸 절반을 비틀어서 피한 피르히는 카운터로 《티폰》의 정권 지르기를 선보였다.

적은 상당히 빨랐지만, 《B-blood 티폰》으로 강화된 성능과 그녀의 격투 센스 덕분에 앞서고 있었다.

"좋아, 천연 아가씨! 그대로 끝장내버려!"

계속해서 리샤가 《와이번 윙》의 고속 기동으로 《페르니게슈》의 머리 위를 장악하며 마무리 일격을 가할 타이밍을 가늠했다.

장벽을 꿰뚫는 《티폰》의 일격에 《페르니게슈》의 흉부가 부서지고, 계속해서 한 걸음 더 내디디며 돌려차기를 휘둘렀다.

―그 순간 상대의 장갑에는 이미 무수한 《파일 앵커》가 얽혀 있었다.

날렵하게 회피한 다음 절묘한 균형감각을 활용하여 타격을 가하고, 적이 주춤한 틈에 와이어로 묶어서 구속. 그대로 상대를 끌어당겨 필살의 일격을 꽂아 넣는 피르히의 연격은 무섭도록 정밀하고 강력하다.

"―《용교폭화(바이팅 플레어)》."

《티폰》의 특수 무장에 집중된 에너지가 붙잡은 적을 폭파하기 위해 으르렁거렸다.

공중에서 포구를 겨냥하고 내려다보고 있던 리샤가 나설 차례가 없겠다고 생각했을 때, 피르히의 움직임이 뚝 멈췄다.

"……?!"

"―쿠오오오오오오옹!"

그 직후, 《페르니게슈》가 뻗은 앞차기가 《티폰》을 걷어차서 뒤로 날려버렸다.

가까스로 양팔로 가드 했지만, 모든 충격을 억누르지 못한 피르히는 피를 토했다.

"저 바보가! 뭐 하고 있어?! 공격을 멈추지 마!"

리샤가 《세븐스 헤즈》의 포구를 아래로 내리며 《페르니게슈》를 정조준했다.

그러나 방아쇠를 당겨 포격하려는 찰나, 리샤의 온몸에 전율이 일어났다.

《페르니게슈》의 머리에, 의식을 잃은 것으로 보이는 메르와 그라이퍼가 구속된 채 나타난 탓이었다.

"이럴 수가……?!"

적은 흡수한 기룡사를 자신의 동력원으로 쓸 뿐만 아니라, 이를 자유롭게 방패처럼 밖으로 꺼낼 수 있는 모양이었다.

급히 포격을 중단하려 했지만, 손가락을 멈추기에는 이미 늦은 뒤였다.

그대로 《페르니게슈》를 노리고 발사된 극광은 아슬아슬하게 빗나가 허공을 갈랐다.

피르히가 적에게 얽힌 《파일 앵커》를 당겨서 《페르니게슈》를 움직인 덕분이었다.

"그래서, 그런 거였군……!"

놀란 가슴을 쓸어내리면서 리샤는 조금 전에 왜 그런 짓을 했는지 이해했다.

피르히가 승기를 놓칠 수밖에 없었던 것도, 《페르니게슈》가 동료를 방패로 삼았기 때문이다.

"……이런 비겁한 짓을 하다니. 정말로 무인기가 맞기는 한 건가?"

아랫입술을 깨물면서 리샤가 분을 못 이기고 몸을 떨었다.

설령 《천성》으로 적의 움직임을 봉쇄하더라도, 흡수한 인질을 내보내는 행동은 가능할 것이다.

내부를 신경 써야 하는 것도 문제이지만, 아예 공격 자체를 할 수 없는 지금 상태로는 이길 도리가 없다.

리샤와 피르히가 이러지도 저러지도 못하는 와중에, 그 모습을 보고 있던 크루루시퍼와 에이릴은 옆에서 격전을 벌이고 있었다.

"참 극악무도한 짓을 다 하네. 장갑기룡도 주인을 닮는 걸까?"

『완전결합』을 기동한 크루루시퍼가 헤이즈를 감싸듯이 《오토 실드》를 전개했다.

원래는 자동으로 몸을 지키는 《파프니르》의 특수 무장이지만, 일곱 개의 방패를 적 주위에 펼침으로써 도탄을 이용한 반사 저격이 가능해진다.

기존의 구동을 승화해낸 전술과 더욱 정교하고 매끄러운 동작을 실현하고 《재화의 예지》를 기동.

『성식』을 흡수한 헤이즈를 저격하여 그 숨통을 끊으려고 했지만—.

"—뭐야?! 《재화의 예지·형안(와이즈 블러드 액셀)》이 기동하지 않아."

현재 상황에서 승리로 이어지는 미래를 도출해내는 한층 강화된 미래 예지 능력. 그러나 그 힘이 발동되지 않는다는 사실에 크루루시퍼는 당황했다.

제아무리 원하는 미래로 이끌어준다 해도, 전황이 이상적인 상황과 심하게 동떨어져 있다면 보이지 않는 것이 이치다.

따라서 지금 상황이 압도적인 궁지라는 사실을 크루루시퍼가 자각하기 전에, 헤이즈의 공격이 파고들었다.

"윽……?!"

원거리에서 달리던 헤이즈가 공간을 뛰어넘어 순간이동, 손에 든 《페르니게슈》의 기공각검을 《파프니르》를 노리고 내려쳤다.

원래는 자동방어 무장인 《오토 실드》를 공격으로 전환하면서 생긴 무방비한 틈을 노린 공격이었다.

"실수한 거라고. 이 나를 평범한 인간으로 생각하고 쉽게 봤나보지? 잊은 거냐? 난 지금 『성식』이라고?!"

그랬다.

겉모습은 맨몸의 평범한 소녀에 불과하지만, 그 내용물은 최대 최강의 인간형 라그나뢰크. 그 힘으로 펼쳐낸 일격은 《파프니르》의 장갑을 손쉽게 부수며 압도적인 충격을 소녀에게 전달했다.

"—크루루시퍼 씨?!"

에이릴이 소녀를 감싸기 위해서 《자하크》의 신장을 기동했다.

주위에 존재하는 생물의 기억에서 특정한 정보만을 지우는 능력을 가진 신장 《쌍두의 사지》로, 헤이즈의 기억에서 크루루시퍼의 존재를 사라지게 했다. 그러나—.

"저 자식들 밑에 붙자마자 정신없이 꼬리를 쳐대는군, 언니. 너처럼 부끄러운 줄 모르는 족속이 가장 거슬린다고."

칠흑빛 두 눈을 희번덕거리며 에이릴을 향해 악마 같은 살의를 보냈다.

《자하크》로 《용인광편(블레이즈 윕)》을 휘둘러서 헤이즈의 온몸을 감아 구속했지만, 그 틈에서 뻗어 나온 가지가 에이릴을 공격했다.

"크……?!"

조금 전에는 공간전이로 크루루시퍼가 당했기 때문에 그쪽을 경계한 게 실수였다.

라그나뢰크 위그드라실의 가지를 본체에서 생성해 무시무시한 속도로 《자하크》의 장벽을 뚫어버렸다.

장갑으로 간신히 막아냈지만, 충격까지 줄이지는 못했다.

에이릴은 피를 토하고 장갑이 해제되어 자유 낙하하기 시작했다.

"햐하하하핫! 기분 죽이는데! 네년 같은 쓰레기가 『창조주』라는 것 자체를 용서할 수 없다고! —뒈져버려."

잔혹한 시선과 함께 추격용 가지가 헤이즈의 몸에서 뻗어 나왔다.

그러나 체공 중이던 헤이즈의 등에 충격이 일어나더니 온몸이 순식간에 얼어붙었다.

자세를 가다듬은 크루루시퍼가 《프리징 캐논》으로 연속 저격한 결과였다.

"조금만 유리해진 정도로 거만하게 구는 게 너의 나쁜 버릇이야."

"……그러게. 언니로서 충고할게. 그건 고쳐야 한다고!"

계속해서 《자하크》는 한 번 느슨하게 풀었던 《블레이즈 윕》으로 얼어붙은 헤이즈를 다시 포박했다.

그리고 채찍에 에너지를 담아서 힘껏 끌어당겼다.

촤앙!

닿은 채찍의 마찰에 따라 헤이즈의 오체가 절단되었다.

"—미안해, 헤이즈. ……읏?!"

그 잔혹한 결말 앞에서 고개를 돌린 순간, 에이릴의 몸이 《자하크》와 함께 얼어붙었다.

목이 잘린 헤이즈의 입이 사악한 미소로 일그러졌다.

"시답잖은 연기는 집어치시지, 위선자."

"헉……?!"

그 순간 에이릴은 보았다.

산산이 조각난 헤이즈의 육체가 순식간에 재생되어 이어 붙고 있는 광경을.

그것은 라그나뢰크 포세이돈의 재생 능력. 게다가 펜리르의 동결 능력을 사용해서 이번에는 에이릴의 움직임을 봉쇄했다.

그리고 다시 몸에서 돋아난 위그드라실의 가지가 그 몸을 찌르려는 찰나에 크루루시퍼가 앞을 막아섰다.

"하아, 하아…… 기다려!"

"—성가시군. 교국의 날파리 주제에!"

그 순간 수십 개가 넘는 가지가 헤이즈의 등에서 뻗어 나와 크루루시퍼를 강습했다.

방어로 되돌린 《오토 실드》로 어느 정도 막아냈지만, 나머지 가지까지 감당하지 못해서 장갑이 파손되었다.

"윽…… 아……."

『완전결합』은 육체 일부가 나노 머신과 동화되는 까닭에 장갑에 전달되는 충격을 더욱 강하게 받게 된다.

그 탓에 미스시스와 혈전을 치르며 피폐해진 몸이 쓰러지고 말았다.

"그런 걸레짝 같은 꼴로 나랑 싸우려 들다니, 어지간히 얕보였나 보군. 네년들은 거기서 느긋하게 감상하라고. 저 가짜 왕자가 괴로워하는 모습을 말이야. 햐하하하!"

"……."

목을 제외한 모든 곳이 딱딱하게 얼어붙은 에이릴은 이제는 조금도 움직일 수 없다.

하지만 만신창이가 된 두 사람은 어느 사실을 깨달았다.

헤이즈의 의지를 받아들인 『성식』은 이미 라그나뢰크 여섯 마리의 능력을 계승했다.

아마도 앞으로 한 번 더 파괴당하면, 부활했을 때 일곱 마리의 힘을 통합해서 마침내 최종 형태인 세계를 멸망시키는 악신으로 변할 것이다.

이 상태의 헤이즈를 내버려둘 수는 없지만, 이제는 둘 다

한계가 가까웠다.

최소한 헤이즈의 움직임만이라도 어떻게든 막아야만 한다.

그렇게 마지막 희망을 품고, 리샤와 피르히 쪽으로 시선을 돌리자—.

"하아아아아아아아아아앗……!"

절규에 가까운 포효를 지르며 리샤가 《페르니게슈》를 향해 육박했다.

남은 시간도 여력도 없다.

『초월장갑』《와이엄 클로》로 장비를 바꾸고 최후의 도박에 도전했다.

《티아마트》의 어깨에 생겨난 강화 파츠는 근접전에서 압도적인 화력을 자랑하는 추가 무장.

고속으로 회전하는 드릴은 《페르니게슈》의 장벽을 간단히 뚫어서 파괴하지만, 간발의 차이로 피하고 말았다.

"쳇! 이런 녀석은, 원래대로라면 진작 쓰러뜨렸을 텐데……!"

단순히 전력만을 따진다면 리샤와 피르히가 뛰어나지만, 흡수된 『칠용기성』이 인질로 잡혀 있는 상황이 문제다.

두 사람이 결판을 내기 위해 움직이려는 순간마다 반드시 눈앞으로 들이밀었다.

동료를 방패로 삼는 적의 신장을 봉쇄하지 않으면 이길 길이 없다.

따라서 《티폰》의 신장—《무정한 과실》을 발동해서 적의 신장을 무효화한 순간, 《페르니게슈》를 파괴할 수밖에 없다고 생각했다.

그러나 상대가 도망치는 속도는 너무나도 빨랐다.

따라서 리샤가 미리 《천성》의 중력으로 구속할 생각이었지만, 설마 그동안 헤이즈를 붙잡아 놓아야 하는 두 사람이 당할 줄은 몰랐다.

'예정이 틀어졌어! 저 헤이즈— 아니 『성식』이 저렇게 강해졌다니……!'

"호오, 《페르니게슈》를 상대로 잘 버티는걸? 그 녀석은 『대성역』을 지키는 지옥의 파수견이지. 간단히 쓰러뜨릴 수 있을 거라고 생각하지 말라고. 그리고— 지금 여기서 안에 있는 놈들을 구출하기라도 하면 성가시니까, 나도 가세해주마"

크루루시퍼와 에이릴은 얼어붙었기 때문에 전투 불능이라고 판단한 것인지, 히죽거리는 헤이즈까지 리샤와 피르히 쪽으로 다가왔다.

하나씩 최대한 빠르게 격파할 계획이었지만 터무니없는 계산 착오였다.

리샤와 피르히도 체력의 한계를 넘은 지 오래였다.

신장기룡의 가동 한계까지 약 1, 2분.

다음에 무기를 맞대는 순간, 틀림없이 리샤 일행의 운명이 결정될 것이다.

"발버둥치지 마라, 쓰레기 년들아. 결국 너희 하등 인종들이 우리 『창조주』를 이길 길 같은 건 없다고. 그리고 네년들은 《페르니게슈》를 파괴하면 안에 있는 것들을 구할 수 있을 거라고 생각하나 본데, 공격을 잘못 맞추면 충격이 전달돼서 죽어버린다는 걸 명심하셔."

"협박하려는 거냐? 너랑 쓸데없이 떠들 여유는 없다!"

"그렇다면 시험해 보던가. 그 편이 더 재미있겠군."

흉악하게 웃는 헤이즈를 보고 리샤는 그 말이 아마도 진실일 거라고 판단했다.

의기양양하게 기공각검을 드는 헤이즈를 앞에 두고, 최후의 도박을 궁리했다.

†

"……."

『대성역』 심층부, 제어실.

통괄자이자 자동인형인 아샤리아의 본체가 지켜보는 가운데, 중추와 접속하기 위한 세 번째 시련을 앞두고 룩스와 싱글렌의 사투가 이어지고 있다.

통각은 육체의 손상을 억제하고, 신체 기능의 이상을 전달하기 위한 방어 기능.

특히 신경에 큰 대미지를 입게 되면 전신의 움직임이 완전히 정지된다.

본능적으로 치명타가 되리라는 것을 알면서도, 그 기능을 중단할 수는 없다.

『한계돌파』로 모든 제한을 풀고 있어도 사용자인 룩스는 그렇게 할 수 없다.

싱글렌에게 강타당한 충격과 격통으로, 육체는 이 순간 움직일 수 없을 터였다.

제아무리 육체를 단련했다 해도, 천부적인 기술을 갈고 닦았다 해도, 상대가 보기에는 의심할 여지가 없는 확실한 승기.

"……무슨 짓을 한 거냐?"

따라서 완전무결하다는 말과 가장 가까운 이 상대에게, **룩스의 필살기가 먹혀들었다.**

싱글렌이 장착한 《리바이어선》의 어깨가 부서지며 환창기핵이 노출되었다.

동시에 모든 기능이 다운되고 싱글렌 본인의 육체도 찢겨나갔다.

"—크, 헉!"

1초도 되지 않는 찰나의 시간 후에 싱글렌의 몸이 뒤로 날아갔다.

저 멀리 떨어져 있는 금속벽에 격돌하고, 그대로 박혀버린 것처럼 움직임을 멈추었다.

"허억, 허억……!"

그 모습을 본 룩스는 몸을 일으키고 상황을 파악했다.

의식조차 날아갈 것 같은 극한의 상태였지만, 아슬아슬하게 늦지 않은 듯했다.

"그런, 가……. 크, 크크, 역시 틀리지 않았군. 이, 역겨운 놈……. 자신의 목숨을 희생할 각오로—."

수십 메르 떨어져 있는 싱글렌의 목소리가, 지금 룩스에게는 멀게 느껴졌다.

거세게 흐르는 혈류와 신경이 타오르는 소리가 고막을 두드린다.

자초지종을 설명하자면, 룩스가 개발한 삼대 오의 중 하나 『신속제어』가 싱글렌을 격파했다.

하지만 룩스는 직전에 입은 대미지 때문에 몇 초 동안은 몸이 마비되어 움직일 수 없었다.

움직일 수 있었다 해도 골절과 깊은 열상 때문에 동작이 대폭 제한되었을 터다.

"—《폭식》. 즉 내 공격이 네놈에게 명중한 순간. **자신의 통각을 십여 분의 1로 줄였다**…… 그런, 건가."

입가에 미소를 머금은 채 싱글렌이 피를 토했다.

그것이 정답이다.

리로드 온 파이어
《폭식》—.

모든 현상이나 에너지를 앞의 5초 동안 대폭 감소, 나중에 폭발적으로 증폭하는 압축 효과의 신장은, 먼저 리스크를 안고 발현된다.

따라서 원래는 속효성이 없다는 것이 최대의 약점이지만, 그것을 반대로 이용한 룩스의 기책이 작렬했다.

자신을 옥죄는 사슬이나 다름없는 격통을 《폭식》으로 무효화하고, 승리를 확신한 싱글렌에게 『신속제어』의 일격을 카운터로 먹였다.

『전진·겁화』는 조율을 응용해서 장갑기룡의 에너지를 한 점에 최대한 집중하는 기술.

즉 공격 도중에는 장벽조차 제대로 전개할 수 없기 때문에 방어력이 현저히 약해진다.

게다가 룩스는 원래는 기체와 육체의 부담을 생각해서 억누르고 있는 출력과 가동 영역을 『한계돌파』를 이용해서 말 그대로 한계까지 활용했다.

이로써 원래는 비교적 위력이 약한 일격을 치명적인 검격으로 강화했다.

직전에 사용한 《공명파동》은 싱글렌을 유인하기 위한 미끼.

목숨을 건 책략은 결실을 맺어, 이 무시무시한 강자를 격파했다.

"크크크……. 그런데 알고 있는 거냐, 날품팔이 왕자. 네놈이 여기서 선택한 길을. 앞으로 몇 초 뒤에 찾아올 네놈의 운명을—."

"……."

알고 있다.

룩스는 싱글렌을 막기 위해서 전신에 엄습하는 격통을 무시하고, 자신의 몸에 걸릴 부담마저도 생각하지 않고 일격을 시도했다.

그리고 그 선택은 앞으로 3초 뒤에 십여 배의 고통과 충격으로 변하여 룩스의 몸과 마음을 불태우리라.

기절하기 이전에 정신이 붕괴되거나 쇼크사 할 가능성이

높다.

한계까지 무리한 몸에 걸리는 부담도 상상을 초월할 것이다.

"—그야 견딜 수 있다고."

절망적인 죽음에 대한 불안감이 마음을 지배했지만, 룩스는 조용히 미소 지었다.

"이럴 때를 위해서, 나는 네가 바라는 대로 두 개의 시련을 받고 버텨냈으니까."

"——?!"

그 대답을 들은 싱글렌의 한쪽 눈이 이때 처음으로 놀란 것처럼 크게 뜨였다.

중추와 접속하기 위한『대성역』의 시련.

정신적 부하를 통한 마음의 강화. 엘릭시르의 투여에 의한 육체의 강화.

물론 시련의 내용은 처음부터 전혀 몰랐기 때문에 모든 것이 계산대로 흘러간 것은 아니지만, 우연마저도 지금 이 상황으로 연결하기 위한 재료로 삼은 것이라면—.

"5분의 제한 시간이 끝났습니다. 중추에 접속할 조건이 갖춰지지 않았으므로, 1분 후 이곳에 있는 인간은 외부로 전송됩니다. 다음 자격자를 받아들이기 위한 재기동 시간으로 5분이 필요합니다."

자동인형 아샤리아의 무기질적인 목소리가 제어실 안에서

담담하게 울려 퍼졌다.

룩스는 일단 싱글렌에게 아카디아의 피를 이용당하여 중추에 접속하게 되는 상황은 막아냈지만, 이제부터가 문제다.

밖에는 아직도 후길과 리스테르카가 기다리고 있을 것이고, 무엇보다도 『성식』이 있다.

그리고 룩스는 이제 《폭식》의 반동 때문에 확실하게 의식을 잃게 될 터였다.

"—크! 아아아아아아아아아아아아아아아아아아아아아아악!"

자기 목소리라고 생각할 수 없는 절규가 실내에 울려 퍼지고, 격심한 통증이 온몸을 불태운다.

고작 5초가 영원처럼 느껴지는 동안, 그럼에도 룩스는 안개 같은 의식을 유지했다.

하지만 그게 다였다.

더는 손가락 하나조차 까딱할 수 없었다.

온몸이 마비되었고, 호흡마저 멎을 것 같았다.

"크크크, 그 꼴로 뭘 어쩔 거냐? 나와 《리바이어선》은 『세레』와 《위개의 석판(샤리트)》으로 앞으로 한 번 더 부활할 수 있다. 밖에서 내게 죽으면 끝장이란 소리지. 네가 얻어낸 것은, 아주 짧은 유예에 불과하다."

"……그거면, 충분해. 남은 건 에이릴이나 마기알카 대장 일행이 네 꿍꿍이를, 후길을 막아줄 테니까. 리샤 님 일행도 있어. 설령 『성식』이 상대라 해도, 간단하게 지진 않을 거야."

"자신이 아닌 다른 힘에 기대고, 힘이 다한 건가. 영웅인 네

놈은 그것으로 만족하는 거냐?"

"그럼, 기댈 수 있고말고."

싱글렌이 빈정대자 룩스는 조용히 미소 지으며 즉답했다.

"내 동료들은, 정말로 모두…… 강해졌어. 그녀들이라면 믿을 수 있어, 싱글렌 경. 어느 누구도 진심으로 믿을 수 없게 된, 최강의 당신과 다르게."

"……."

자신의 한계를 알고, 신뢰할 수 있는 동료에게 자신의 소망을 맡기는 것도 강함이다.

리샤 일행을 믿지 못한다면 이번처럼 무모한 짓은 불가능하리라.

그 사실을 깨달았을 때 룩스는 비로소 싱글렌의 본질을 이해했다.

눈앞에 있는 이 남자는, 자신과는 다르게 스스로 폭군처럼 행동하여 지배하는 방식으로만 타인을 인정할 수 있었던 것이라고 생각했다.

분명 이 남자는— 블래큰드 왕국을 통틀어 너무나도 뛰어난 재능을 가진 사람이다.

지능도, 실력도 선견지명도 너무나도 뛰어났다.

이 남자는 태어나면서부터 모든 면의 정점에 도달한 천재였다.

그렇기에 타인의 결점이나 어리석음을 비웃었고, 싫증이 났기 때문에 거리를 두게 된 것이다.

인간이란 본디 모두가 나약한 생물이니까.

룩스를 부하로 삼으려고 하는 이유는, 용도가 다할 때까지 이용하다가 버리려는 생각이라고 말했다.

그것은 진실일지도 모른다.

그러나 만약에 그가, 자신과 같은 냄새를 룩스에게서 맡았다고 한다면—.

자신을 따라올 수 있는 동료를 원했던 것일지도 모른다.

인정할 수 있을 정도의, 격이 같은 강자를 손에 넣고 싶었던 것일지도 모른다.

어째서인지, 지금은 그런 기분이 들었다.

"……여기서 밖으로 전송될 때까지 앞으로 30초 남았군. 나를 한 번 쓰러뜨린 상으로 네놈에게 진실을 가르쳐주마. 네놈이 과거의 나와 같은 길을 걸어가려 한다는 것을. 그리고 이제부터 무슨 일이 일어날지 말이지."

"……진, 실?"

오만한 미소와 함께 싱글렌이 꺼낸 말에 룩스는 고개를 기울였다.

"곧 알게 될 일이지만, 이제부터 진실을 알게 된다 해도 되감겨진 너는 기억하지 못할 거다. 하지만 이미 네놈은 엘릭시르를 몇 번이나 투여 받아 개변에 대한 저항력이 있다. 그렇다면 계기만 주어진다면 시간을 되돌릴 수 있지. 이 나처럼— 말이다."

"무슨, 소리야……?"

룩스가 의문을 드러낸 순간 순간 싱글렌이 말하기 시작했다.

겨우 20초 정도 대화한 후, 룩스는 밖으로 전송되기 전에 의식을 잃었다.

"—잘 가라, 잡부. 네놈은 설탕에 절여진 것처럼 달아빠진 이상과 함께 결코 이뤄지지 않을 꿈같은 이야기 속으로 사라져라. 나는 이 거짓된 세계를 박살내고, 어리석은 민중들에게 현실을 알려주겠다. 네놈이 절망을 떠올릴 때까지, 잠시 작별이다."

깊은 암흑으로 뒤덮인 의식 속에서, 그 방약무인한 폭군의 말이 귀에 남았다.

†

"중추 접속에 실패했습니다. 1분 후 내부의 자격자 여러분은 외부로 배출될 것입니다."

"……?!"

황도의 왕성 뒤에 존재하는 묘지 입구 부근.

그곳에 아샤리아의 무기질적인 목소리가 울려 퍼지자 리샤와 피르히는 숨을 짧게 삼켰다.

마지막 시련에 필요한 『성식』이 헤이즈와 융합하여 폭주하고 있는 이상 중추와 접속할 수 없을 테지만, 이로써 룩스 일행의 생존은 확인되었다.

"룩스도 무사했나……. 그렇다면 여기서 당할 수야 없지!"

리샤가 『초월장갑』의 《와이엄 클로》를 해제.

새로 뽑아든 다른 기공각검으로 《드레이크 혼》을 소환하여 접속.

특장형의 보조기능 추가 및 기룡의 최대 출력도 대폭으로 강화되었다.

부품이기 때문에 특장형 범용기룡의 능력인 지원 강화를 자신의 기체에도 적용할 수 있는 것이다.

'그 대신 내 몸에도 더욱 강한 부담이 걸리지. 하지만 이 선택에 걸겠어!'

피르히를 공격하는 《페르니게슈》를 향해 기공각검을 겨누었다.

그리고 환신수화하여 전투 중인 동료 소녀에게 말했다.

『이봐, 천연 아가씨. 뒷일은 네게 맡기겠어! 룩스를!』

『……응. 맡겨만 줘.』

용성으로 날아온 리샤의 말에 피르히가 대답한다.

대답은 짧았지만 피르히도 눈치챘다.

둘 다 한계에 가까운 상황일 텐데, 어째서 굳이 그런 말을 한 것인지도.

《페르니게슈》가 세 개의 앞다리로 발차기를 시도한다. 그러나 피르히가 장갑 팔로 받아낸 순간, 그 앞다리가 날아갔다.

"—크오오오오오오오?!"

"뭐야?"

그 모습을 조금 거리를 두고 보고 있던 헤이즈도 무심코 의문을 드러내며 미간을 찌푸렸다.

"여전히 묘한 기술을 쓰는 여자군!"

리샤는 피르히와 모의전을 치러보았기 때문에, 원리는 이해하지는 못하더라도 그 기술 자체는 알고 있다.

그녀의 독자적인 기룡 조작.

마기알카에게서 배운 무술의 근간은, 체중 이동 및 힘을 해방할 때 상대의 힘까지도 이용하는 것이다.

룩스의 극격처럼 명중하는 순간에 힘의 발생점을 억누름으로써 상대의 공격을 더욱 강하게 받아친다.

그것은 재능이 있는 소녀가 환신수의 영향을 극복하고, 룩스 곁에 있기 위해서 얻은 힘.

계속해서 피르히가 《페르니게슈》를 《파일 앵커》로 결박한 찰나, 리샤가 신장을 기동했다.

하이 스프레셔
“—《초월천성》!”

배 이상으로 강화된 신장의 중력 부하를 받고 《페르니게슈》의 장갑이 삐걱거렸다.

“—그, 오오오오오오!”

《페르니게슈》는 반사적으로 장갑에서 빛을 뿜으며, 내부에 있는 『칠용기성』 다섯 명을 방패로 삼기 위해 꺼내려고 했다.

—그러나 동시에 발동된 《티폰》의 《무정한 과실》이 한 발 빨리 그 효과를 지워버렸다.

“기, 카갸아아아아아……!”

단말마를 닮은 파괴의 잔향을 남기고 《페르니게슈》가 부서지기 시작했다.

그러나 그 순간 장갑 상체 부분이 떨어져 나간다 싶었더니 머리와 어깨, 그리고 등날개만 분리되었다.

"……분리됐다고?! 『칠용기성』은 밑에 있는데!"

"그래, 그 놈들은 확실히 하반신 내부에 있지. 하지만 《페르니게슈》 본체를 파괴하지 않으면 내부에 있는 사람의 의식은 안 돌아온다고!"

헤이즈의 의기양양한 설명을 듣고 리샤는 숨을 삼켰다.

지상에 있는 헤이즈가 손을 들고 빛을 방출한 순간 리샤의 몸이 뒤로 튕겨 나갔다.

"—포효해제(하울링 퍼지)!"

헤이즈가 《페르니게슈》를 쓰러뜨리기 위해서 빈틈을 드러낸 리샤를 노릴 거라는 사실은 알고 있었다.

따라서 이미 한계에 가까웠던 리샤는 자신의 장갑에서 탈출할 준비를 마친 뒤였다.

한 박자 늦게 해제된 리샤의 장갑이 공간의 왜곡과 함께 산산이 부서졌다.

『성식』이 계승한 데우스 엑스 마키나의 공간 장악에 의한 파괴였다.

간발의 차이로 《티아마트》의 환창기핵만은 빼냈으니 시간은 걸릴지언정 수리할 수 있을 것이다.

피해가 큰 것은 분명하지만, 목숨보다는 저렴하다.

"뒷일은 맡기겠어…… 천연 아가씨. 네게 몸을 던져야 하는 일은, 시키고 싶지 않았지만, 말이야……."

리샤가 남은 기공각검을 뽑아 《와이번 윙》을 자신의 바로 밑에 소환해서 완충 용도로 사용했다.

그래도 낙하 충격을 완전히 없애지 못해서 작게 신음했다.

"드디어, 한계가 왔군……. 나는 믿는다, 룩스. 너는 물론이고, 만만찮은 『협정』 멤버들도 말이다."

힘없는 미소를 남기고 리샤의 몸에서 힘이 빠져나간다.

얼마 전 『용비적』과 치른 전투, 미스시스와의 격전.

그리고 『초월장갑』의 재사용.

피로를 애써 숨기고, 작은 몸으로는 전부 감당할 수 없는 부하를 무릅쓰고 싸우다가 힘이 다했다.

그래도 불안이나 후회는 전혀 없었다.

영걸인 아버지에게 버림받고 왕녀라는 중책을 짊어지게 된 과거의 리샤는, 이제는 신뢰할 수 있는 동료와 납득할 수 있는 싸움을 할 수 있게 되었다.

헤이즈에게는 분명 그런 순간이 한 번도 없었으리라.

끊기기 직전의 의식 속에서, 리샤는 아련한 연민을 품었다.

"—잘도 도망쳤군. 뭐 됐어. 저 가짜 왕자가 제어실에서 쫓겨날 때까지 얼마 안 남았으니까. 『칠용기성』도 《페르니게슈》 안에서 해방되고 몇 분 동안은 움직이지 못한다. 이제 네놈이 죽으면 나는 유유히 『대성역』을 얻을 수 있다는 거지."

"……."

헤이즈의 시점으로 보자면 남은 전력은 피르히 하나.

리스테르카는 숨었고, 그녀를 지키는 것처럼 후길은 우뚝

서 있다.

후길을 잃고 싶지 않은 리스테르카는 서로 싸우게 만들어서 어부지리를 노리리고 있을 것이다.

피르히가 당하고 헤이즈가 빈사 상태가 되었을 때 마무리를 가하면 『성식』의 리셋도 가능하다는 것이다.

그러나 헤이즈는 그렇게 놔둘 생각이 없었다.

피르히를 쓰러뜨리고 제어실에 들어가면 리스테르카조차 앞질러서 중추와 접속할 수 있다.

그리고 현재 피르히는 이미 만신창이다.

위그드라실의 가지로 장갑까지 강화한 《B-blood 티폰》의 형태를 간신히 유지하고 있지만, 그것도 오래 버티진 못할 터다.

앞으로 수십 초 안에 한계가 올 것이다.

"크하하하! 꽤 아이러니한걸. 그리고 불쌍한 여자야. 그런 괴물 모습으로 변해도 이 나를 막을 순 없다고. 내 인체 실험의 희생자인 네가, 그 목숨을 바친다 해도 말이야!"

"……."

헤이즈가 도발하며 공격을 유도했지만 피르히는 속내를 읽을 수 없는 멍한 표정으로 미동도 하지 않았다.

그저 서서히 장갑 다리의 바퀴를 움직이며 멀리서 가속하기 시작했다.

다음 한 번의 공방으로, 모든 것을 끝내기 위해서.

"괜찮겠냐? 괴물. 그 힘을 쓰면 쓸수록 네 수명은 줄어든다고. 솔직히 말하자면, 점점 위그드라실의 씨앗에 침식당해서 인간 형태로 돌아갈 수조차 없게 된다니까?"

"……."

"그렇게 되면 그 가짜 왕자는 이번에야말로 무너질지도 모르지—. 아니, 의외로 너 같은 건 다시는 거들떠보지 않을 수도 있겠군."

"불쌍, 하네."

피르히의 입에서 불쑥 그런 말이 흘러나왔다.

그것을 마음의 빈틈이라고 판단한 헤이즈가 기공각검을 겨누면서 더욱 부추겼다.

"하하, 자기 자신이 불쌍해서 못 참겠어? 하지만 네년이 괴물이라는 사실은 변하지 않아. 결국—."

"너, 말이야."

"……뭣?!"

그러나 담담한 피르히의 목소리에, 이번에는 헤이즈가 말을 잃었다.

동시에 그녀의 마음속에서는 어둠이 퍼져나갔다.

감정이 담기지 않은 단적인 말이었기 때문에 헤이즈의 마음은 크게 흔들렸고, 그 뇌리에는 과거의 기억이 되살아났다.

"헤이즈 님, 이런 곳에 계셨습니까?"

"뭐야. 참 빨리도 찾는군. 결국 나는 쓰고 버리는 도구였다는 소리겠지."

잠들기 전, 아카디아 황국 왕궁의 안뜰.

시녀로서 시중을 들어주던 미스시스가 나무 그늘에 숨어 있던 헤이즈 곁에 섰다.

녹색 잔디밭에 드러누워 있는 헤이즈의 한쪽 눈은 안대로 덮여 있었다.

며칠 전, 엘릭시르를 투여하는 『세례』 술식을 압도적인 고통과 맞바꿔서 받았다.

“그런 농담 하지 마세요. —자, 공부하실 시간입니다. 황녀에게 걸맞은 교양과 지식을 배우도록 하죠. 그리고 며칠 전에 받으신 『세례』를 활용해서 자동인형의 제어권을 얻는 기술도요.”

“내 존재에, 무슨 의미가 있는데? 두 언니가 죽으면 물려받아주겠어. 그 두 사람의 대용품으로서 말이지.”

자포자기한 투로 말하며 실소 짓는 제3 황녀 앞에서 강철의 시녀는 냉정하게 말했다.

“당신께는 『창조주』의 정점으로서 세계를 이끌어 나간다는 대의가 있습니다.”

“그건 아닐걸—? 나는 그 언니의 수족으로 살 뿐이라고. 왕후귀족들이 편하고 평화롭게 살게끔, 아래에서 착취하는 모형 정원의 관리인. 나는 그 중에서도 말단이지.”

“—사람에게는, 누구나 역할이 있습니다. 그 숙명 앞에서 도망친들, 또 다른 부자유를 강제당하게 되지요. 즉 자유란, 부자유 속에서 직접 찾아내는 것에 지나지 않습니다. 의미 또한 같고요. 항상 아래만을 바라보고 있으면, 어두운 그림자만 눈에 들어오게 되는 법입니다.”

“『열쇠 관리자』는 설교하는 법까지 배우나 보군? 정말 대단한 시종이야.”

“저는 이래 보여도 수석인지라, 당신을 일으키지 못한다면 실격입니다.”

미스시스의 대답을 듣고 헤이즈는 비꼬는 것처럼 웃었다.

“그렇다면 일부러 실패하는 것도 괜찮겠는걸. 네 실적에 오점을 남기기 위해.”

“뜻대로 하시기를. 자, 공부를 시작하죠.”

미스시스의 미소는 만들어진 것임을 깨달았다.

그녀는 재능과 실력을 갖춘 뛰어난 인재이지만, 결국 책무이기 때문에 헤이즈를 따르고 있을 뿐이다.

『창조주』— 세계의 정점에 군림한다 해서, 그 존재에 무슨 의미가 있단 말인가?

헤이즈 자신은 그저 황국을 보증하는 존재이며, 그나마도 언니와는 다르게 권력밖에 갖지 못한 장식품이다.

자신에게는 무언가를 얻는 경우도, 빼앗기는 경우도 없다.

그런 헤이즈의 가치관은 그로부터 며칠 뒤에 산산이 부서졌다.

『배신자 일족』의 반란을 막지 못한 탓에 왕후귀족 대부분이 죽음을 맞이하였고, 자신은 황족으로서 그 자들이 분노를 표출할 표적이 되었다.

아카디아 황국의 상징이기에 증오의 대상이 되어버린 것이다.

『잘도 내 딸을! 가족을!』

『지금까지 실컷 날뛰었겠다! 이 쓰레기!』

『일족의 원한을 네년에게 새겨주마!』

붙잡힌 헤이즈는 무자비한 폭력에 노출되었다. 미스시스의 안배를 따라 리스테르카와 에이릴이 먼저 도망친 후, 운 없게도 헤이즈가 발각당하고 만 뒤의 일이었다.

다행히도 치명상을 입지 않고 구출되어 『방주』에서 잠들었지만, 그 때의 공포가 정신에 새겨졌다.

『나는 세 번째야.』

언니들의 대용품, 혹은 희생양에 불과하다.

영광을 얻지 못하고 철저히 그늘 속에 몸을 둔 채, 저 하등한 족속들의 표적이 될 수밖에 없다.

"나는 싫어……. 그 자식들이 원한다면 그렇게 해주겠어! 언니들을 대신해보이겠다고! 내가 이 세계에 군림해야 할 왕의 그릇임을! 새로운 세계에 똑똑히 알려줄 거다!"

몇 년 전에 깨어난 헤이즈는 그렇게 외치고, 자신의 역량을 시험해보기 위하여 자유로운 세계에서 활동했다.

『배신자 일족』의 후예인 룩스에 대한 복수의 불꽃을 태우면서.

그리고—.

†

"—나는 『성식』에 선택받은 존재다! 언니도 『배신자 일족』도 넘어서! 이런 나를 네년 따위가! 실패작인 괴물 따위가 감히

날 불쌍하다고 말하다니!"

헤이즈가 칠흑빛 살의을 내뿜으며 피르히에게 달려들었다.

거기의 응하는 것처럼 《티폰》도 가속하며 오른팔을 당기고 에너지를 집중했다.

노리는 것은 《바이팅 플레어》의 일격필살.

헤이즈가 거기에 주의를 기울인 순간, 장갑 전면에서 무수한 《파일 앵커》를 사출했다.

일단 적의 움직임을 제한하고, 여차하면 구속해서 움직임을 멈추겠다는 판단.

물론 헤이즈가 『성식』의 능력— 공간 전이를 사용할 수 있다는 점은 알고 있을 것이다.

다시 말해서 상대가 먼저 비장의 수단을 꺼내게끔 하기 위한 견제라는 것이다.

"멍청하기는! 이거나 먹어라!"

"……윽?!"

그것을 본 헤이즈는 우선 탄환 같은 불화살을 온몸에서 방사형으로 해방했다.

피닉스의 능력으로 만들어낸 불꽃은 사라지지 않기 때문에, 표적이 된 상대에게는 회피가 강요된다.

피르히는 그렇게 될 것을 예견했는지 《파일 앵커》 끝을 박아 넣은 파편 덩어리를 끌어당겨서 불화살을 막는 방패로 삼았다.

그리고 장갑 손으로 붙잡은 거대한 파편으로 직접 후려쳤다.

이번에는 헤이즈가 방어해야 하는 차례였다.

'침착해— 『성식』의 힘을 얻은 내 쪽이 압도적으로 강할 거다. 메타트론을 뺀 능력을 전부 계승했다고.'

머릿속에서 들려오는 **목소리**를 따라 헤이즈는 전략을 세웠다.

마지막에는 《페르니게슈》의 기공각검으로 심장을 꿰뚫어주고 싶었지만, 피르히는 감이 좋다.

등 뒤로 공간이동하는 순간을 거꾸로 노릴지도 모른다.

그렇다면.

"뒈져버려, 괴물! 네년과 같은 위그드라실의 힘으로!"

헤이즈의 전신에서 돋아나서 뻗은 가지가 무수한 창처럼 발사되었다.

그것은 강화된 《티폰》의 장벽을 어렵잖게 관통하고, 장의로 가려지지 않은 피르히의 손발까지도 꿰뚫었다.

애초에 동체와 머리를 지키기 위해서 손발의 보호를 소홀히 할 수밖에 없었지만.

"윽……?!"

늘 무표정한 피르히도, 손발이 관통당한 격통에 눈살을 찌푸렸다.

하지만 그것보다도 중대한 점을 깨달은 것 같았다.

"크크크, 눈치챘냐? 네년은 이제 끝났어. 손가락 하나 까딱 못 할걸! 그대로 갈가리 찢어주마!"

손발에 꽂힌 가지가 신경까지 옭아매서 손가락조차 움직일 수 없었다.

따라서 조종간을 통한 기룡 조작 자체가 불가능했다.

"제어실에서 나온 가짜 왕자가 어떤 표정을 보일지 벌써부터 기대되는걸! 이 나의 위대함을 똑똑히—."

"못 할 거야. 내가, 막을 테니까."

그러나 평소와 같은 무표정으로 돌아온 피르히가 멍하니 중얼거렸다.

"나도, 떠올렸으니까. 루우가 나를 구하러 리예스 섬에 와 준 그날. 무슨 일이 있었는지."

피르히에게 남아 있던 기억이, 이 『대성역』 심층부에서 눈을 떴다.

룩스가 피르히를 구하기 위해서 위험을 무릅쓰고 리예스 섬까지 온 것도.

그리고 호흡이 거의 멈춘 자신을 꼭 끌어안고 통곡한 것도.

"괜찮다고, 말해주고 싶었어. 평소처럼 웃어주고 싶었어. 하지만— 그 때는, 할 수 없었어."

평소에는 말수가 적은 피르히가, 자신의 속마음을 중얼거렸다.

"나는 죽지 않아. 루우랑 함께 있고 싶으니까. 루우가 계속 함께 있고 싶다고, 말해주었으니까."

《B-blood 티폰》의 장갑 팔이 헤이즈의 몸을 꽉 움켜쥐었다.

신경을 제압당해서 육체 조작은 불가능했지만, 피르히는 자신의 등에서 가지를 뻗어 기공각검을 건드렸다.

"뭣……?!"

헤이즈가 숨을 삼킨 찰나, 조금 전 피르히가 앞쪽 벽에 꽂아 넣은 와이어를 고속으로 되감으며 움직였다.

장갑 팔로 헤이즈를 구속한 채, 《파일 앵커》를 꽂은 성벽을 향해서 《티폰》의 활주 기능으로 맹렬하게 돌진했다.

와이어를 되감아서 앞쪽으로 끌려가는 힘. 그리고 장갑 다리의 차륜으로 가속하는 힘.

그 끝에 있는 거대한 성벽을 향해서, 막대한 질량과 함께 대기를 돌파한다.

힘의 교차하는 지점에 장갑 팔로 붙잡은 헤이즈의 몸을 내민 채, 최대의 출력으로 돌진한다.

"말도 안 돼! 손발을 움직일 수 없는 상태에서, 어떻게 이 정도로 정확한 조작을!"

헤이즈가 경악한 것은 기공각검의 정신 조작 기술이 아니라, 피르히가 위그드라실의 힘을 이용하면서도 제정신을 온전하게 유지하고 있다는 점이었다.

헤이즈는 세 번에 걸쳐 엘릭시르를 투여 받고 정신이 폭주하여 이형의 존재가 되었다.

대조적으로 피르히는 그 육신에 환신수의 힘이 가득 찼음에도, 예전에 위그드라실에게 정신을 빼앗겼을 때와는 다르게 전혀 흔들리지 않았다.

라그나뢰크의 본체가 죽은 탓도 있으리라.

세뇌의 힘이 약해졌기 때문에, 그녀는 환신수의 힘을 자유롭게 사용할 수 있는 것이리라.

그렇다 해도 믿을 수 없었다.

이 피르히라는 소녀의 강함을.

룩스에 대한 강한 마음을 힘으로 바꿔서, 해야만 하는 일을 해내려 하고 있는 모습을.

『불쌍, 하네.』

헤이즈의 귀에, 조금 전 피르히가 한 말이 다시 들려온다.

그 말의 의미는, 다른 누군가를 진심으로 신용하지 못하고 신뢰받지 못했던 헤이즈에게 하는 말.

제아무리 가혹한 운명에 유린당하더라도, 이 소녀는 조금도 동요하지 않았다.

“웃, 기지 마……! 나는—.”

최대 가속도로 활주하는 《티폰》이 성벽을 향해 오른팔을 내지른다.

육전형 신장기룡의 무지막지한 중량을 실은 혼신의 파괴력이, 도망칠 곳도 없이 집약되었다.

……투콰아아아앙!

둔탁한 충격음과 함께, 두껍고 높은 고성의 성벽에 거미줄 모양의 균열이 생겼다.

헤이즈의 몸에서 힘이 빠져나간 순간을 놓치지 않고 《티폰》의 특수 무장이 기동됐다.

“—《용교폭화(바이팅 플레어)》.”

몸속으로 주입한 에너지가 헤이즈의 신체를 터뜨렸다.

“크, 아아아아아아아……!”

충격파와 열기가 전신을 꿰뚫고 단단한 핵까지 도달하여 파괴했다.

지금까지 느껴본 적 없는 고통이 되살아나고, 목구멍 안쪽에서 절규를 토해냈다.

“하아, 하아…….”

그 직후 장갑이 해제된 피르히는 부서진 도로 위에 무릎을 꿇었다.

진정 모든 힘을 쥐어짜낸 일격이었다.

그러나 『성식』과 융합한 헤이즈는 치명상을 입긴 했지만, 아직 죽지 않았다.

“날파리 주제, 에……. 죽여, 주마! 네년들 따위에게, 당할 리가, 없어……!”

핵에 상처가 난 탓에 포세이돈의 초재생 능력도 제대로 기능하지 않았지만, 《페르니게슈》의 기공각검을 들고 피르히를 찌르기 위해서 겨누었다.

하지만 자세히 살펴보니 기공각검의 칼날이 뿌리부터 부스러져 있었다.

“쯧……! 처음부터 이게 진짜 목적이었냐!”

혀를 찬 헤이즈는 피르히의 노림수를 이해했다.

압도적인 파괴력을 자랑하는 《바이팅 플레어》의 여파로 《페르니게슈》의 기공각검은 가루가 되었다.

따라서 자율형 신장기룡도 분해되어 이 자리에서 사라져버렸다.

흡수되었던 『칠용기성』도 배출돼서 의식을 되찾기 시작했다.

그리고 어느새 근처에는 빛의 기둥이 생겨나 자동인형 아샤리아가 모습을 드러냈다.

『제어실에 있던 두 사람은 제한시간 초과로 조금 떨어진 장소에 전송되었습니다. 두 번째 시련까지 마친 다음 자격자를 기다리고 있습니다.』

"훗, 크크크……! 크하하하하……!"

몸 절반이 만신창이가 된 헤이즈에게서 환희의 목소리가 솟아 올랐다.

이런 상황에서 한 발 먼저 중추를 차지할 기회를 얻게 되다니. 『칠용기성』이 움직일 수 있게 될 때까지는 앞으로 몇 분. 에이릴도 리샤도 크루루시퍼도 피르히도 움직일 수 없다.

리스테르카도 후길과 함께 모습을 감춘 채다.

피르히와의 일대일 대결에는 패배했지만, 그래도 자신은 여전히 살아 있다.

그리고 이 상황에서 『대성역』을 빼앗을 수 있는 것은 자신밖에 없다.

"……내가 이겼다! 중추와 접속해서, 나는 이 세계의 왕이 될 거다. 그 누구든지 지배해주마!"

헤이즈가 승리의 개가를 대신하는 광소를 터뜨렸다.

한 발짝, 또 한 발짝 아샤리아 쪽으로 걸어가는데, 갑자기 뒤쪽에서 인기척이 느껴졌다.

작은 구두소리를 내면서 나타난 인물은 제1 황녀 리스테르카 레이 아샤리아.

그리고 그 옆에는 《바하무트》를 장착한 후길이 서 있었다.

"……이제 와서 무슨 일이지, 언니. 축하하려고 온 거면 너무 빨리 왔다고."

"수고했어, 헤이즈. 『대성역』에 몰려든 도적들을 정말 훌륭하게 격퇴했구나. 네 공로는 『창조주』의 후세에도 길이길이 전해질 거야."

"……."

리스테르카는 평소처럼 우아하게 웃고 행동했다.

하지만 헤이즈의 표정에는 냉철한 그늘이 떠올라 있었다.

"수고, 라고? 이 싸움에 잔뜩 쫄아서 끝날 때까지 숨어 있던 버러지가, 자기한테 좋을 때만 그따위로 콧대 높게 구는 건 좀 아닌 것 같군? 너한테 황위를 넘긴 아바마마도 한탄할 거야."

노골적인 불쾌감과 적의를 담은 표정.

처참하게 다친 몸은 붕괴하면서도 재생하였고, 위그드라실의 가지가 주위로 뻗어나갔다.

하지만 반항 의사를 보았음에도 불구하고 리스테르카는 온화한 태도를 유지했다.

"헤이즈. 지금까지 고마웠어. 네 응석에는 천 년 전부터 애먹었지만, 이렇게 『창조주』의 초석이 된 걸 자랑스럽게 생각해. 그러니까 거기서 비켜주련? 빨리 행동하지 않으면 『칠용기성』이 정신을 차려서, 또 일이 귀찮아질 거야."

"……그럼, 나도 하나 충고해주지. 잘나신 언니."

여전히 평행선을 유지하는 리스테르카의 반응에 헤이즈의 기척이 변했다.

"거기서 한 발짝이라도 떼면 죽인다. 넌 얌전히 내 패도를 지켜보라고. 승리를 거머쥘 사람은 나야. 지금 내 힘으로 너희 두 명을 죽이는 건 일도 아니라고."

그렇게 으름장을 놓은 후, 헤이즈는 자동인형 아샤리아의 이마를 만졌다.

하지만 자동인형 본체는 아무 반응도 보이지 않았다.

"……뭐야?! 왜 반응하지 않지?! 분명 내게 들린 『성식』의 목소리는—."

자신은 중추와 접속할 수 있다고, 정신이 든 후에 목소리가 들렸다.

그것이 『성식』과 융합했기 때문에 들린 목소리—『대성역』의 계시라면 틀릴 리가 없는데.

상상도 못한 상황에 헤이즈는 미간을 찌푸렸다.

그러자 리스테르카는 쓸쓸한 목소리로 웃었다.

"헤이즈. 무리일 수밖에 없단다. 그야 지금 너는 『성식』 그 자체니까. 네 자아가 사라지고, 본래의 자격자와 융합하는 것이 중추에 접속하기 위한 마지막 조건이니까."

"……아니야! 내 머릿속에서 목소리가 들렸다고! 『대성역』의 의지가, 융합한 뒤에 계속 말을 걸었어!"

크게 당황해서 소리지르는 헤이즈를 보며 리스테르카는 한숨을 푹 쉬었다.

그리고 앞머리를 쓸어 올리자 『세례』를 받은 붉은 마안이 빛났다.

"헤이즈. 나는 신탁의 무녀야. 『창조주』의 정점인 제1 황녀지. 『대성역』에 간섭하는 힘을 가졌다고. 그래서 더를 한 번 되살렸을 때 손을 좀 써두었단다. 네 뇌를 『대성역』의— 인식 조작 시스템과 연결해서, 내 목소리를 암시처럼 받아들이도록."

"……뭐?!"

헤이즈의 얼굴에서 절망과 충격이 드러났다.

한 번 룩스에게 당하고 부활한 그때 이미 세뇌를 끝내두었다.

리스테르카의 목소리를 『대성역』의 계시로 받아들이고, 룩스 일행을 방해하기 위해서 조종당한 것이다.

『성식』 그 자체를 조작하는 것은 리스테르카의 힘으로도 불가능하지만, 『성식』이 헤이즈를 흡수했기 때문에 헤이즈의 의지를 이용해서 어느 정도 움직일 수 있었다.

리스테르카는 우연히 만들어진 상황을 이용해서 승부수를 띄운 것이다.

"네가 『성식』에 흡수된 건 요행이었어. 덕분에 그들의 이목이 네게 쏠렸으니까. 그러니 어서 사라지렴. 이제 네게는— 볼일이 없으니까."

리스테르카는 아무 것도 변하지 않았다.

옛날부터 동생 앞에서 보여주던 시선과 목소리와 태도로, 당연하다는 것처럼 결별을 선언했다.

어느새 헤이즈 본인의 손이, 손상된 핵을 부수고 있었다.

방해자를 전부 제거한 뒤에는, 처음부터 없애버릴 생각이었던 것이다.

“읏, 기지, 마……. 이 악마녀어어어어어언!”

오른팔을 핵에 찔러 넣은 채, 피눈물을 흘리며 헤이즈가 절규했다.

남아 있는 왼손을 들어 올리고 마지막 힘을 쥐어짜 위그드라실 가지를 조종했다.

무수한 가지로 주위를 둘러싸고 난자하기 위해서 포효를 질렀다.

“—《폭식(리로드 온 파이어)》.”

하지만 그 순간, 앞을 가로막은 후길의 즉격에 가지가 모조리 잘려나갔다.

“제, 기랄…….”

헤이즈의 의식의 잔향에 그림자가 드리워지고, 그 핵의 파편은 리스테르카에게 넘어갔다.

증오에 몸을 불사른 세 번째 황녀였던 소녀는, 그대로 원래 있어야 할 자리인 죽음으로 되돌아갔다.

†

“드디어 끝났네요. 이것으로 모든 것이—.”

후길과 함께 제어실로 전송된 리스테르카는 자동인형 아샤리아의 본체와 마주보고 섰다.

지금까지 유지해온 긴장이 풀린 것인지, 아니면 마안으로 『대성역』에 과도하게 간섭한 탓에 피로한 것인지, 중심을 잃고 쓰러질 뻔 한 리스테르카를 후길이 바로 부축해주었다.

우연히 『성식』과 융합한 헤이즈의 사고에 개입하고 조종해서 세계 연합의 허를 찌르는 작전은 성공했다.

그것도 『성식』의 특성을 알고 가족을 희생할 각오가 없었다면 불가능한 일이었다.

그러나 리스테르카는 조금도 후회하지 않았다.

오히려 안도감이 마음속에 퍼졌다.

"이제 가장 중요한 순간입니다. 정신을 바짝 차리시기를."

"네, 중추에 접속하면 미스시스도 불러들이겠어요. 분명 근처에 와 있을 테니까."

『그럼, 지금부터 세 번째 시련을 개시하겠습니다. 준비는 되셨습니까?』

"시작해주세요. 저는 잠에서 깬 그날부터 이 순간만을 기다려왔으니까."

"그럼."

아샤리아가 앞으로 나가는 동시에 리스테르카에게 무수한 코드가 연결되고 접속이 시작되었다.

나노 머신을 혈액에 주입하여 『대성역』의 시스템과 동조한다.

그리고 조금 전에 받아들인 『성식』의 핵이 육체에 익숙해지면, 완전히 기능을 파악하고 사용할 수 있게 된다.

겨우 10분 후, 리스테르카와 연결돼 있던 코드가 해제되었다.

세 번째 시련은 무사히 성공했다.

"주인이시여, 기분은 어떠십니까?"

후길이 말을 걸자 리스테르카는 초췌한 얼굴로 미소 지었다.

접속할 때 부담이 걸리긴 했지만, 그것보다도 솟아오른 흥분이 그녀를 가득 채웠다.

"—굉장해요, 후길! 설마 『대성역』이 이렇게나 대단한 것이었다니. 이런 엄청난 일을 할 수 있다니!"

『대성역』을 조종하기 위해 필요한 지식까지 리스테르카의 머릿속에 직접 주입되었다.

그렇게 얻은 정보는 뇌를 통해 체험이라는 형태로 반영되어 자유자재로 제어할 수 있다.

그 사실은 지금껏 느껴보지 못한 전능함을 리스테르카에게 부여했다.

에이릴이 『달』의 서고에서 발견한 정보와 같은 것을, 그녀도 처음으로 알게 되었다.

"역시나, 제 판단은 정답이었군요. 『대성역』을 얻은 자가 이 세계를 지배할 수 있다. 그 말의 뜻과 본질을 이해했어요. 이제 문제는 없겠지요. 여기서 잠시 쉰 다음, 먼저 『바깥의 열쇠』를— 최강의 전력인 『성식』을 재생시켜서 이 힘을 행사하겠어요."

"……그렇군요. 그러면 가장 먼저 무엇을 하시겠습니까?"

"물론, 이 세계의 정화죠. 신성 아카디아 황국이 세계에서 잊혀진지 수백 년. 그동안 이 세계는 불필요한 족속들로 인해 너무나도 더러워졌어요. 뭐, 평민들은 일부 남겨둬도 괜찮지만, 지배자 계층은 전부 말소할 필요가 있겠네요."

"그렇군요."

리스테르카의 말을 듣고 후길은 미소를 머금은 채 눈을 내리깔았다.

그것을 긍정하는 뜻으로 받아들인 것인지, 리스테르카는 천천히 제어실 중앙으로 걸어가 어린애처럼 빙글 돌았다.

그러자 후길은 품에서 금속 덩어리를 꺼내 근처 탁자에 놓았다.

그 장난감 같은 도구를 보고 리스테르카는 고개를 갸웃했다.

"그게 뭔가요?"

"천칭입니다. 무게를 비교하고, 균형을 계측하는 도구죠."

후길은 그렇게 대답했지만, 그 천칭에는 아무 것도 올라가 있지 않았다.

그에게는 가끔 이렇게 천칭을 보는 버릇이 있었다.

하지만 리스테르카는 그런 것에 흥미가 없었다.

그보다도 완전한 승리를 거머쥔 지금, 후길에게 물어보고 싶은 것이 있었다.

"후길, 하나만 물어볼게요. 어째서 당신은 그때 우리 황녀들을 구해주었나요?"

리스테르카를 비롯한 『창조주』의 황족과 측근들이 몸을 숨기고, 포드에서 잠들었던 『방주』.

그 사실을 알아낸 아카디아 제국의 군대가 습격해서 목숨을 잃을 뻔한 순간, 거꾸로 후길이 제국군을 모조리 죽였다.

"당신 덕분에 절체절명의 상황에서 여기까지 올 수 있었어요. 우리 『창조주』는 다시 부흥할 수 있는 길에 올라서게 되었죠. 희생된 자들도 많지만, 당신과 미스시스가 도와준다면 분명 『창조주』의 낙원을 다시 세울 수 있을 거예요."

"제가 당신을 도와준 이유. 그건— 그것이야 말로 영웅의 사명이기 때문입니다."

거침없는 어조와 표정으로 후길이 단언했다.

"그때의 당신은, 세계에서 반드시 구해내야 하는 존재였습니다. 그 의지를 따랐을 뿐이죠."

"……정말, 재미없는 이유네요. 저를 구할 가치가 있는 존재라고 생각해준 건 기쁘지만, 그래도 좀 더 다른 이유가 있어도—."

리스테르카가 붉게 물든 뺨을 부풀리면서, 아주 살짝 입을 삐죽 내밀었다.

하지만 이윽고 마음을 다잡은 것처럼 진지한 표정으로 장치를 바라보았다.

"미스시스가 이쪽으로 오고 있네요. 용성으로 연락할게요. 여기로 올 수 있도록 전송 게이트도 만들어 놓고."

중추와 접속한 덕분에 내부로 자유롭게 전송할 수 있게 된 리스테르카는 바로 미스시스와 교신했다.

"그건 그렇고 의외네요. 그 미스시스가 이렇게 심하게 당하다니. 역시 남은 기룡사들을 살려두는 건 위험할 것 같군요.

휘하로 삼지 말고, 일찌감치 전부 죽여야겠어요."

"……정말로 괜찮겠습니까?"

"네. 세상에 있는 모든 군대를 모조리 없애버리면, 반항할 자가 없어지게 되니까요."

"그러면 당신은 이 세계의 대부분을 적으로 돌리게 됩니다만—."

"상관없어요."

망설임 없는 표정으로 리스테르카는 후길에게 미소 지었다.

"이 『대성역』의 힘과 『성식』이 있으면 가능해요. 그리고 후길. 당신만 곁에 있어준다면, 세계를 적으로 돌려도 괜찮아요. 슬슬 시작해볼까요. 이 세계를 바로잡기 위한, 시작의 첫 걸음을—."

리스테르카가 아샤리아 본체 곁으로 다가가 그녀에게 손을 뻗었다.

"그렇습니까."

후길의 목소리를 등지고, 『대성역』을 조작하기 위해서 리스테르카가 눈을 감은 그 순간. 목소리가 들려왔다.

"—유감이로군. 당신은 잘못된 선택을 했어."

왼쪽 가슴에 충격과 위화감을 느끼고 리스테르카는 눈을 크게 떴다.

그녀의 심장에서, 기공각검 칼날이 돋아났다.

—아니, 등 뒤에서 찌른 것이 뚫고 나왔다.

그 사실을 직접 확인하고도 그녀는 상황을 이해하지 못했다.

이 제어실에는 자신을 위협하는 것이 없음을 그 누구보다도 잘 알고 있기 때문이다.

따라서 거울처럼 닦인 은색 벽면을 보고 겨우 깨달았다.

눈앞의 자동인형이, 리스테르카에게서 튄 피를 뒤집어쓰고 얼굴 반이 붉게 물들어 있었다.

그리고, 뒤에 있는 후길이 자신의 가슴에 검을 꽂고 있었다.

"후, 길……? 무슨, 짓을 한, 건가요……?"

숨조차 쉴 수 없을 정도의 격통마저 잊고 리스테르카는 물었다.

믿을 수 없었다.

그가 몸담았던 구제국을 배신하면서까지 리스테르카를 도와준 후길이.

지금까지 그녀 곁에서 친절하게 상담해주고, 이끌어주고, 『창조주』의 부흥에 힘써준 후길이 자신을 죽이다니—.

"천칭이라고. 당신은 자신을 위해서 운명을 너무 많이 기울였어. 이 세계를 통치할 왕의 그릇이 아니었지. 그것을 이해하고 있었다면, 당신에겐 아직 미래가 있었을 텐데."

"쿨럭……."

대답 대신에 숨결이 새어나오고, 심하게 피를 토하며 리스테르카는 쓰러졌다.

"어째서……죠? 저……는, 당신만 있어준다면, 아무 것도—."

리스테르카는 서서히 힘이 빠지는 손가락을 후길의 발목을 향해 뻗었다.

눈물을 흘리면서 올려다보는 붉은 눈동자를, 후길은 한 번도 바라보지 않았다.

"—각오만큼은 훌륭했어. 가족을 내치고, 타인에게 증오의 대상이 될 각오를 짊어지면서까지 대의를 위해 목숨을 바쳤지. 모든 것은 『창조주』의 부흥을 위한 것이었지만, 당신은 너무 치우쳤어. 얻을 수 있는 힘의 크기에 사로잡혀서, 수많은 약자의 적이 되고 말았지. 그게 문제였다고."

"……."

피바다에 잠긴 채 숨이 끊어진 리스테르카에게서 등을 돌리고, 후길은 자동인형 아샤리아에게 손을 뻗었다.

"이미 세 번째 시련을 마치신 자격자님이시군요. **다시** 중추에 접속하시겠습니까?"

"그렇군. 한 번 더 부탁해볼까. 이번에는 조금 대규모적 수정이 필요하다. 그리고 헤이즈의 의식이 사라지고, 중추와 접속한 리스테르카도 죽은 지금. 『성식』은 새로운 숙주 후보를 찾겠지. 그 누구보다도 구제를 바라는, 운명의 특이점이 된 존재를—."

"알겠습니다. 준비를 개시하겠습니다."

"나는 여기로 다가오는 적을 배제해야 한다. 그러니 청소를 부탁해도 될까, 아샤리아. 곧 시체가 하나 더 늘 것 같거든."

후길이 담담히 말한 직후, 엉망으로 부서진 《아지 다하카》

를 장착한 미스시스가 나타났다.

언제나 냉정, 침착한 강철 같은 시녀의 두 눈동자가 격앙과 증오로 물들어 있었다.

"—왜 그랬습니까. 어째서 리스테르카 님을 죽인 겁니까?! 그렇게 당신을 연모하던 제 주인님을!"

일곱 빛깔 단검으로 자신의 팔을 찌르며 미스시스가 절규했다.

부족한 체력을 엘릭시르를 투여해서 커버하려는 것이리라.

그러나 최강의 『열쇠 관리자』의 노성을 듣고도 후길은 꿈쩍도 하지 않았다.

그저 태연하게 《우로보로스》의 특수 무장인 《인피니티》를 소환하고 《바하무트》로 전개해서 장착했다.

그리고 진지한 얼굴로 열화 같은 살의를 뿜어내는 미스시스에게 대답했다.

"왜 그랬냐고? 너는 알고 있었을 텐데. 나는 영웅이라고, 나야 말로 그녀가 인정한, 이 세계의 구세주라고."

"처음부터 예정조화였다는 겁니까? 리스테르카 님을 구출한 건, 그 피를 이용해서 이 『대성역』을 차지하기 위한—."

신체 표면이 칠흑빛으로 물든 미스시스가 소리치는 동시에 움직였다.

《아지 다하카》의 바퀴를 고속으로 움직여서 탄환 같은 속도로 할버드를 내리그었다.

'《폭식》으로 반격하기엔 늦었어! 이 일격을 피하는 건 불가

능해!'

본격적으로 싸우기에는 다소 협소한 제어실 안에서는, 신장과 에너지를 빼앗는 《천 가지 마술》의 진가를 충분히 발휘할 수 있다.

승리를 확신하며 휘두른 할버드가 후길의 장갑기룡을 포착하는 동시에 외쳤다.

"—《천 가지 마술(아베스타)》…… 헉?!"

정신조작으로 《아지 다하카》의 신장을 기동한 찰나, 미스시스는 기묘한 감각에 사로잡혔다.

"……큭?!"

할버드를 내려찍었지만 손에 반응이 느껴지지 않았다. 아니, 사라졌다.

후길의 모습이 홀연히 사라졌다.

"잘 가라. 『열쇠 관리자』."

뒤에서 후길이 대검을 가볍게 휘둘렀다. 겨우 그것만으로 미스시스를 보호하던 《아지 다하카》의 무장과 장갑이 허무하게 깨져나갔다.

"—이럴 수가?!"

"《생사유전(生死流轉)(제로 원)》— 《우로보로스》의 특수 무장은 이 세계의 공간에서 지정한 대상의 존재를 지우고, 출현시키는 게 가능하지."

0과 1(제로 원). 스위치의 온, 오프처럼 특정한 존재를 지우고 자유롭게 원래대로 되돌리는 힘.

《우로보로스》가 보유한 또 다른 특수 무장으로 《바하무트》를 장착한 후길 자신을 세계에서 지우고, 다시 나타나서 무방비한 미스시스를 공격한 것이다.

싸늘한 시선과 함께 후길의 목소리가 현재 상황을 알려주었다.

미스시스에게 닥친 《아지 다하카》의 파괴와 다음 운명을.

"엉뚱한 짓도 정도껏 해야지. 네 과실은 그 맹목성이다, 미스시스. 너는 다른 누군가에게 전적으로 의지를 맡기고, 거기서 한 발짝도 벗어나려 하지 않지. 주인을 따라서 살고 죽기만을 바라는 존재 따위에게 내 손을 대야하는 게 역겹군."

모멸어린 후길의 목소리가 바닥에 쓰러진 미스시스의 고막을 때렸다.

그 직후 미스시스의 팔다리와 목이 몸통에서 떨어져 나갔고, 그녀의 인생은 그렇게 막을 내렸다.

"―하지만 기룡사로서의 실력만은 높이 사주마. 《우로보로스》의 특수 무장을, 두 번째까지 사용하게 했으니까."

후길의 손에는 《바하무트》가 아닌 다른 기룡의 기공각검이 쥐여 있었다.

이미 모습을 나타낸 《우로보로스》의 힘.

그 정체를 미스시스가 깨닫게 되는 일은 없었다.

"후길. 준비가 완료되었습니다. 『성식』의 부활까지는 시간이 조금 걸립니다만, 목표의 특정은 끝났습니다. 개변장치 기동까지 앞으로 10분 남았습니다."

사람이 없어진 제어실 안에서 아샤리아의 목소리가 들렸다.

"그럼 나를 밖으로 전송해라. 방해자들을 처리하고 와야겠군. 뒷일은 부탁하지."

"네. 조심하세요."

그 대화를 끝으로 후길의 온몸이 창백한 빛에 감싸였다.

그 모습은 순식간에 빛과 함께 사라지며 위에 있는 폐허로 전송되었다.

Epilogue 유적의 제로

쿠궁, 쿠궁…… 단속적인 작동음이 고성 폐허에 울려 퍼진다.

산처럼 쌓인 잔해의 산과 회색 거리.

『대성역』을 둘러싼 긴 사투의 잔불이 주위에 남아서 연기를 피우고 있다.

"으, 으윽……"

룩스가 눈을 떴을 때 《바하무트》는 장갑은 해제되어 있었다.

『한계돌파』로 인한 반동과 격통 때문에 온몸에 힘이 들어가지 않았지만, 가까스로 눈을 떴다.

과거의 아카디아 황국을 투영하던 풍경은 사라졌다.

남아 있는 것은, 중추의 위치를 가리키는 빛의 기둥과 그 앞에 선 후길 아카디아 뿐이었다.

"대체, 무슨 일이……? 리샤 님은, 싱글렌은—."

숨을 헐떡이며 중얼거렸지만, 일어서기는커녕 기는 것조차 불가능했다.

그런 룩스의 눈앞에는 한 소녀가 서 있었다.

『칠용기성』 대장이자 대상회의 주인, 마기알카 젠 반프리크.

그녀는 여전히 당당한 표정으로 조용히 룩스를 내려다보았다.

"안심하게, 내 연인이여. 그대의 동료들은 전부 무사하다네. 뭐, 간신히 목숨을 부지했다고 봐야할 참이긴 하네만. 지금은 내 부하들에게 지시해서 요새로 옮겨두었지. 싱글렌을 잘 막아주었네. 그 녀석은— 어딘가 숨어 있는 모양이로군. 뭐, 아마도 제 몸과 기룡을 수복하고 있는 거겠지. 『세례』와 특수무장의 힘으로."

"그렇, 습니까……. 다행이다. 다들, 무사했구, 나……."

룩스가 안도의 한숨을 쉬자 마기알카는 요사하게 미소 지었다.

"뒷일은 안심하고 맡기게나. 내 체력도 한 번 싸울 정도는 남겨뒀으니까. 이제 저 우스운 광대를 죽이면 『대성역』은 내 차지로구먼."

"……광대?"

룩스는 의문을 드러낸 직후, 마기알카의 시선이 어딘가에 고정된 것을 깨달았다.

맨몸으로 빛이 기둥 곁에 선 후길의 발밑에는 목이 잘려서 죽은 미스시스와 몸이 꿰뚫린 리스테르카가 쓰러져 있었다.

"무슨 일이 있었는지는 모르겠지만, 주군을 배신했다고 봐도 틀림없겠지."

"……."

룩스는 경악한 나머지 말을 잃고 멍한 표정으로 그 광경을 보았지만, 후길은 맨몸으로 선 채 미동조차 하지 않았다.

《페르니게슈》의 내부에서 해방되고 다시 신장기룡을 장착한

『칠용기성』 다섯 명과 얼음에서 해방된 에이릴이 천천히 후길을 포위했다.

"꽤 여유롭구만. 그래도 괜찮겠냐? 우리도 봐주면서 할 여력은 없는데 말이지."

《쿠엘레브레》를 장착한 그라이퍼가 미심쩍은 눈초리로 후길을 노려보았다.

이어서 의연한 목소리로 최연소 기룡사 메르 기잘트가 말했다.

"투항할 생각이라면 직접 밝히라구. 사람을 죽이는 건 안 내키니까."

"배신자의 말로이니까 동정하진 않겠지만, 당신도 적이라는 점은 변함없단 말이지—."

《고리니시체》로 몸을 감싼 로자가 위협적으로 말하며 거리를 좁혔다.

"이제, 시간이 없어. 당신이 기동하려고 하는 『대성역』이 움직이기 전에, 결판을 내겠어."

소피스가 긴박함이 느껴지는 무표정으로 말했다.

"나는 언니와 동생을 등지고 결별한 몸이야. 이런 말을 할 자격이 없다는 것도 알지. 하지만 너만큼은 용서 못 해!"

《자하크》를 착용한 에이릴이 조종간을 쥔 손에 힘을 주었다.

신념의 차이 때문에 무기를 맞대기는 했지만, 그럴지라도 피를 나눈 자매를 배신하고 죽인 원수인 것은 틀림없다.

마지막으로 마기알카가 모두의 뜻을 정리하는 것처럼 후길에게 질문했다.

“그럼, 슬슬 시작해볼까? 6대 1이지만 봐주지 않을 걸세. 각오는 되었겠지?”

신장기룡 《요르문간드》를 전개하며 지휘를 잡은 마기알카를 향해 후길은 살짝 고개를 들고 대답했다.

“—그만두라고. 너희는 이것저것 너무 많이 알았어.”

전혀 관심없는 듯한 말투로 후길은 실소하며 말했다.

“앞으로 십여 분 뒤면 『대성역』에 의한 세계 재편성이 시작될 거다. 너희가 방해하지만 않으면 시스템은 무사히 작동하지. 그 새로운 운명과 역사 속에서 다시 처음부터 선택하라고.”

“입 닥쳐, 후길. 나는 이미 여기에 있는 모두에게 말했어! 네가 무엇을 바라는지는 모르지만, 이 이상 네 마음대로는 안 될 거야!”

《자하크》의 장갑 팔이 민첩하게 움직이며 《블레이즈 윕》이 날아갔다.

하지만 후길이 허리에서 기공각검을 뽑자 그 채찍이 순식간에 소멸되었다.

파괴된 것이 아니라, 존재 자체가 순식간에 사라졌다.

그러나 후길이 다시 기공각검을 휘두르자, 사라졌던 《블레이즈 윕》이 나타났다.

에이릴의 공격을 막기 위해 잠시 빼앗았다가 돌려준 모양이었다.

“대체 이게 무슨 일이래……?! 갑자기 채찍이 사라졌다가 나타났다가 하잖아……!”

“모르겠어. 아마도 《제로 원》이라는 《우로보로스》의 특수 무장일 거야. 하지만 어떻게? 《우로보로스》의 본체는 아직 보이지도 않는데, 신장기룡의 특수 무장을 그냥 사용할 수 있는 건가?”

에이릴이 경계하면서 중얼거리는 와중에 마기알카가 용성으로 모두에게 지시했다.

『아무튼 수수께끼부터 풀어야 하는 모양이로구먼. 작전은 내가 내리겠네. 다들 가세나!』

『—라저.』

그라이퍼, 메르, 로자, 소피스 그리고 에이릴이 대답했다.

후길은 기공각검 자루를 쥐고 《바하무트》를 눈앞에 소환했다.

조금 떨어진 곳에서 그 광경을 보고 있던 룩스는 마기알카의 보좌관 롤로트에게 부축 받으며 후퇴하기 시작했다.

그의 의식이 어둠 속으로 가라앉는 동안, 룩스의 뇌리에는 다시 과거가 떠오르며 자연스럽게 말이 흘러나왔다.

“다들, 조심해……. 그 녀석은, 위험, 해……!”

†

5년 전 혁명의 날.

검이 부딪치는 날카로운 소리가 아카디아 제국 왕성 상공에서 울려 퍼진다.

알현실에서 근위병을 처리한 후 남은 황족들을 섬멸하려

가려는 후길을, 룩스가 돌아와서 막고 있었다.

"……왜지? 어째서 나를 방해하는 것이냐, 아우야. 나는 너와 누이를 구해주려는 것인데."

"아니! 그게 아니야! 나는 당신의 목적을 묻는 거라고! 어째서 이 구제국을 멸망시키는 거야. 수백 년 전에 직접 이 나라를 구했으면서!"

《바하무트》를 장착한 룩스가 비명을 지르는 것처럼 물었다.

그러자 후길은 여유롭게 미소 지으며 배다른 동생에게 대답했다.

"아우야, 네가 그런 말을 하다니. 이 녀석들은 여기서 처리해야만 한다. 오랫동안 시달려온 이 녀석들도 지금은 지나치게 거만해져서 양심이라곤 한 조각도 찾아볼 수 없게 되었지. 그러니까 다시 만들어야 한다. 다음에는 네가 그 역할을 수행해야 하는 거다. 세계를 구제하기 위해 만들어진 『성식』의 의지에 따라서 나는 사명을 수행하고 있지. 너희가 잊어버린 천년 이상의 과거부터."

"……뭐라고?!"

그 말을 듣고 룩스의 의심은 확신으로 변했다.

후길은 룩스의 형이 아니었다.

그리고 구제국 사람조차 아니었다.

"세계를 구제하는 장치였던 『성식』은, 어리석은 인간의 손에 독이 섞이고 말았지. 반쯤 본질을 잃고 부서진 시스템이지만, 나는 『성식』과 함께 이 세계를 바로잡아야 한다. 이 세계를 올

바르게 이끌어줄 구세의 왕을 계속 기다려야 하지. 그래서 나는 **계속 구원하는 거다.**”

“네 목적이 뭐야! 나를 구하고 뭘 시키려는 거냐고?!”

룩스가 대검을 휘둘러 후길을 밀어냈다.

어두운 밤하늘에서 춤추며, 남자는 여유롭게 미소 지었다.

“네 소망을 이루어주려는 거란다, 아우야. 무력한 약자였던 네가 바라고 갈망하던 것. 인간이 결정한 부(負)의 연쇄를 파괴하고 구제하는 자. 이 나와 같은 영웅의 길을 걸을 자격을, 너는 얻었다.”

후길의 등 뒤에서 큰 소리가 났다.

구름 사이로 드러난 달빛이 불꽃에 삼켜진 왕성을 비추었다.

그 뒤에 존재하는 것은 성을 내려다보는 새하얀 거룡이었다.

“내 사명은 정해져 있단다, 아우야. 오랜 옛날부터 내 존재 이유는 정해져 있지. 얼마 전까지 무력했던 네가, 일찍이 그렇게 되길 애타게 바랐던 것처럼.”

달빛과 하늘에 닿을 정도의 거룡을 등진 후길이 룩스를 내려다보았다.

룩스와 같은 회색 눈동자는 어둠에 물든 서공을 비추고 있었다.

“—영웅은 운명에 저항하고 구제를 바라지. **약자의 편이다.**”

자조도, 조롱도 아니었다.

심연의 파멸을 가득 담은 남자의 미소가, 어두운 밤 속에서 떠올랐다.

■작가 후기

언제나 감사합니다. 아카츠키입니다.

지난번 후기는 반쪽이었기 때문에 내용을 깎아서 압축했는데, 그때 깎아낸 내용을 완전히 까먹는 바람에 소재를 찾느라 고생했네요(땀).

요즘 시간의 흐름이 빠르게 느껴지는데, 그저 일만 하고 있어도 눈 깜빡할 사이에 흘러갑니다.

본작에서는 반대로 시간의 흐름이 느립니다만, 이번에는 전투 장면을 너무 많이 써서 꽤 피곤하네요(웃음).

그 반동으로, 다음 권에는 신왕국에 돌아온 후 러브 코미디 성분이 잔뜩 들어갈 것 같습니다.

히로인이 많다보니 터무니없는 상황이 벌어질 것 같네요.

그리고 너무 많이 얘기하면 스포일러가 되겠지만, 이 14권을 기해서 『칠용기성 편』도 실질적으로 대단원입니다.

아니, 그보다도 이 시점에서 거의 끝났습니다.

주어진 수수께끼는 다음 권에서 선보일 수 있을 거라고 생각하므로, 제대로 재미있게 쓸 수 있도록 노력하겠습니다.

VR 계열 게임에는 그다지 흥미가 없었는데, 『용사 주제에 건방지다』가 하고 싶어서 사버릴 것 같습니다.

부속품이 많지 않으면 하기 쉬울 것 같은데 말이죠. 으음…….

그런고로 감사 코너입니다.

일러스트 담당 카스가 아유무 님.

이번에도 바쁘신 와중에 다양한 장면의 일러스트를 그려주셔서 감사합니다.

담당자 M님.

일반 원고가 너무 많아지는 바람에 죄송했습니다. 다음 권은 적당한 페이지로 끝내겠습니다.

그리고 올 한해도 함께해주신 독자 여러분께 진심어린 감사 말씀 드립니다.

다음 권부터 펼쳐질 새로운 전개도 잘 부탁드리겠습니다.

2017년 11월 모일 아카츠키 센리

최약무패의 신장기룡 14

초판 1쇄 발행 2019년 10월 10일

지은이_ Senri Akatsuki
일러스트_ Ayumu Kasuga
옮긴이_ 원성민

발행인_ 신현호
편집장_ 김은주
편집진행_ 최은진 · 김기준 · 김승신 · 원현선 · 권세라
편집디자인_ 양우연
국제업무_ 정아라 · 전은지
관리 · 영업_ 김민원 · 조은걸 · 조인희

펴낸곳_ (주)디앤씨미디어
등록_ 2002년 4월 25일 제20-260호
주소_ 서울시 구로구 디지털로 26길 111 JnK디지털타워 503호
전화_ 02-333-2513(대표)
팩시밀리_ 02-333-2514
이메일_ lnovelpiya@naver.com
L노벨 공식 카페_ http://cafe.naver.com/lnovel11

ISBN 979-11-278-5279-5 04830
ISBN 979-11-278-4266-6 (세트)

값 7,000원